Bernd Küpperbusch

Tödliche Briefreundschaft

Roman

Kellner Verlag
Bremen Boston

Dieses Buch ist bei der Deutschen Nationalbibliothek registriert.
Die bibliografischen Daten können online angesehen werden:
http://dnb.d-nb.de

Der Autor

Bernd Küpperbusch, geboren 1950 in Halle an der Saale, der Stadt, in der er Kindheit und Jugend verlebte. Im Anschluss an das Abitur nach Magdeburg gezogen, wo er an der Technischen Hochschule studierte. Arbeitete dann in verschiedenen Führungspositionen im Bereich der Energiewirtschaft und im Anlagenbau. Ist heute beratend für weltweit agierende Unternehmen auf diesem Gebiet tätig.

Als Gegenpol zur sachlich nüchternen Berufstätigkeit hat er sich stets mit dem literarischen Genre befasst. Einem größeren Leserkreis sind dabei besonders seine Reisereportagen speziell aus den USA und Chile bekannt.

Impressum

St.-Pauli-Deich 3 • 28199 Bremen
Tel. 0421-77866 • Fax 0421-704058
sachbuch@kellnerverlag.de • www.kellnerverlag.de

Lektorat: Sebastian Liedtke & Manuel Dotzauer
Satz: Sebastian Liedtke
Umschlag: Jens Vogelsang, Aachen
unter Verwendung eines Fotos von Reimund Rose
sowie eines von Wandersmann, www.pixelio.de
Vignetten: Reimund Rose (Titel) und Rainer Sturm (Seitenzahlen), www.pixelio.de

ISBN 978-3-95651-098-4

Mange Takk ...

gebührt meinen norwegischen Freunden und Helfern, die mir nicht nur bei den Recherchen in der Einsamkeit der wilden Bergwelt hilfreich zur Seite standen, sondern mich auch großartig dabei unterstützten, Türen zu öffnen, die ansonsten ziemlich fest verschlossen sind …

Vielen Dank ...

auch denen, die mir in Deutschland halfen, so manche Unterlagen ausfindig zu machen, ohne die es diese Geschichte nicht gegeben hätte …

Kapitel 1. Schlüssel zu revolutionärer Technologie

Firmensitz eines Energiekonzerns in Oslo, Norwegen – 2002

Als Lasse Brendboe die Tür des gläsernen Fahrstuhlliftes verlassen hatte und sich auf den Weg zum Büro seines Vorstandsvorsitzenden machte, traf er im Flur auf einen ehemaligen Kollegen, für den der Ruhestand bereits in greifbarer Nähe lag.

»Na, Lasse, alles klar? Man hört und sieht ja kaum noch was von dir. Dabei haben wir alle gedacht, dass du hier eine steile Karriere machst.«

»Danke der Nachfrage, Olav. Mir geht es trotzdem gut, und du weißt ja, mit den Karrieren ist das ein weites Feld. Für den einen ist es eine ganz großartige Stellung, wenn er morgens mit schickem Anzug und Seidenschlips sein geräumiges Büro betritt und über drei Mitarbeiter herrschen darf. Und der andere fühlt sich eben wohler, wenn er seine Ideen auch mal im Blaumann entwickeln kann.«

»Na, dann gehörst du wohl eher zur zweiten Sorte von Karrieristen, wenn ich so auf deine abgewetzten Jeans schaue«, lachte der Fast-Rentner. »Dann grüß mal deinen alten Herrn herzlich von mir. Ich wollte schon lange mal wieder bei ihm vorbeischauen, wenn ich da oben bei ihm bin. Aber wie so vieles liegen bleibt, ist auch dieses Vorhaben immer wieder in die nähere Zukunft verschoben worden. Na ja, als Pensionär habe ich dann endlich die Zeit, mal wieder zu ihm zu fahren.«

»Da wird er sich sehr freuen. Er ist übrigens topfit, und wenn du hochfährst, schau nicht nur einfach vorbei, Olav. Klingle bei ihm, und gehe auch ins Haus hinein, das wird seine Freude mit Sicherheit verstärken!«

»Alter Spinner! Immer noch darauf aus, alte Leute zu veralbern.«

»Aber, Olav, ich sehe hier doch keine ›alten Leute‹! Und wenn du meinen Vater Steinar triffst, dann hüte dich, solcherlei Bemerkungen zu machen, wenn du nicht darauf verzichten willst, ein kaltes Bier angeboten zu bekommen!«

»Na ja, dann ist er wohl ganz der Alte geblieben«, lachte Olav und verabschiedete sich von Lasse.

Dieser schmunzelte leicht in sich hinein. Was würde Olav wohl zu seiner Karriere sagen, wenn er wüsste, was er da oben im Norden so machte und warum man ihn kaum hier in seinem Büro in der Konzernzentrale antreffen konnte?

Die Sekretärin seines direkten Vorgesetzten erwartete ihn schon ungeduldig. »Lasse, wo bleiben Sie denn? Er hat schon zweimal nach ihnen gefragt und wollte Sie schon persönlich aus Ihrem Büro abholen.«

»Also, das wäre wirklich zu viel der Ehre für mich. Aber Spaß beiseite, wir hatten kein Treffen für heute mit ihm vereinbart. Und ich hatte einen enorm wichtigen Termin zu erledigen, weswegen ich eigentlich nur hierher nach Oslo gekommen bin. Ich habe mich mit zwei Physikern der Universität getroffen, von denen ich dringende Unterstützung für die Lösung eines technischen Problems bei uns oben auf der Baustelle brauche. Und wenn es da zu Verzögerungen kommt …« Er liebte es, Sätze einfach unvollendet im Dunklen verschwinden zu lassen, um so eine besonders wichtige inhaltliche Bedeutung zu unterstellen.

»Ja, ich weiß, Lasse«, lachte die Sekretärin, »aber vergessen Sie nicht, wer der Boss ist.« Dabei öffnete sie die Tür zu einem großen, stilvoll eingerichteten Büro mit einem herrlichen Blick auf den Fjord. »Herr Brendboe ist da.«

Der Vorstandsvorsitzende unterbrach das Gespräch mit einem Mann, der mit lässig übereinandergeschlagenen Beinen am Konferenztisch saß und gerade an einem Espresso schlürfte.

»Kommen Sie herein, Lasse. Wir warten schon sehnsüchtig auf Sie und wollten schon fast die Hoffnung aufgeben, Sie heute noch zu sehen.«

Trotz dieser etwas bissig klingenden Begrüßung merkte Lasse sofort, dass es keine ernst gemeinte Kritik war, sondern nur Ausdruck davon, dass man sein Erscheinen offensichtlich mit einiger Dringlichkeit erwartet hatte. Das erstaunte ihn zwar einerseits, weil er sich gar nicht vorstellen konnte, was denn da so dringend war, zumal er in schöner Regelmäßigkeit die Chefetage über alles Wichtige informierte, was auf der Baustelle so passierte. Und irgendwelche speziellen Probleme oder Schwierigkeiten gab es im Augenblick nicht. Andererseits beruhigte ihn das Auftreten seines direkten Vorgesetzten auch wieder. Es war ihm nämlich durchaus bekannt, dass sein Chef im Bedarfsfall auch recht unangenehm werden konnte. Selbst manches Vorstandsmitglied war schon selbstbewusst lächelnd in dieses schöne Büro eingetreten, um wenige Minuten später zerknirscht als neuernannter Regionalleiter in die tiefste Provinz abreisen zu dürfen. Ein solches Ungemach schien Lasse Brendboe aber nicht zu drohen, zumal er seinen Arbeitsplatz in der nordischen Provinz ohnehin unter keinen Umständen freiwillig mit einem ständigen Aufenthalt in seinem noch so schönen Büro hier in der Zentrale eintauschen würde.

»Lasse, ich möchte Ihnen Bjørn Ole Soederstroem vorstellen. Er leitet nicht nur eine wichtige Abteilung in der Politiets Sikkerhetstjeneste, die sich speziell damit befasst, sicherzustellen, dass keine für unser Land oder unsere Unternehmen bedeutsame Entwicklungen in Hände gelangen, in die sie nicht gehören. Bjørn Ole ist auch ein langjähriger und guter persönlicher Freund von mir.«

Dann wandte er sich an den Gast und stellte ihm seinen Mitarbeiter vor. »Das ist Lasse Brendboe, dem wir nicht nur das Projekt an sich, sondern auch den heutigen Entwicklungsstand verdanken.«

Dass dieser Besucher nicht nur wichtig zu sein schien, sondern natürlich auch ein persönlicher Freund von seinem Chef war, wunderte Lasse überhaupt nicht. Es war allgemein bekannt, dass der Vorstandsvorsitzende unendlich viele wichtige Leute kannte, und im Wesentlichen waren die alle auch seine persönlichen Freunde. Wie eine Spinne hatte er ein Netz gewoben, das wohl in jeden Winkel des ganzen Landes reichen dürfte und so manche unternehmerische Entscheidung wesentlich befördert hatte. Dieses Wissen behielt Lasse jedoch klugerweise still in seinem Inneren verborgen, räusperte sich aber dennoch, um anzuzeigen, dass er dazu etwas zu sagen wünschte.

»Um das gleich mal richtigzustellen: Mir allein ist dieser Bearbeitungsstand wahrlich nicht zu verdanken. Sie sollten schon dazu sagen, dass wir ein paar Hundert Leute sind, die da oben rumwerkeln. Aber wahrscheinlich wissen Sie das sowieso, Herr Soederstroem. Denn wenn ich das richtig verstehe, sind Sie wohl sowas wie ein James Bond, obwohl ich Sie ehrlich gesagt zuerst für einen Steuerprüfer gehalten habe.«

Lasses schnoddrige Erwiderung auf die Vorstellung des Gastes zeigte seine innere Unsicherheit, wie er mit dieser Gesprächseröffnung umgehen und was der eigentliche Grund für dieses überraschende Zusammentreffen sein sollte.

»Habe ich dir nicht gesagt, dass unser Lasse Brendboe einen sehr eigenen Humor pflegt und du wohl einige Zeit benötigen wirst, den auch zu verstehen?«, lächelte der Vorsitzende milde. »Doch nun zur Sache, warum wir Sie hergebeten haben. Wie läuft es bei Ihnen da oben, Lasse?«

»Ich kann nicht klagen! Wir liegen gut im Zeitplan, und alle bereits fertiggestellten Module arbeiten wie von uns erwartet durchgängig perfekt. Natürlich haben wir auch noch dieses und jenes Problem zu lösen. Das ist übrigens der Grund für meine Verspätung, die ich nochmals zu entschuldigen bitte.«

Eigentlich sah Lasse ja keinen Grund, sich für sein Zuspätkommen zu entschuldigen. Aber er dachte auch an die mahnenden Worte der Sekretärin bei seinem Eintreffen und daran, dass er seinen Chef ganz gewiss nicht verärgern sollte. Außerdem verwirrte ihn diese Gesprächsrunde, und er wollte etwas Zeit gewinnen, sich besser darauf einzustellen. Deshalb holte er etwas weiter aus und begann seine technischen Erklärungen. »Ich habe heute an der Universität mit zwei Experten von der Fakultät für Physik zu tun gehabt, da wir zurzeit mit Schwierigkeiten bei den magnetischen Übertragungsmechanismen kämpfen. Aber ich bin sicher, dass wir auch das bald lösen werden. Außerdem ...«

Hier unterbrach ihn sein Chef. »Lasse, wir wollen jetzt keine technischen Details hören. Ehrlich gesagt, verstehen wir davon wahrscheinlich nicht einmal die Hälfte. Da verlassen wir uns doch voll und ganz auf Sie ... und natürlich auf Ihre Leute«, ergänzte er sofort in Anlehnung an die Bemerkung seines Projektleiters von vor wenigen Minuten.

»Sie wissen sicher, dass der Aufsichtsrat mein Mandat als Vorstandsvorsitzenden vor einem Monat um weitere fünf Jahre verlängert hat.«

Lasse nickte kurz, um anzuzeigen, dass er natürlich, wie jeder andere im Konzern auch, bereits darüber informiert war.

»Sie sollten wissen, dass ich mir diese Entscheidung wirklich nicht ganz leicht gemacht habe und ich lange überlegen musste, ob ich mir dass in meinem Alter noch antun sollte.«

Brendboe wusste, dass sein oberster Chef das offizielle Rentenalter bereits vor zwei Jahren erreicht hatte. Auch hatte er ein Berufsleben zelebriert, das im Ergebnis mehr als faszinierend war. Immer im gleichen Unternehmen tätig, hatte er sich mit Fleiß, Beharrlichkeit, Glück und einer guten Portion kräftiger Ellenbogenstöße von einer kleinen Instandsetzungswerkstatt im Offshore-Bereich an der Küste bis an die Spitze des Konzerns gearbeitet. Dass dieser Konzern heute in der Weltliga internationaler Energiemultis einen bemerkenswerten Platz einnahm, war zu großen Teilen sein persönlicher Verdienst und wurde nicht nur von den Aktionären, sondern auch von Aufsichtsrat und vielerlei politischen Gremien ununterbrochen gewürdigt. Sah man den begnadeten Rhetoriker auf Veranstaltungen, in Talkrunden oder bei sonstigen Auftritten in den Medien, würde man kaum glauben, dass dieser sportlich-schlanke Mann mit seiner liebenswürdigen Ausstrahlung den Konzern mit harter Hand dirigierte wie ein Virtuose am Pult der Osloer Philharmonie. Dass er sich aber noch einmal der Wahl gestellt hatte, war für viele dann doch überraschend gewesen – für Lasse eigentlich nicht.

Brendboe konzentrierte sich wieder auf die Worte seines Chefs.

»Wir setzen alle Hoffnungen auf dieses wahnsinnige Projekt, und jeder von uns in diesem Raum weiß, dass es ein großes Glück war, überhaupt ein solches Vorhaben starten zu können. Übrigens auch Glück für Sie, Lasse. Haben Sie eine Vorstellung davon, wie viele hochbegabte Ingenieure jeden Tag von Tür zu Tür laufen und ihre sicher hervorragenden Ideen jemandem zur Vermarktung anbieten, ohne dass sich jemals eine von diesen Türen öffnen wird?«

»Ich habe davon gehört …«, knirschte Lasse zwischen seinen Zähnen hervor.

»Sie, Lasse, verfügen – natürlich gemeinsam mit Ihren Leuten – über fast 60 Prozent unseres gesamten Forschungsetats für dieses Projekt. Wie viel haben Sie bisher an finanziellen Mitteln eingesetzt?«

»Genaue Zahlen habe ich jetzt nicht zur Hand, aber so ungefähr 18 Milliarden Kronen.«

»18 Milliarden Kronen …« Der Vorsitzende lächelte wieder milde und blickte zu seinem noch immer schweigsamen Gast, »nicht eben wenig, Bjørn Ole, nicht wahr?«

Soederstroem verzog keine Miene und sah zu Lasse.

»Wann glauben Sie, Brendboe, ist Ihr Projekt abgeschlossen und marktreif?«

»Wie geplant, in 42 Monaten!«

Die Augen des Vorstandsvorsitzenden strahlten. »In 42 Monaten verfügen wir über eine Technologie, die den gesamten Energiemarkt umkrempeln und revolutionieren wird – und unser Konzern wird die unumstrittene Nummer eins unter allen Unternehmen dieser Welt sein. Und das Ganze passiert – das wollen wir nun besonders hervorheben – unter dem Aspekt, dass wir ökologische Maßstäbe setzen werden und Kriterien erfüllen, die weltweit zu einer Reduzierung von klimaschädlichen Emissionen führen, die man heute nicht für möglich hält! Und nur wir halten dafür den Schlüssel in der Hand. Da möchte ich wahrlich nicht am Fjordufer sitzen und Fische angeln, das will ich noch an meinem Schreibtisch zu verantworten haben.«

Die drei Männer sahen sich schweigend an, und keiner wollte diese Stimmung durch unbedachte Worte stören. Nur der Vorsitzende fuhr nach einer ganzen Weile des Schweigens fort. »Ihr wisst ja, wie die Wettbewerbshüter darauf bedacht sind, Monopolstellungen zu verhindern und zu bekämpfen. Und diese Leute haben völlig Recht: Monopole sind schlecht! Es sei denn, man hat selbst eines!«

Er schüttete sich aus vor Lachen, wurde dann aber sofort wieder ernst. »Jetzt wisst Ihr, warum ich meinen Vertrag noch mal verlängert habe. Ich will dieses Ziel unbedingt erreichen und den Konzern damit in eine noch nie dagewesene Zukunft führen. Und deshalb, Lasse, gibt es Ihrerseits aktuell nicht doch noch irgendwelche Problemstellungen, die unsere Zielfunktion gefährden?«

Brendboe ließ sich einige Zeit, ehe er antwortete. »Nicht ganz einfache Frage. Trotzdem einfache Antwort: Aus heutiger und aus technischer Sicht – nein!«

»Diese Antwort, mein Lieber, gefällt mir in zweierlei Hinsicht. Zum einen haben wir offensichtlich den technischen Ablauf – ohne jede Frage zuerst wegen Ihrer Leistungen – bestens im Griff. Zum anderen verweisen Sie zu Recht darauf, dass es einen weiteren wichtigen Aspekt gibt, den wir mit allen Mitteln absichern müssen. Unser Erfolg steht und fällt damit, dass dieses Projekt nicht mit dem kleinsten Detail bekannt werden darf, bevor wir das wollen!«

Brendboe schaute durch die großen Panoramafenster hinunter zum Fjord, ehe er seinem Chef erwiderte, dass das ja bisher bestens funktioniert habe. »Immerhin arbeiten wir schon eine ganz Weile an dem Projekt, ohne dass jemand unbefugt davon erfahren hat.«

»Und genauso soll es auch bleiben!«, mischte sich nun erstmalig Soederstroem aktiv in das Gespräch ein. »Sie dürfen nicht vergessen, dass es hier auch um nationale Interessen geht, die weit bis in das nächste Jahrhundert reichen werden. Es geht um Arbeitsplätze, es geht um Steueraufkommen, letztlich geht es darum, wie wir hier unsere Zukunft gestalten werden.«

»Und deshalb, Lasse«, meldete sich der Konzernchef zu Wort, »werden Sie ab sofort eng mit Herrn Soederstroem und seinen Leuten zusammenarbeiten. Das ist kein Wunsch oder eine Bitte von mir. Betrachten Sie das als Weisung, und sorgen Sie für eine entsprechende Umsetzung. Wenn

Sie keine weiteren Fragen dazu haben, wäre das für heute alles. Grüßen Sie Ihren Vater herzlich von mir!«

Diese Sätze mit dem fast abrupt wirkenden Gesprächsende ließen an Klarheit und deutlicher Festlegung nichts an Interpretationsspielraum zu, so dass Brendboe nur kurz nickte und sich erhob, um leicht irritiert ob dieser Entwicklung den Raum zu verlassen. Soederstroem verabschiedete sich mit einem festen Händedruck von Lasse.

»War vielleicht ein bisschen überraschend für Sie, trotzdem freue ich mich auf unsere Zusammenarbeit. Und ich denke, wir werden gut miteinander klarkommen, obwohl Sie in mir mehr den Finanzbeamten vermutet haben. Glauben Sie mir, von dem trennt mich wahrscheinlich genauso viel, wie das vermutlich bei Ihnen der Fall ist – nämlich schlicht und einfach der ewige Streit um die Steuererklärung.«

Als Lasse Brendboe nachdenklich den Gang zum Fahrstuhl entlanglief, war er sich sicher, dass die Zusammenarbeit mit diesem Geheimdienstmann nicht ganz einfach für ihn würde. Aber der schien zumindest Humor zu haben, wie er bei der Verabschiedung zu erkennen gegeben hatte. Und in der Konsequenz war es für Lasse zukünftig vielleicht sogar einfacher, wenn er sich ausschließlich auf seine technischen Problemstellungen konzentrierte und es diesem Soederstroem überlassen konnte, all diese Sicherheitsfragen zu bearbeiten.

Als er im Taxi zum Flugplatz saß, schien ihm die Situation wesentlich freundlicher, als er sie im ersten Moment im Chefbüro empfunden hatte. Er sah Soederstroem nicht mehr als seinen persönlichen Aufpasser, wie er es im ersten Moment des Gespräches empfunden hatte, sondern als jemanden, der die von ihm ohnehin nicht sonderlich geliebte Arbeit im Sicherheitsbereich zukünftig verantworten musste.

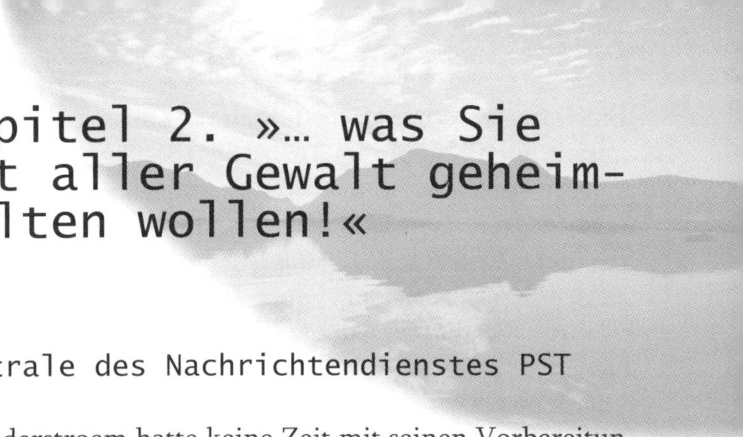

Kapitel 2. »... was Sie mit aller Gewalt geheimhalten wollen!«

Zentrale des Nachrichtendienstes PST

Soederstroem hatte keine Zeit mit seinen Vorbereitungen verloren. Nur wenige Stunden nachdem er die Zentrale des Energieriesen verlassen hatte, waren etwa 20 seiner Mitarbeiter im abhörsicheren Besprechungszimmer versammelt. Alle gehörten der höchsten Sicherheitsstufe an, die es in dem Bereich überhaupt gab, und kamen aus den unterschiedlichsten Arbeitsbereichen. Dass diese Besprechung wohl eine überproportional hohe Wichtigkeit haben musste, konnten sie schon daran erkennen, dass Leute anwesend waren, die eigentlich sehr selten in solcherlei Veranstaltungen zu sehen waren.

»Ich habe euch hergebeten, um euch mitzuteilen, dass ihr ab sofort von allen anderen Arbeitsaufgaben, mit denen ihr euch befasst, entbunden seid.« Soederstroem wartete einige Sekunden, bevor er weitersprach, wusste er doch, dass diese Information bei den meisten der Anwesenden nicht nur Überraschung hervorrufen würde, sondern mit einiger Sicherheit auch Unbehagen bereiten dürfte. Immerhin waren einige der Spezialisten mit Aufgaben befasst, die man nicht so ohne weiteres auf andere Mitarbeiter übertragen oder einfach liegen lassen konnte. Andererseits wusste er, dass niemand auch nur im Ansatz seine Festlegung in Frage stellen würde.

Jedem im Hause war klar, dass man Soederstroems Vorgaben einfach nur auszuführen hatte. Er duldete weder Widerspruch oder Nachfragen, noch interessierten ihn Hinweise seiner Unterstellten. Er sah sich als den unumstrittenen Kapitän im Team, der die Pässe spielte; alle anderen hatten zu rennen und diese Vorlagen erfolgreich zu verwerten. Wer sich dagegen auflehnte, war gnadenlos auf der Ersatzbank gelandet oder letztlich ganz schnell auf der Transferliste angekommen. Nicht nur seine große Erfahrung in diesem geheimdienstlichen Spiel, vor allem auch sein Instinkt und das Gespür für ungemein kritische Situationen hatten ihm nicht nur seine Position an sich eingebracht. Auch der immer sichere Erfolg seines Handelns war im Hause legendär und machte ihn zu einem unangreifbaren Mythos.

Trotzdem hatte Soederstroem beschlossen, diesmal seine Mitarbeiter tiefer in die Gesamtproblematik einzuweihen, als er das üblicherweise für notwendig hielt. Und so berichtete er im weiteren Verlauf der Beratung tatsächlich darüber, welches Projekt in den nächsten Wochen, Monaten und Jahren ihrer ungeteilten Aufmerksamkeit gehören würde, ohne natürlich ins Detail zu gehen.

Wieder wartete er einige Sekunden, als er diesen Vortrag beendet hatte, und blickte in die Runde der versammelten Experten. Ungläubiges Staunen und verwunderte Fragen erfüllten den Raum.

»Bjørn, das ist doch nicht dein Ernst. Das ist doch überhaupt nicht möglich«, erwiderte ein Mann mittleren Alters.

»Glaube mir, mein Freund, nichts ist uns ernster im Augenblick. Du kannst versichert sein: Wenn es nicht möglich wäre, würden wir bestimmt nicht hier sitzen.«

Soederstroem wusste sofort, dass es richtig gewesen war, die Leute zumindest soweit in das Projekt blicken zu lassen, dass sie erkannten, welch überragende Bedeutung es hatte. Damit hatte er sofort die innere Spannung bei ihnen erreicht, die fortan notwendig sein würde, um die von ihm geplanten Aktivitäten erfolgreich umzusetzen.

Entgegen seiner sonstigen Gewohnheiten griff er deshalb auch nicht ein, als seine Mitarbeiter noch immer ungläubig über das soeben Gehörte diskutierten. »Wie sind die bloß darauf gekommen, man ist richtig fassungslos«, konnte sich einer der IT-Spezialisten noch immer nicht beruhigen.

Soederstroem lächelte zwar, als er ihm antwortete, aber die Mitarbeiter erkannten schon am Tonfall der Stimme, dass er diese Fragestunde nunmehr beenden wollte. »Das entzieht sich ehrlich gesagt meiner Kenntnis, und es ist auch kein Problem, was unsere Arbeit in irgendeiner Form tangiert. Es sind ja oftmals die einfachen Gedanken und Ideen, die sich zum Schluss als genial erweisen, so dass man sich fragt, warum man nicht selbst darauf gekommen ist. Aber noch mal: Darüber müssen wir uns keine Gedanken machen! Wir werden jetzt auch das Staunen und Wundern einstellen und uns wieder unseren Aufgaben widmen.«

Für die anwesenden Mitarbeiter war sofort erkennbar, dass Soederstroem wieder in seinem bekannten Arbeitsmodus angekommen war und dass es nun nur noch galt, seine Festlegungen diskussionslos entgegenzunehmen.

»Unsere Aufgabe wird es sein, alles – und ich betone es noch mal: alles – zu tun, um dieses Projekt vor jeglichem Bekanntwerden zu schützen! Das ist unsere Profession und stellt uns nicht vor unbekannte oder unlösbare Probleme. Ich sage es mal ganz spaßig: Wenn irgendwo in den Bergen ein neuer Schimmelkäse hergestellt werden soll und wir die Aufgabe hätten, diesen Käse erst dann bekannt werden zu lassen, wenn er in der Theke liegt, dann machen wir das. Und dabei interessiert uns weder, ob der tatsächlich schmeckt, wie viel Milch mit welcher Fettstufe verwendet wurde oder wie attraktiv die Bäuerin ist, die diese Milch gerührt hat. Wenn aber ein Fremder unbefugt auf die Alm schleicht oder ein Server irgendwo auf dieser Welt klammheimlich das Rezept vom Laptop der Bäuerin mausen will, dann sind wir da und werden das verhindern. Und nichts anderes machen wir jetzt mit diesem Energieprojekt.«

Soederstroem schmunzelte, als er weiterredete. »Zugegebenermaßen ist der Aufwand bei diesem Fall um ein Vielfaches größer. Und natürlich wäre auch der Schaden höher, wenn wir bei diesem Projekt versagen würden. Aber das werden wir natürlich nicht.«

Soederstroem unterbrach seine Ansprache und sah in der versammelten Runde, dass seine Worte offensichtlich den von ihm gewünschten Eindruck gemacht hatten. »Kommen wir also zu den ersten Arbeitsschritten, die wir umgehend einleiten werden. Zuerst kann ich euch sagen, dass die bisherige Sicherstellung der Geheimhaltung des Projektes ausschließlich mit konzerneigenen Kapazitäten realisiert worden ist. Mein Eindruck ist, dass dies sehr professionell und wohl auch erfolgreich gemacht wurde. Das werden wir aber noch detailliert überprüfen müssen. Insgesamt verantwortlich ist der Technikvorstand Lasse Brendboe, der sich ausschließlich darum kümmert.«

Die Raumbeleuchtung verlosch, und an die Wand wurde ein Bild von Lasse projiziert.

»Er ist der geistige Vater des Projekts, und auch die Realisierung der Aufgabe obliegt seiner Regie. Ein ausgesprochen fähiger Kopf, der aber eigentlich nur die technischen Abläufe als sein Aufgabengebiet ansieht. Alle sonstigen Problemstellungen, eben auch die Fragen der absoluten Geheimhaltung, sind für ihn ungeliebte Notwendigkeiten. Unabhängig davon, dass ich bislang keinen Mangel in seinen bisherigen Entscheidungen auf diesem Gebiet sehen kann, war dies der Hauptgrund, nunmehr uns federführend einzubinden. Ich habe ihn kurz persönlich kennen gelernt, er wirkt ausgesprochen kompetent. Aufgrund seiner Arbeit hat er im Konzern verständlicherweise einen fast unantastbaren Status. Aber ich habe auch gespürt, dass sich seine Freude, uns nunmehr als neue Kollegen auf seiner Baustelle begrüßen zu können, in ziemlich engen Grenzen gehalten hat. Ich werde den Kontakt zu Brendboe persönlich halten. Das heißt, niemand von euch wird in seiner Nähe auftauchen. Wenn ihr also konkrete Fragen an ihn haben solltet, geht das nur über mich. Haben wir uns da verstanden?«

Niemand der Versammelten antwortete auf diese Frage, nur vereinzelt wurde genickt. Jeder wusste, dass Soederstroem auch nicht ernsthaft auf diese Festlegung eine Erwiderung erwartet hatte – es war seine Art, gewisse Akzente zu setzen, wenn es darum ging, klarzumachen, wer das Sagen hatte.

Lasse Brendboes Bild an der Wand wurde abgelöst durch das des Vorstandsvorsitzenden Ion Mortensen. Soederstroem erklärte den Anwesenden einiges zu dessen Funktion und wie er mit dem Projekt befasst war. Diese Erklärungen waren fast unnötig, denn alle kannten den Mann aus jeden verfügbaren Medien. Es verging wohl keine Woche, ohne dass er irgendwo irgendwelche Kommentare abgab.

»Der Chef des Konzerns ist über alle unsere zukünftigen Aktivitäten informiert, und wir erhalten selbstverständlich alle erforderliche Unterstützung. Einige von euch werden in der Konzernzentrale als Mitarbeiter im IT-Bereich eingesetzt. Doch dazu später. Ihr zwei«, Soederstroem blickte in Richtung zweier Mitarbeiterinnen, »geht in den Bereich des Personalchefs. Der ist zwar nicht über unsere Arbeit informiert, ihr erhaltet aber alle Kompetenzen, die erforderlich sind. Ich will über jeden, der mit diesem Projekt befasst ist, egal an welcher Stelle er arbeitet, alles wissen. Und was ihr nicht im Unternehmen findet, tragt ihr anderweitig zusammen. Und ich will das eigentlich hier nicht besonders betonen, weil es selbstverständlich ist: Natürlich lückenlos! Ich kann heute nicht sagen, um wie viele Personen es sich genau handelt, die in dieses Projekt involviert sind, aber einige Hundert sind es wohl schon. Wenn ihr es also nicht allein schafft, alle betroffenen Mitarbeiter, und das auch möglichst schnell und allumfassend, zu überprüfen, dann sagt mir Bescheid, dann bekommt ihr zusätzliche Unterstützung.«

Eine der beiden angesprochenen Damen meldete per Handzeichen zu Wort. »Wie weit sollen wir den Kreis der zu untersuchenden Mitarbeiter ziehen?«

Soederstroem reagierte leicht ungehalten. »Was ist das für eine Frage, Anett? Ich glaube, ich habe unmissverständlich gesagt, *alle*, die mit dem Projekt befasst sind, werden überprüft!«

»Na ja, nur im Prinzip sind ja auch der Vorstandsvorsitzende und Lasse Brendboe mit diesem Projekt befasst.«

»Na, dann musst du sie auch überprüfen, Anett. Ist das so schwer zu verstehen?!«

Während Soederstroem ziemlich böse Blicke in Richtung der Frau abschoss, flüsterte diese ganz leise ihrer Nachbarin zu, dass sie schon ein paar Probleme damit hatte, dies zu verstehen. Aus gutem Grund verzichtete sie allerdings darauf, ihre Bedenken lauthals zu artikulieren.

»So, nachdem das nun auch geklärt ist, komme ich zur nächsten sofort in Angriff zu nehmenden Maßnahme.«

Soederstroem war nicht im Geringsten anzumerken, inwieweit ihn der vorangegangene Disput verärgert hatte. Im Gegenteil! Freundlich lächelnd beauftragte er die anwesenden IT-Experten, bereits am nächsten Tag ihre neuen Arbeitsplätze sowohl in der Konzernzentrale als auch auf der Baustelle einzunehmen und sofort damit zu beginnen, alle notwendigen Sicherheitschecks durchzuführen.

»Mich interessiert vor allem, ob außer den inzwischen schon permanent gewordenen Spähattacken von Freund

und Feind zielgerichtet von irgendjemand nach diesem Projekt gesucht wird. Wäre es so, wissen wir verbindlich, dass die Geheimhaltung nicht geklappt hat. Finden wir nichts, freuen wir uns zwar, aber dann geht es auch sofort damit los, alles auf den Prüfstand zu stellen. Ihr habt alle Freiheiten, notwendige Gegenmaßnahmen aufzubauen. Auch für euch gilt wie für unsere beiden Damen im Personalbereich: Reichen die jetzt vorgesehen Kapazitäten, sowohl personell, aber auch seitens der von euch benötigten Technik, nicht aus, gebt mir sofort ein Signal. Ihr erhaltet dann alle notwendigen Ergänzungen.«

Soederstroem blickte in die Runde und schwieg erneut. Er wusste, dass seine Botschaft bei diesen Mitarbeitern angekommen war und dass er sich felsenfest darauf verlassen konnte, dass die Maschine anlaufen würde, sobald sie die Besprechung verließen. Aber spätestens morgen, da war er sich absolut sicher, würde diese Maschine bereits hochtourig laufen.

»Gibt es im Augenblick noch irgendwelche Fragen, Leute?«

Nur ein Mitarbeiter aus der IT meldete sich noch einmal. Er war der Jüngste im Raum und noch nicht allzu lange in diesem Team. Erst vor zwei Jahren war er in die Abteilung gekommen. Obwohl er über keinerlei Abschlüsse auf seinem Gebiet verfügte, wurde er immer dann hinzugezogen, wenn es galt, eigentlich unlösbare IT-Probleme zu lösen. Er war noch nie daran gescheitert, und selbst ganz erfahrene Spezialisten konnten sich meist nicht erklären, wie der Bursche das wohl wieder gemacht hatte.

»Herr Soederstroem, diese ganzen technischen Lösungen, die die Jungs da oben so entwickelt oder erfunden haben … die haben sie doch sicher patentrechtlich schützen lassen. Wieso dann dieser gewaltige Aufwand? Müsste doch eigentlich sicher sein, oder sehe ich da etwas verkehrt?«

Der Angesprochene wollte eigentlich schnell los, war doch fürs Erste alles besprochen und veranlasst. Und gerade diese Frage passte ihm nun ganz und gar nicht! Aber irgendwie musste er wohl auch darauf schnell eine gute Antwort geben, wenn er verhindern wollte, dass sich daraus etwa eine Diskussion entwickelte.

»Im Prinzip haben Sie gar nicht so Unrecht, junger Freund. Nur bedenken Sie, was passieren kann, wenn jedermann Zugang zu technischem Gedankengut hat und sich dann nicht an die Spielregeln hält. Wenn sich jemand gar nicht darum schert, was andere für Rechte haben, wenn es nur dem eigenen Vorteil dient. Muss ich Ihnen wirklich die Regionen auf dieser Welt nennen, in denen es aber sowas von egal ist, wenn man sich frei weg bedienen kann? Und wenn sich dann die Rechtsmaschinerie in Bewegung setzt und alles juristisch geklärt hat, dann könnte das Projekt schon in Vergessenheit geraten sein. Und aller finanzieller Aufwand und alle Arbeit wäre für den, der dies alles getragen hat, schlichtweg für die Katz! Sicher werden alle Entwicklungen und Erfindungen durch den Konzern patentrechtlich geschützt, aber sie jetzt offenzulegen, würde bedeuten, dass man alle Konstruktionszeichnungen öffentlich auf dem Marktplatz aushängen oder, Ihrem Genre gemäß, ins Netz stellen könnte. Und jeder kann sich dann kostenfrei bedienen. Sie werden mir Recht geben, dass das so nicht gehen kann! Natürlich kommt der Moment, wo abgeschlossenes Projekt und Patente gemeinsam ihre entsprechende Bedeutung erlangen. Aber bis dahin müssen wir sehr, sehr wachsam sein. Ich hoffe, ich habe Ihnen Ihre Frage zufriedenstellend beantwortet.«

Soederstroem konnte wohl davon ausgehen, nickte der Fragesteller ihm doch zu und erhob sich dann gemeinsam mit den anderen, um den Besprechungsraum zu verlassen. Auch der Chef dieser Mannschaft verließ schnell den

Raum, denn er wollte heute noch nach Tromsø fliegen. Er war zufrieden, dass alles so reibungslos organisiert werden konnte. Die nächsten Tage würden ihm zeigen, wo noch nachjustiert werden musste oder wo neue Schwierigkeiten auftauchen konnten. Wie schnell das gehen konnte, hatte er eben erlebt, als ihn der junge Mitarbeiter mit einem unangenehmen Thema konfrontiert hatte.

Und so eilig er es auch hatte, so rief er doch noch einmal dieses »IT-Wunderkind« zurück, das ihn soeben leicht in Verlegenheit gebracht hatte. Er wollte ihn zu einem speziellen Problem befragen, was wohl in den nächsten Tagen ziemlich im Mittelpunkt aller ihrer Arbeiten liegen würde. Er kannte seinen Mitarbeiter natürlich oberflächlich, hatte aber bisher mit ihm direkt nicht zu tun gehabt. Außer ein paar belanglosen Worten, wenn sie sich zufällig über den Weg gelaufen waren, gab es keine intensiveren Kontakte.

»Anders, wenn ich Sie kurz aufhalten darf …«

»Kein Problem. Sie sind der Chef!«

»Es wird nicht lange dauern, aber ich bin ehrlich gesagt an dieser Stelle richtig verunsichert. Ich will von Ihnen auch um Gottes Willen jetzt keine Lösung hören, aber nachdem Sie nun in etwa wissen, worum es geht … Wie schätzen Sie die Situation ein, können wir verhindern, dass diese Unterlagen wie und von wem auch immer gestohlen werden können? Man sagt Ihnen ja nach, dass Sie der größte Experte sein sollen, den es auf diesem Gebiet gibt.«

Soederstroem blickte den jungen Mann fragend an. Es war ihm gar nicht so recht, dass er als ganz erfahrener Organisator von Abwehraufgaben überraschend wenig Kenntnis davon hatte, was in dieser virtuellen Welt passieren konnte und möglich war. Seine Entscheidungen dazu beruhten darum ausschließlich darauf, was seine Mitarbeiter ihm vorgaben, ohne dass er deren Sinn oder die Notwendigkeit allumfassend bewerten konnte. Dies machte ihn erkennbar unsicher, vor allem aber unzufrieden, weil diese Situation für ihn ungewohnt war. Er wusste immer, welche Entscheidungen aus seiner Sicht die notwendigen und richtigen waren, und konnte sie auch immer vor sich und den Gremien des Dienstes begründen. Hier musste er sich aber eingestehen, dass es genau dieses Gebiet der Informationstechnologie mit ihren für ihn unerklärlichen und unüberschaubaren Facetten war, die ihn einfach überforderten.

Anders merkte, dass sein oberster Chef etwas verunsichert wirkte. Deshalb antwortete er nicht sofort und direkt auf die Frage, sondern dankte erst einmal höflich für dessen Einschätzung, er sei der beste Mitarbeiter in der zuständigen Abteilung.

»Ich leide echt nicht an Minderwertigkeitskomplexen, Chef. Und ich bin mir auch bewusst, dass ich diesen Job drauf habe. Aber glauben Sie mir, gäbe es auf diesem Gebiet Olympische Spiele, dann würde ich nicht mal zum näheren Favoritenkreis zählen. Medaillen würden ganz andere holen, Leute aus Gegenden, das würden Sie gar nicht glauben.«

Soederstroem lächelte und bat seinen Kollegen, er solle sein Licht doch nicht so unter den Scheffel stellen. »Da habe ich aber ganz andere und sehr erstaunliche Dinge über Ihre Fähigkeiten gehört.«

Anders ging nicht darauf ein und beantwortete nun die eingangs gestellte Frage. »Chef, es ist in der virtuellen Welt so wie in der richtigen: Nichts ist sicher! Sie können sich anstrengen, wie sie wollen – es wird immer ein Restrisiko geben. Es wird immer einer kommen und das, was Sie mit sensationellem Aufwand gesichert haben, mit noch sensationelleren Programmen aufspüren und klauen. Und wir werden dagegen auch wieder aufrüsten und gegenhalten. Eine Endlosspirale, die irgendwo in der Unendlichkeit zusammenfinden und ihr Ende finden wird. Sie sehen, das ist nur akademisch zu bewerten.«

Soederstroem war nicht allzu glücklich über diesen Ausblick, den ihm sein junger Mitarbeiter gegeben hatte. »Wäre es dann nicht besser, wir verzichten auf den gesamten Computerkram, machen wie vor 100 Jahren Blaupausen und verstecken alles im Tresor, den wir von einem Kommando Elitesoldaten bewachen lassen ...?«

»Klar, eine durchaus sinnvolle Alternative«, lachte Anders. »Wenn Sie von A nach B kommen wollen und Angst haben, dass Ihr Auto auf der Fahrt dorthin verunglückt, laufen Sie doch lieber fernab der Straße durch den Wald. Sie brauchen dann zwar tausendmal so lange, und irgendwo kann Ihnen natürlich auch ein Baum auf den Kopf fallen. Dann haben Sie in der Sache selbst auch nicht so viel gekonnt, oder? Und deshalb wette ich mit Ihnen, dass irgendwann einer kommen wird, der heimlich in Ihren Safe steigt und alle Ihre schönen Blaupausen mitnimmt.«

Da sich Soederstroem bei einem solchen Szenario in seinem Element fühlte, war er sich sicher, dass es für jeden schwieriger sein würde, in »seinen« von einem Kommando Elitesoldaten bewachten Safe einzudringen als in irgendeinen anonym dahinwerkelnden Computer. Diese Überlegung behielt er aber im Augenblick doch für sich.

Anders hatte gewartet, bis sich sein Chef offensichtlich mit seinem bildlichen Vergleich abschließend beschäftigt hatte. Der stellte aber überraschend eine Frage, die mit der bisherigen Diskussion offensichtlich nichts gemein hatte.

»Haben die IT-Experten des Konzerns die Sache im Griff?«

»Chef, wie soll ich Ihnen das jetzt beantworten? Wir fangen doch gerade erst mal mit unserer Arbeit an. Ich bin absolut überzeugt davon, dass die Leute dort exzellente Könner sind und über alle universitären Ausbildungen verfügen, um ihre Arbeit dort perfekt zu organisieren. Aber zu Ihrer eingangs gemachten Lobhudelei zu meiner Person: Geben Sie mir zwei Stunden, und ich bin sicher, Ihnen all das schenken zu können, was Sie mit aller Gewalt geheim halten wollen!«

Soederstroem blickte fassungslos auf seinen Gesprächspartner. »Das meinen Sie doch nicht im Ernst, Anders! Das ist doch einer Ihrer berühmt-berüchtigten Späße.«

»Verlassen Sie sich drauf, das ist keiner. Aber«, und hier lächelte Anders, »machen Sie sich jetzt erst mal keine allzu großen Sorgen. Offensichtlich weiß nirgendwo jemand etwas von diesem Projekt. Das ist im Moment der beste Schutz, den wir haben können. Wüssten wir nicht, dass der Osterhase bunte Eier bringt, würden wir nicht zielgerichtet danach suchen, oder? Und solange nur allgemeine Ausspähaktivitäten erkennbar sind – lasst die Jungs doch im Nebel stochern. Wir werden noch viel mehr Nebel fabrizieren, werden sofort alle wichtigen Computer der Ingenieure vom Internet trennen und noch jede Menge mehr. Aber, Chef, lassen Sie uns doch erst einmal richtig anfangen.«

»Fangen Sie an, Anders, und das so schnell wie möglich. Ich will über jeden einzelnen Klick informiert werden, klar?«

»Aye, aye, Captain! Verlassen Sie sich darauf.« Anders verschwand schnell aus dem Raum.

Soederstroem begriff, dass er soeben mit einem sehr ungewöhnlichen Burschen gesprochen hatte, den er von nun an nicht nur am Rande irgendwelcher zufälligen Begegnungen wahrnehmen würde. Und er begriff, dass seine Gedanken ab jetzt sehr sorgenvoll um das kreisen würden, was er da soeben von diesem jungen Dachs gehört hatte.

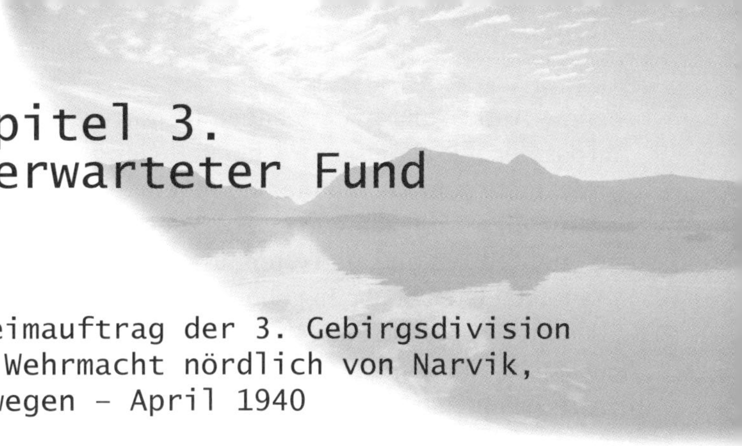

Kapitel 3. Unerwarteter Fund

Geheimauftrag der 3. Gebirgsdivision der Wehrmacht nördlich von Narvik, Norwegen – April 1940

Die Männer rasteten zum ersten Mal, seit sie den Marsch begonnen hatten. Obwohl alle körperlich in allerbester Verfassung waren, war es ihnen enorm schwergefallen, bis hierher durchzuhalten. Die Seereise von Bremerhaven hier hoch in den Norden hatte ihnen physisch und psychisch alles abverlangt. Der Zerstörer, der sie aufgenommen hatte, war in der stürmischen See dermaßen hin- und hergeworfen worden, dass diejenigen, deren Füße noch niemals zuvor die Planken eines Schiffes betreten hatten, glaubten, diese tobenden Wasser und die dadurch bei wirklich allen auftretenden Symptome einer schrecklichen Übelkeit würden ihr Ende bedeuten, bevor sie überhaupt das Einsatzgebiet erreicht hatten. Selbst erfahrene Matrosen an Bord hatten ihnen bestätigt, dass dieses Wetter schon in eine der schlimmsten Kategorien der hier oben um diese Jahreszeit durchaus üblichen Frühjahrsstürme eingeordnet werden musste.

Ihr Einsatzbefehl, den sie erst erfahren hatten, als sie schon die Wesermündung verlassen hatten, stellte die Einheit vor die Aufgabe, unter Umgehung der erwarteten Eroberungsschlacht bei Narvik einen Verbindungsweg nach Finnland zu erkunden, um hier zukünftiges Zusammenwirken der Wehrmachtseinheiten mit den Truppen des Generals Oiva Willamo sicherzustellen. Da es in den Kommandozentralen der Planungsstrategen kein ausrei-

chendes Aufklärungsmaterial über die dortige Region gab und das Gelände als ausgesprochen schwierig eingeschätzt wurde, hatte man die Männer aus einer Gebirgsjägerdivision für diese Aufgabe ausgewählt – einfach weil sie zu den erfahrensten und am besten für eine solche Maßnahme ausgebildeten Soldaten gehörten.

Und so war es ihnen auch tatsächlich gelungen, nachdem sie die Grausamkeiten der maritimen Überfahrt endlich überstanden hatten und an Land abgesetzt worden waren, dass sie, ohne auf einen einzigen Gegner zu treffen, das Kampfgebiet großräumig umgehen konnten. Der Schlachtenlärm war zwar auch noch zu hören, als sie – immer entlang eines Fjordes marschierend – bereits die höheren Berge erreicht hatten und mit ihrem Aufstieg begannen. Aber sie selbst mussten, so wie es der Befehl vorgegeben hatte, tatsächlich nicht einen einzigen Schuss abgeben.

Viele pausenlos bergan steigende Kilometer später waren sie nur noch von der Stille einer faszinierenden Bergwelt umgeben. Man hatte im Vorfeld der Operation im April zwar darauf hingewiesen, dass auf diesem Marsch auch noch mit Schnee gerechnet werden musste. Aber dass sich eine solche Menge vor ihnen auftürmte, das war dann bei den Stabsplanern wohl doch nicht in einem derartigen Umfang vorgesehen gewesen. Die geforderten Marschgeschwindigkeiten waren pure Illusion, und dies nicht nur wegen der übermäßigen Schneeberge.

Auch die Navigation im Gelände und damit verbundene Umwege erforderten einen weitaus höheren Zeitaufwand als geplant. So war es unumgänglich, dass öfter als vorgesehen biwakiert werden musste. Nachtmärsche hatten sich als unverantwortlich riskant in diesem Gelände herausgestellt. Allerdings war die Einheit nicht darauf eingerichtet, einen längeren als den geplanten Zeitraum in diesen Bergen zu verbringen. Um hohes Marschtempo zu sichern, waren die Gebirgsjäger nur mit leichten Waffen, zugehöriger Munition sowie dem allernötigsten Proviant ausgerüstet. Hochgebirgstaugliche Zeltbahnen, Kletterutensilien sowie die üblichen persönlichen Gebrauchsgegenstände komplettierten schon die ganze Ausrüstung.

Unter diesen Umständen waren sie ziemlich froh, als sie am vierten Tag ihres Aufklärungsmarsches zum nächtlichen Biwakieren den Eingang zu einem Stollen fanden, der ihnen ausreichenden Schutz vor der Kälte der Nacht und den immer wieder aufkommenden Schneeschauern bot, die ein eisiger Wind aus dem Norden herunterwehte.

Am nächsten Morgen erkundeten sie nähere Einzelheiten zu ihrem Schutzquartier der Nacht. Am Abend zuvor war dazu keine Gelegenheit mehr gewesen. Zum einen hatte die aufkommende Dunkelheit dies verhindert, zum anderen hatten sie nach mehreren Dutzend Marschkilometern durch das schwierige Gelände keinerlei Lust und Interesse mehr an weiteren Erkundungsabenteuern. Umso überraschter standen die Soldaten nun in einem unterirdischen Gewirr von gut begehbaren Gängen und Stollen, die sich an ihren jeweiligen Enden zu regelrecht geräumigen Kammern ausweiteten. Da man mit an Sicherheit grenzender Wahrscheinlichkeit ausschließen konnte, dass in dieser unwirtlichen Gegend Menschenhände dieses unterirdische Gebilde geschaffen hatten, war es wohl Mutter Natur gewesen, die mit ihren erosiven Kräften, getragen von Wasser, Eis und Kälte, in einem kosmisch langen Zeitraum diese Stätte hier oben konstruiert und gestaltet hatte. Alle waren fasziniert von dem Wirken solcherlei Naturkräften, denn in dieses eisenharte Gestein ein solch regelrecht strukturiertes Höhlensystem einzuschlagen, wäre wohl dem menschlichen Wesen nur unter allergrößten Schwierigkeiten gelungen. Wenn er es überhaupt soweit geschafft hätte.

Sie kartierten ihre Entdeckung sorgfältig in den mitgeführten Unterlagen. Mehr konnte aus Zeitmangel zu diesem Zeitpunkt nicht untersucht werden, denn sie hatten einen enorm wichtigen Auftrag zu erfüllen. Nicht umsonst galten sie als Elitetruppe, und genauso wollten sie sich auch verhalten. Also verschlossen sie den Eingang akkurat und setzten ihren Marsch fort, natürlich nicht ohne eine entsprechende Information über ihre Entdeckung an den Führungsstab zu übermitteln.

Auch wenn man dort aktuell ganz andere Sorgen hatte, weil sich die militärische Lage beim Kampf um Narvik noch immer schwierig gestaltete, wurde diese Meldung doch für so interessant eingestuft, dass sie direkt weiter nach Berlin gegeben wurde. Dass man auch hier mit Interesse registrierte, was die kleine Aufklärungseinheit da in der norwegischen Wildnis zufällig aufgespürt hatte, zeigte sich spätestens daran, dass, als im folgenden Sommer die Eroberung des Landes als abgeschlossen galt, eine hochrangige Delegation von Wehrmacht und SS unter dem Siegel höchster Geheimhaltung diesen Landstrich aufsuchte. Die Gebirgsjägereinheit, die auf ihrem Marsch nach Finnland dieses Höhlensystem zufällig entdeckt hatte, wurde mit der logistischen Führung und Sicherung der Aktion betraut.

Nur wenige Wochen danach waren Bauspezialisten, die vom Bunkerbau Mussolinis aus Italien abgezogen worden waren, damit befasst, alle notwendigen baulichen Voraussetzungen zur Nutzbarmachung des unterirdischen Systems zu schaffen. Wie erwartet, waren diese Aufwendungen aufgrund der vorgefundenen Ausgangssituation gering und konnten schnell abgeschlossen werden.

Schon zum Zeitpunkt der Baumaßnahmen war die Gebirgsjägereinheit in einem streng geheimen Ritual in Berlin dazu vergattert worden, die zukünftige Bewachung und den kompletten Schutz des Objektes zu übernehmen. Welche enorm hohe Bedeutung diese Verpflichtung hatte, zeigte sich allein schon an der Tatsache, dass der Reichsführer SS an diesem Ritual teilnahm.

Bereits ab Oktober desselben Jahres realisierte das verpflichtete Kommando die Aufgabe, geheime Anlieferungen direkt zu übernehmen und unter größten Mühen und Anstrengungen durch das unwegsame Gelände unbemerkt in das Objekt zu bringen und dort sicher einzulagern. Auch waren sie von Zeit zu Zeit damit befasst, entsprechend angemeldete und autorisierte Personen in das Bunkersystem zu bringen, ohne dass diesen die genaue geografische Lage erkennbar werden durfte. Diese Leute hatten ausschließlich die Aufgabe, angelieferte Bauteile irgendwelcher Ausrüstungen auf ihre Funktionsfähigkeit zu testen. Ebenso war zu prüfen, dass eine ordnungsgemäße Einlagerung aller Anlieferungen erfolgte. Nur diese Besucher waren in der Lage, derartige Überprüfungen vorzunehmen, da die stationierten Gebirgsjäger zu diesem Zeitpunkt keinerlei Informationen oder Kenntnisse über das hatten, was sich da überhaupt in den von ihnen bewachten unterirdischen Kammern befand.

Da es unmöglich war, dass die Soldaten ständig in dem System leben konnten, wurde frühzeitig dafür gesorgt, dass sie in einem normalen Umfeld eingegliedert wurden, ohne dass erkennbare Auffälligkeiten bei der einheimischen Bevölkerung oder bei den ansonsten im Lande stationierten Wehrmachtseinheiten auftraten. Dies war relativ leicht zu bewerkstelligen, da die Einwohnerdichte vor Ort sehr gering und die nächstgrößere Ansiedlung Stunden entfernt war.

Als die Besatzung Norwegens endete und sich die deutschen Truppen mit einer verachtenswerten Strategie der verbrannten Erde aus dem Land zurückzogen, verloren sich die Spuren dieses geheimen Kommandos.

Kapitel 4. »Pen Pals«

Deutsche Demokratische Republik – 1960er-Jahre

Der Gang zum Briefkasten war die obligatorisch erste Handlung, wenn der 15-jährige Jürgen nach dem Ende der Schule am frühen Nachmittag nach Hause kam. Und immer war dieser Weg verbunden mit der spannenden Frage, ob denn wohl auch heute wieder diese ersehnten Briefe für ihn darin liegen würden.

Eigentlich war eine solch innere Spannung gar nicht erforderlich, denn er konnte absolut sicher sein, dass meist nicht nur einer, sondern im Normalfall ein ganzes Bündel von diesen postalischen Angeboten auf ihn warteten. Ohne sich vorerst um irgendetwas anderes zu kümmern, wurde umgehend das eingetroffene Material sorgfältig in Augenschein genommen. Ein erstes freudiges Gefühl machte sich in ihm breit, wenn er sah, dass wieder Briefe aus der ganzen weiten Welt den Weg in seine Heimatstadt gefunden hatten.

Im Laufe der Zeit hatte sich dabei ein regelrechtes Ritual herausgebildet, wie er mit diesen Umschlägen umging. Die bunten Marken verrieten ihm schon vorab, an welch entfernten Orten sich die auf Papier eingefangenen Sätze seiner Briefpartner, von ihm nur »Pen Pals« genannt, auf den Weg gemacht hatten. Und da entdeckte man schon Beachtliches. Australien, die USA und Kanada, Indien und England, Frankreich und Norwegen, Ägypten und viele, viele weitere Boten aus mehr oder weniger weit entfernt liegenden Ländern versammelten sich regelmäßig in friedlicher Eintracht in der Dunkelheit des häuslichen Briefkastens, um nach der Befreiung aus diesem zeitweiligen Verließ in seinen Händen sofort einen Wettbewerb darum zu führen, wessen bunteste Erscheinung wohl als Erstes sein aktives Interesse finden würde.

Eine solch große Anzahl an Briefen bei sich vorzufinden hatte natürlich vor allem auch damit zu tun, dass er selbst fleißig den Kugelschreiber bewegte und seinerseits Unmengen von Briefen an Adressaten in diese Länder schickte.

Auf der kleinen Post in der Nebenstraße wusste man schon, wenn er eintrat, dass wieder einige von diesen federleichten und blaurot umrandeten Luftpostbriefen, mit jeder Menge Sondermarken versehen, auf eine weite Reisen geschickt werden sollten. »Luftpost und möglichst viele Sondermarken.« Seine diesbezügliche Handlungsaufforderung war für die Mädchen hinter dem Postschalter fast schon so etwas wie ein geflügeltes Wort geworden. Und auch wenn die vorhandenen Beschränkungen der diversen Markeneditionen immer wieder zu Engpässen bei der Erfüllung des geäußerten Wunsches führten, so taten sie doch stets ihr Möglichstes, um auch wirklich attraktive Marken zu verwenden. Es war den Damen hinter dem Schalter deutlich anzumerken, dass auch sie selbst einigen Spaß daran hatten, an diesen außergewöhnlichen Briefwechseln mitzuwirken, die es in einer solchen Intensität nicht noch ein weiteres Mal in der kleinen Postfiliale gab.

Hatte Jürgen dann die eingegangenen Briefe geöffnet, war er in hohem Maße darauf gespannt, was seine Briefpartner alles zu berichten wussten. Im Laufe der Jahre hatten sich so einige wirkliche intensive Freundschaften aus diesen Schreibverbindungen entwickelt.

Der Weg dahin war gar nicht einfach gewesen, da die gesamte Korrespondenz in englischer Sprache geführt werden musste, und seine vorhandenen Fähigkeiten, sich damit auszudrücken, waren anfangs nicht sonderlich geeignet, hier größere Hoffnungen auf einen tiefgründigen und langlebigen Gedankenaustausch zu entwickeln. Allerdings galt es dabei einerseits zu bedenken, dass er auch erst am Anfang seiner Bemühungen stand, diese Sprache zu erlernen. Andererseits war es zu der Zeit, als er die Schule besuchte, eben auch nur möglich, sich dem Englischen als zweite Fremdsprache im schon etwas fortgeschrittenen Schüleralter zuzuwenden.

Eine sonderliche Wertigkeit wurde dieser Sprache gleich gar nicht zugeordnet. Viel wichtiger für die staatliche Obrigkeit und deren Bildungslenker war die Beherrschung des Russischen. Die mit diesem Lernangebot durchaus auch verbundenen Möglichkeiten von Briefwechseln in das Land des großen Bruders hatte Jürgen auch versucht. Nur führten seine permanenten Probleme beim Erlernen der russischen Sprache immer wieder zu erheblichen Verständigungsproblemen mit den dortigen Partnern, so dass all seine Versuche, in östliche Richtung Kontakte zu knüpfen, schon nach kürzester Zeit kläglich scheiterten.

Auf jeden Fall war es sein erster Englischlehrer, der spannend aus seiner Kriegsgefangenschaft in Amerika zu berichten wusste und damit Auslöser dafür war, dass sich das fast noch kindliche Interesse an der weiten Welt ausschließlich in die westlich gelegenen Regionen verlagerte. Offensichtlich verstand der Lehrer sein Handwerk, denn fast allen Teilnehmern dieses Englischkurses vermittelte er Kontakte für schüchterne Schreibversuche ins englischsprachige Ausland, die von seinen Schülern auch sehr gern angenommen wurden.

Und so schickte auch Jürgen erste englischsprachige Meldungen in die Welt hinaus, die bekanntgaben, wie sein Name war und dass er zwei Eltern habe – eine Information, die in zukünftigen Gesprächsrunden noch zu erheblicher Belustigung führen sollte.

Erst viele Jahre später hatte er dann erfahren, dass dieser Lehrer unehrenhaft aus dem sozialistischen Schuldienst entlassen worden war. weil er konterrevolutionäres Gedankengut in die Köpfe seiner Schüler eingepflanzt haben soll. Konterrevolutionäre waren Jürgen und seine Klassenkameraden nachweislich zwar nicht geworden, aber fraglos hatte dieser Lehrer ihnen allen Fernweh beladene Träume und damit verbunden ein stetig wachsendes Verlangen eingepflanzt, selbst einmal dahin zu gelangen, wohin ansonsten nur die Briefe in der Lage waren hinzufliegen. Auch einmal mit denen persönlich zu reden, die bisher nur mittels der eng beschriebenen Briefseiten besucht werden konnten, war ein sehnsuchtsvoll herbeigewünschtes Erlebnis. Allerdings ein Wunsch ohne jede realistische Erwartung.

Noch für lange Zeit blieben es einzig die Briefe und bunten Karten, die eine Grenze überwanden, an der sich ansonsten jeder eine blutige Nase holte, der persönlich einmal in diese ferne, aber offensichtlich doch so spannende Welt schauen wollte.

Wie schnell man sich massiven Ärger einhandeln konnte, hatte Jürgen erfahren, als er eine Einladung seiner englischen Freundin zur Fußballweltmeisterschaft zum Anlass nahm, bei den Behörden offiziell um eine Besuchserlaubnis nachzufragen. Natürlich war ihm von vornherein der provokante Charakter seiner Anfrage bewusst, weil er die Antwort darauf schon vorausahnen konnte. Andererseits wollte er in seinem jugendlichen Überschwang aber auch nicht einsehen, jemanden darum bitten zu müssen, irgendwohin fahren zu dürfen. Er bat schließlich nicht darum, dass ihm irgendwer das Fahrgeld schenken oder ihm Unterkunft und Verpflegung bezahlen solle. Auch sollte man ihn nicht von der Schule freistellen, da ohnehin Ferien waren, und nach dem Ende der Weltmeisterschaft würde er logischerweise wieder pünktlich in seiner Klasse sitzen.

Als er seinen Antrag nach längerem Überlegen dann tatsächlich abgegeben hatte, musste er einige Verwirrung in den Amtsstuben der zuständigen Behörden verursacht haben, denn es dauerte eine längere Zeit, bis er eine Einladung »zur Klärung einer Angelegenheit« erhielt. Mehrere Leute erwarteten ihn bei seiner Ankunft bereits, nur um ihm mitzuteilen, dass dieser Antrag keinesfalls genehmigt werden könne. »Bürger, überlegen Sie sich zukünftig sehr genau, womit Sie sich so beschäftigen«, wurde ihm eingeschärft.

Es war noch gar nicht so lange her gewesen, dass Jürgen, wie alle seine Freunde im Rahmen des bedeutungsschweren Rituals der Jugendweihe, staatlich angeordnet und damit hochoffiziell in den Kreis der Erwachsenenwelt aufgenommen worden war. Nun schien er in dieser tatsächlich richtig angekommen zu sein, war er doch als »Bürger« enttarnt worden. Das naive Albern mit dieser Sache sollte ihm aber spätestens vergehen, als er zu Hause von den Eltern erhebliche Vorwürfe für sein Tun erhielt. Als er vom Schuldirektor später die direkte Frage gestellt bekam, ob er keine Lust mehr aufs Abitur habe, hatte er die erste Lektion im Umgang mit der Staatsmacht gelernt.

Das bedeutete für ihn nun aber ganz und gar nicht, auf seine geliebte Korrespondenz in die westliche Hemisphäre zu verzichten – im Gegenteil! Er entwickelte ungeahnte Kreativität im Aufspüren neuer Briefkontakte. In einer Zeit, in der der Besuch des Internets mit seinen unendlichen Recherchemöglichkeiten oder die Nutzung elektronischer Post nur zur Gedankenwelt einiger weniger Autoren utopischer Literatur gehörte, war dies auch zwingend erforderlich, wollte man solcherlei Verbindungen erfolgreich aufspüren.

Als sich Funk und Fernsehen der gern selbstbewusst auftretenden DDR einmal ganz weltoffen präsentieren wollten, erschien in einer Schwarz-Weiß-Ausgabe ihrer

Programmzeitschrift ein Foto, auf dem dies mit entsprechenden Korrespondenzen aus aller Welt dokumentiert werden sollte. Dieses Bild zeigte Briefe, die so übereinandergelegt waren, dass die Absender gerade noch lesbar blieben. Solche Einrichtungen wie zum Beispiel das »Australian Broadcasting House« oder auch die »Canadian Broadcasting Corporation« wünschten laut Anzeige intensive Kontakte mit dem staatlichen Hör- und Fernsehfunk der DDR. Der geneigte Leser dieser Zeitung konnte nun ganz deutlich erkennen, wie unglaublich wichtig und auch begehrt dieses kleine Land in aller Welt wohl sein musste!

Mit stark vergrößernder Lupe enttarnte Jürgen die mikroskopisch klein gehaltenen Schriftzüge der Absender aus dem Zeitungsbild. Kaum war diese Aufgabe gelöst, gingen nun seinerseits Briefe an diese Funkhäuser mit der Bitte, doch seine Anschrift irgendwie zu veröffentlichen, um dann neue Brieffreundschaften zu finden.

Und seine Kreativität zeigte erstaunlichen Erfolg, wurde der heimische Briefkasten doch immer mehr mit Post aus der westlichen Welt dekoriert. Jürgen entwickelte ungeahnte Kreativität, wenn es darum ging, solcherlei Kontakte herzustellen und auszubauen, sowie einen fast masochistisch anmutenden Eifer, diese bunten Ansichtskarten zu sammeln, die die schönsten Ecken dieser unerreichbaren Gegenden freimütig herzeigten.

Vielleicht war die Emsigkeit, mit der er diese Sammlung aufbaute, dadurch bedingt, dass er in einer Stadt lebte, wo sich der alltägliche Verfall im positiven Sinne nur noch mit einem morbiden Charme umschreiben ließ. Dieser wurde immer dann bemüht, wenn die Argumente für eine freundlichere Bewertung ausgingen und die ganze Stadt riechen konnte, was die Werktätigen in all den umliegenden Chemiebetrieben wieder leisteten, um den Sozialismus mit gewaltigen Produktionserfolgen voranzubringen. An denen war Jürgen aber weit weniger interessiert als an den grandiosen Eindrücken, die ihm die bunten Karten in sein Zimmer zauberten.

In seiner grenzenlosen Jagd nach ihnen nahm er allerdings überhaupt nicht zur Kenntnis, dass die von ihm so fanatisch gesammelten Bilder aus entfernten Welten nichts von dem zeigten, was man auch an diesen Orten an weniger bunt schillernder Idylle finden konnte. Woher sollte er es auch wissen, wenn man ihm jegliche Möglichkeit nahm, sich selbst einmal ein Bild zu machen. Nicht einmal die Einladung nach England hatte er annehmen dürfen. Die Erfahrungen, die er sehr konkret mit den Behörden gemacht hatte, als er diese Englandreise tatsächlich beantragt hatte, waren ihm schmerzlich, vor allem aber auch sorgenvoll im Gedächtnis haften geblieben. Deutlich war ihm zu verstehen gegeben worden, dass man seine weiteren Aktivitäten intensiv beobachten würde. Deshalb war er überrascht, dass es trotz dieser Drohgebärde der Staatsmacht keine weiteren Probleme bei den nach wie vor intensiven postalischen Grenzüberschreitungen in die westliche Hemisphäre gab.

Außer den Briefen und Karten erhielt er jede Menge an Materialien, die natürlich in erster Linie den altersgemäßen Interessen galten. Und so waren im Besonderen die eingehenden Fotos und Berichte über die medialen Explosionen der aktuellen Musikszene regelrechte Schätze. Diese am nächsten Morgen mit den Schulfreunden intensiv zu begutachten und zu bewerten, gehörte zu seinem erwartungsfrohen und standardisierten Ritual. Was war das für eine Begeisterung, wenn anstelle von verschwommenen Bildern, die irgendein Szene-Kauz vom Fernsehprogramm des Klassenfeindes abfotografiert hatte und deren verschwommene Qualität eigentlich nur erahnen ließ, was sich darauf befinden sollte, nunmehr Hochglanzbilder von Hand zu Hand gingen. Anhand dieser glitzernden Buntheit konnten sich die Fraktionen der

Anhänger von *Stones* und *Beatles* gegenseitig doch viel besser überbieten in dem Erkennen und Bewerten der Höherklassigkeit der angebeteten Idole! Man konnte nur staunen, wie schnell die Wörterbücher zur Hand waren, mit deren dringend notwendiger Hilfe die beiliegenden Berichte aus dem Englischen ins Deutsche transferiert wurden und Glanz in die Augen der staunenden Fangemeinden zauberten. Die Geschwindigkeit und Qualität solcherart Übersetzungen wurde in keiner Lehrstunde bei aller Bemühungen der Lehrkräfte je erreicht.

Bei einem Klassentreffen viele Jahre später waren sich die damals Beteiligten darüber einig, dass ohne diese Materialien aus den angelandeten Briefumschlägen die eigenen Sprachfertigkeiten wohl weitaus weniger schnell und intensiv entwickelt worden wären. Vielleicht hätte man diese Erkenntnisse, die ja auch den Lehrverantwortlichen nicht verborgen blieben, didaktisch cleverer im Unterricht nutzen können. Dass es niemandem von diesen ernsthaft in den Sinn gekommen war, über eine solche Idee nachzudenken, lag wohl vor allem daran, dass die Volksbildungsministerin mit ihrem lilagefärbten Haar eine solche Dialektik nicht vertreten hätte.

So blieb es eben nur beim heimlichen und schon fast konspirativen Agieren mit den postalischen Schätzen aus einer real anderen Welt. Und vor allem bei der erstaunlichen Erkenntnis, dass all diese Briefe mit den beiliegenden Artikeln, Bildern, Karten und noch so manch anderem Material vollkommen problemlos Jürgen als den hiesigen Empfänger erreichten. Immer wieder staunte er darüber. Es waren ja nicht nur die eigenen Erfahrungen, weswegen er sich überrascht zeigte. War es doch auch das Wissen darum, dass die Staatsmacht mit ihren gar nicht allzu geheimnisvollen Organen bekannt dafür war, Postsendungen einer besonders intensiven Prüfung zu unterziehen. Gerade solchen aus dem Teil der Welt, in dem das Proletariat noch sehnsuchtsvoll darum bemüht war, all die Vorteile zu erkämpfen, deren man sich in der hiesigen Welt schon rühmte.

Und da eigentlich fast alles, was sich dann in diesen Briefen fand, nicht so recht geeignet schien, den ideologischen Klassenstandpunkt in der staatlich gewünschten Form zu festigen, war nicht nur die Kontrolle, sondern auch die Selektion oder Vernichtung dieser Dinge ein gängiges Mittel, hiesige Empfänger vor solcherart Gefährdungen zu schützen. Fast täglich hörte Jürgen von seinen Freunden etwas von gefledderten Briefen, konfiszierten Postsendungen und erkennbar geöffneten Paketen. Nur die an ihn verschickten Postsendungen, egal was sie enthielten, kamen scheinbar mühelos an jenen Schranken vorbei, die ansonsten alles aufhielten.

Selbstverständlich machte sich Jürgen im Laufe der Jahre darüber immer wieder Gedanken. Als er eines Tages vom Außenministerium der Vereinigten Staaten von Amerika einen dicken Brief mit umfangreichem Material zu Verfassung und vielerlei anderen staatsrechtlichen Informationen erhielt, stellte er eines mehr als erstaunt fest: Außer der Tatsache, dass das »Great Seal«, welches man versiegelt in einem Doppelumschlag beigelegt hatte, zwar offensichtlich aufgebrochen worden war, schien ansonsten alles unbeschädigt und auch vollständig bei ihm angekommen zu sein.

Als sich aus einer der beiliegenden Adressen dann ein Schriftwechsel mit einem gleichaltrigen Jugendlichen ergab, der sehr kontrovers verlief, flackerte bei ihm ein durchaus sorgenvoller Gedanke an mitlesende Interessenten in irgendwelchen heimlichen Lesestuben der allgegenwärtigen Staatsmacht auf. Diese Sorge war schon deshalb nicht ganz ungerechtfertigt, weil sich mit den Jahren ein ziemlicher Widerspruch zwischen seiner erstaunlich gewachsenen Fähigkeit, in englischer Sprache Diskussionen zu führen, und dem hiesigen Alltagsleben entwickelt hatte, das mit seinen Erkenntnissen aus den Briefdiskussionen nicht kompatibel zu sein schien. Und ihm war durchaus bewusst, dass sich diese Tendenz auch in seinen Antwortschreiben abzeichnete. Trotzdem änderte er nichts an seinen postalischen Meinungsäußerungen.

Da zu seiner eigenen Überraschung all diese Aktivitäten auch weiterhin ungestört verliefen, verlor sich so langsam seine Sorge an eine durchaus vorhandene Gefahr. Und dies wohl völlig zu Recht, denn problemlos erreichten ihn auch weiterhin nicht nur die Karten und Briefe, sondern auch immer mehr Pakete und Päckchen mit teilweise absonderlichen Inhalten. Bumerangs und sonstige Utensilien der australischen Aborigines, kunstgewerbliche Gegenstände von den Märkten Indiens, umfangreiche Werbematerialien der Chicagoer Wirtschaftsförderer, Highlights der Flower-Power-Bewegung aus San Francisco, Landkarten, Kompasse, sogar Schallplatten aus Norwegen, Schilder bekannter Pubs aus London oder Voodoozauber-Puppen aus der Karibik.

Manchmal dachte er fast verzweifelt darüber nach, wo er all diese Gegenstände überhaupt noch lagern sollte, zumal der Zustrom an neuen Objekten immer größer wurde. Auch wenn es ihm gelang, all diese Dinge wie in einem persönlichen Museum aufzubewahren, und er sie auch sorgfältig pflegte, so blieben seine heimlichen Favoriten doch die bunten Ansichtskarten. Denn mit nichts anderem war es einfacher, sich in diesen Teil der Welt hinwegzuträumen.

Und so gehörte es durchaus zur beliebten Beschäftigung, die inzwischen mehr als 10.000 Exemplare zählenden Karten immer wieder neu zu ordnen. Nach Ländern, Städten oder auch nach optimierten Reiserouten, die er wählen würde, um dies alles dereinst zu besuchen.

Immer wieder spielte dabei der Gedanke eine Rolle, dass es schon ein tolle Sache wäre, mit den Leuten wirklich einmal persönlich zusammenzutreffen, mit denen er schon so lange in Kontakt war. Natürlich wurde im Laufe der Zeit nicht jede der Verbindungen in gleich hoher Intensität geführt. Aber einige hatten sich doch zu sehr festen und innigen Freundschaften entwickelt. Und dass es sich dabei zumeist auch noch um hübsche Mädchen handelte, machten ihm seine Träume nicht weniger sympathisch.

Umso mehr traf es ihn, als plötzlich und unvermittelt nach all den Erfahrungen der vergangenen Jahre sein gesamter Briefverkehr zusammenbrach. Nicht ein Brief, nicht die kleinste Karte fand noch den Weg in seinen Briefkasten.

Anfangs nahm er die Sache überhaupt nicht weiter ernst. Auch er selbst beantwortete nicht jeden Brief sofort, und inzwischen hatten sich ja im Laufe der Jahre ihrer aller Lebensumstände und die damit verbundenen Aufgaben sehr gewandelt. Die ungebundene Schulzeit war lange vorbei, Studium oder Beruf forderten ihren inhaltlichen und zeitlichen Tribut. Einige hatten inzwischen ihre eigene Familie, und erster Nachwuchs hatte sich eingestellt. Logisch, dass sich da Prioritäten verschoben. Dass aber lange Zeit keinerlei Lebenszeichen von seinen »Pen Pals« mehr kamen, passte einfach nicht zu all den bisherigen Erfahrungen. Immerhin konnte er auch zu diesem Zeitpunkt fast wöchentlich mit Post von einem seiner langjährigen Briefpartner rechnen. Nun dominierten selbstverständlich Berichte von der Arbeit im Krankenhaus, Hochzeitsbilder und stolze Schnappschüsse von der Tochter.

Bald schrieb er sich die Finger wund, um nachzufragen, was denn los sei und warum nichts mehr ankomme. Er erhielt keinerlei Reaktionen mehr. Keine Antworten von den langjährigen und schreibfleißigsten Partnerinnen aus England und Norwegen, aber auch nichts mehr von all den anderen, mit denen er über so viele Jahre erfolgreich korrespondiert hatte.

Von einem Tag zum anderen war das Tor zugeschlagen, über das sich sein Fernweh einen bescheidenen Pfad gesucht hatte und wo die Fantasie der Antrieb und die Post der Transporteur seiner Reiseträume gewesen waren. Immer wieder versuchte er, den verlorenen Kontakt wiederherzustellen. Aber der stetig vorhandene Misserfolg ließ diese Versuche seltener werden, bis er die Sinnlosigkeit erkannte und es gänzlich aufgab.

Natürlich war ihm klar, dass etwas passiert sein musste, denn dass die gesamten Kontakte komplett und schlagartig zur selben Zeit zusammenbrachen, war einfach nicht zu erklären. Etwas Merkwürdiges war offensichtlich vorgefallen, wofür er keinerlei Erklärung fand. Was auch immer er noch versuchte, sein Briefkasten wurde nicht mehr mit Post aus der westlichen Welt gefüttert.

Kapitel 5. Schatten der Vergangenheit

Lufthansaflug nach Oslo, Norwegen – 2002

»Letzter Aufruf für Herrn Jürgen Kimmel, gebucht auf Lufthansaflug 3478 nach Oslo. Bitte begeben Sie sich umgehend zum Gate 56. Dies ist der letzte Aufruf.«

Er erreichte die Tür gerade noch im letzten Moment, kurz bevor diese geschlossen wurde. Irgendwie war es ihm unangenehm, so auf den letzten Drücker anzukommen. Gerade er galt als regelrechter Pünktlichkeitsfanatiker und war lieber um einiges vor einem vereinbarten Termin da als verspätet. Diesmal hatte er aber nicht bedacht, dass ein Fahrkartenkauf auf dem Hauptbahnhof neuerdings nur noch an einem dieser Automaten möglich war, die sich offensichtlich mit einer rasanten Geschwindigkeit vermehrten. Man musste beinah fürchten, dass bald nirgendwo mehr eine von diesen Fahrkartenverkäuferinnen anzutreffen war, die sich meist freundlich nach dem Reiseziel erkundigten, dann die Reisestrecke ohne weitere Nachfragen auf die Fahrkarte drucken lassen konnten und sogar passendes Wechselgeld bereithielten.

Jürgen hatte jedenfalls völlig unterschätzt, dass die Kombination aus der Störanfälligkeit dieser Automaten und seiner eigenen Unfähigkeit, die notwendigen Zahlenkombinationen wegen der nicht griffbereiten Lesebrille richtig im Terminal einzugeben, eine nicht unwesentliche Zeitverzögerung verursachen konnte. Der Zug hatte sich schon wieder auf den Weg zu seinem Ziel gemacht, während er noch mit den Tücken des Objekts kämpfte.

Allerdings hatte er wie immer in seinem Handeln versucht, derlei Missgeschicke und die dadurch verursachten Zeitverzögerungen, wie dereinst der berühmte englische Weltreisende bei seiner Fahrt um die Welt in 80 Tagen, in seine Reiseplanung einzukalkulieren.

Er war mit dem nächsten Zug zwar rechtzeitig nach Berlin gekommen, doch bei der Fahrt mit dem Taxi nach Tegel hatte ein gewaltiger Stau die letzten Zeitreserven aufgebraucht. So war er mehr als froh, dass er den Flieger erreicht hatte. Denn nur Sekunden, nachdem er vollkommen außer Puste der Stewardess ein entschuldigendes Lächeln geschenkt hatte, schloss diese etwas unwirsch die schwere Kabinentür.

Es entsprach dem Naturell von Jürgen, dass er, kaum dass er sich auf seinem Platz eingerichtet hatte, diese kleinen Schwierigkeiten schon aus seiner Erinnerung verdrängt hatte. Das Flugzeug war komplett ausgebucht, und so dauerte es einige Zeit, bis er sich mit einem Kaffee in der Hand behaglich zurücklehnen konnte. Er freute sich sehr auf die Tage in Norwegen. Es war selten genug in den letzten Jahren gewesen, dass er sich die Zeit für einen so ausgiebigen Urlaub genommen hatte. Dies hatte ihn immer ziemlich geärgert. War es doch gerade Norwegen, mit dem er sich seit seiner Jugendzeit eng verbunden fühlte. Auch wenn es nur eine Brieffreundschaft gewesen war, die ihm so ausgiebig dieses Land nahegebracht hatte, war diese doch so außergewöhnlich intensiv gewesen, dass er immer den Wunsch gehabt hatte, dort einmal allein auf eine sehr persönliche Erkundung zu gehen.

Dieser Wunsch war im östlichen Teil der beiden deutschen Republiken viele Jahre utopische Träumerei geblieben. Umso größer war seine Vorfreude nun darauf, endlich loszuziehen und all das persönlich zu besuchen, was er in seinen Vorstellungen schon so häufig erforscht hatte. Er hatte sich zwar keinerlei Plan vorgegeben, wie denn seine Erkundungstour verlaufen sollte. Völlig ins Blaue hinein wollte er allerdings auch nicht starten.

Und so hatte er die Idee geboren, doch einmal den Versuch zu wagen, seine damalige Briefpartnerin aufzuspüren. Einmal war ihm ein solch aussichtslos erscheinendes Unterfangen schon gelungen. Er hatte, unter Mithilfe von Fernseh-, Rundfunk- und Printmedien, seine ehemalige Briefpartnerin in London wiedergefunden, was anfangs auch völlig aussichtslos erschienen war. Aber mit der ihm eigenen Kreativität und dem Willen, etwas Begonnenes auch erfolgreich abzuschließen, hatte er eine Unmenge von Aktivitäten eingeleitet und immer wieder neue Ideen entwickelt.

Diese hatten schließlich dazu geführt, dass sich an einem sonnigen Sonnabendnachmittag im Sommer vor vier Jahren am Themseufer zwei Leute in den Armen lagen, die sich vor Jahrzehnten mehr oder weniger Belangloses mitzuteilen hatten und die nun nach Jahren ohne jeden Kontakt zusammenfanden, als hätte es diese Situation nie gegeben. Selbst in der ereignisüberfüllten Weltstadt London war dies recht emotional aufgenommen und durch eine erstaunlich umfangreiche Berichterstattung Gänsehaut erzeugend verbreitet worden.

Als dann sogar die Frau des britischen Außenministers zum gemeinsamen Tee eingeladen und sehr interessiert der Geschichte gelauscht hatte, war ihm eines sehr deutlich bewusst geworden: nämlich, dass er auf die Frage, warum denn damals eigentlich dieser enge freundschaftliche Kontakt eingestellt worden war, wo doch ein so interessiertes und engagiertes Verhältnis zwischen ihm und seiner englischen »Pen Pal« bestanden hatte, keine vernünftige Antwort geben konnte.

Tatsache war, dass er es ja immer wieder versucht hatte, den plötzlich und unvermittelt abgebrochenen Kontakt wiederherzustellen. Und wie er nun in London erfahren hatte, war auch seine Briefpartnerin umgekehrt damals genauso bemüht gewesen, die unterbrochene Verbindung zu reaktivieren. Selbst viele Jahre später, so konnte er von ihr hören, war immer mal wieder ein Brief aus England auf den Weg geschickt worden, aber ohne jegliche Resonanz. Dass die Briefe auch nicht zu ihr zurückgekommen waren, hatte sie ungemein verwundert. Vermutete sie doch zu Recht, dass sich seine Adresse im Laufe der Jahre durch Wohnungswechsel mit an Sicherheit grenzender Wahrscheinlichkeit geändert haben dürfte, so dass damit keine Möglichkeit der Zustellung bestand. Nur käme solcherart Post dann immer wieder als »unzustellbar« deklariert an den Absender zurück, was in diesem Fall niemals passiert war. Alle Briefe, in welche Richtung sie sich auch immer aufgemacht hatten, ihre Neuigkeiten zu verbreiten, waren verschwunden geblieben.

Natürlich war die von ihm geplante Suche nach seiner norwegischen Briefpartnerin von ganz anderen Voraussetzungen geprägt als die damaligen Nachforschungen in England. Er gestand sich innerlich ein, dass es hier schon jede Menge an Fakten gab, die nicht unbedingt dafür sprachen, dass er ähnlichen Erfolg wie vor Jahren in der britischen Weltstadt haben würde. Immerhin waren noch einige Jahre mehr vergangen, seit der Zeit, als er mit seiner norwegischen »Pen Pal« so intensiv in Kontakt gestanden hatte.

Jürgen holte sein Handgepäck aus der Ablage und kramte eine Schachtel mittlerer Größe hervor. In ihr hatte er einige der Dinge untergebracht, die ihm hoffentlich bei seiner Suche nützlich sein würden. Er betrachtete die Fotos seiner damaligen Briefpartnerin Marte. Als er das hübsche junge Mädchen sah, war ihm völlig klar, dass sie ganz bestimmt verheiratet sein würde und ihren damaligen Nachnahmen Selboskaaten gewechselt haben dürfte. Auch das würde seine Suche mit Sicherheit nicht einfacher machen. Die alten Briefe, von denen er einige auf die

Reise mitgenommen hatte, gaben mit ihren Angaben zur damaligen Anschrift von Marte die Zielregion vor, die er ansteuern wollte. Sie hatte hoch im Norden des Landes gelebt, konkret in der Region um Tromsø. Ob sie auch heute noch dort zu Hause war oder inzwischen ganz woanders lebte, war ihm ebenfalls vollkommen unbekannt.

Jürgen gingen beim Blick auf seine mitgeführten Unterlagen viele Gedanken durch den Kopf, die eigentlich alle zu der Erkenntnis führten, dass es mit einiger Sicherheit auszuschließen war, irgendeinen Weg zu finden, der ihn zu seiner damaligen »Pen Pal« führen würde. Andererseits baute er darauf, dass er bei einem Besuch dort oben irgendjemanden finden würde, der sich an Marte erinnern konnte und vielleicht sogar wusste, wo sie heute zu finden war.

Ein Blick in die erstaunliche Welt von Google Earth hatte ihm schon zu Hause die Erkenntnis gebracht, dass er den damaligen Wohnort von Marte nicht angezeigt bekam. Dies konnte eigentlich nur heißen, dass er nicht sonderlich groß war. Je kleiner ein Ort aber ist, umso größer wohl die Chance, dass sich die Nachbarn bestens kannten und vielleicht sogar nach so vielen Jahren noch wussten, wer wohin gezogen war.

Von Haus aus ein grenzenloser Optimist, baute Jürgen einfach darauf, dass er schon jemanden fände, der ihm weiterhalf. Und falls er bei seiner Suche dann doch scheitern sollte, so stellte ein solches Ergebnis für Jürgen auch kein größeres Problem dar. Es machte ihm einfach nur Spaß, seine Reiseroute danach festzulegen, wo er Möglichkeiten vermuten konnte, Kontakt zu Marte zu finden. Und misslang dieses Vorhaben, so kam er doch in die schönsten Gegenden des Landes und lernte zumindest die nähere Heimat seiner damaligen Briefpartnerin kennen.

Letztlich war er mindestens genauso gespannt darauf, wie er empfinden würde, wenn die ihm auf Grund der bunt bedruckten Ansichtskarten seit langer Zeit bekannten Landschaften dann in ihrer tatsächlichen Pracht vor ihm auftauchten. Welche dieser Landschaften es auf seiner Tour genau würden, da konnte und wollte sich Jürgen einfach überraschen lassen.

»Möchten Sie noch Kaffee?« Die Stewardess, die bei seinem verspäteten Einsteigen vorhin noch ein wenig böse geschaut hatte, war nun wieder mit ihm versöhnt. Er nahm das Angebot gern an, ließ seine Gedanken dann aber umgehend wieder zurückwandern.

Er hatte in Vorbereitung seiner Reise in das Land der Fjorde, auch inspiriert durch die damalige Frage der Gattin des englischen Außenministers nach dem Grund der nicht nachvollziehbaren Beendigung aller Briefkontakte, einen weiteren Versuch gestartet, Erklärungen dafür zu finden. Ein Freund hatte ihm empfohlen, doch Einsicht in die Unterlagen zu nehmen, die in den Büros des ostdeutschen Geheimdienstes in dieser Angelegenheit mit Sicherheit unter seinem Namen angelegt worden waren. Und vielleicht fanden sich ja dort irgendwelche Hinweise darauf, warum seine Briefverbindungen so überraschend geendet hatten.

Da er sich ohnehin mit dieser Problematik einmal hatte beschäftigen wollen, hatte er vor einigen Wochen einen Termin in jener Behörde vereinbart, in der die Relikte vergangener Bespitzelungen sorgfältig verwahrt wurden. Und so landeten seine Erinnerungen jetzt wieder in jenem Raum, der durch die kalt wirkende Beleuchtung der Leuchtstofflampen noch unangenehmer auf ihn gewirkt hatte, als es das spartanisch eingerichtete Zimmer ohnehin tat.

Hier, in einem der ehemaligen Büros, in denen die Staatssicherheit dereinst residierte, saß er nun vor einem dicken Stapel mit Unterlagen, die einzig und allein ihn betrafen. Dass sich so viel angesammelt hatte, war für ihn überraschend. Keineswegs hatte er damit gerechnet, dass man seiner Person so viel Aufmerksamkeit geschenkt hatte. Er blickte beim Lesen all dieser Unterlagen zurück in weit Vergangenes und staunte über dort festgehaltene Erlebnisse und Dinge, die er selbst schon lange vergessen hatte, alldieweil sie für ihn belanglos und ohne jede Bedeutung gewesen waren. Manchmal musste er laut lachen über die Erkenntnisse, die man da über ihn gesammelt hatte. Diese waren im Grunde so albern und lächerlich, dass er sich fragte, was die Leute dazu bewogen haben musste, einen solchen Unsinn zu erfassen und zu sammeln.

Allerdings verdunkelte sich seine Miene auch manchmal beim Lesen, wenn er Berichte fand, die ihn dann doch betroffen machten. Nicht nur, weil sie ihn persönlich diffamierten, sondern vor allem deshalb, weil er sehr schnell erkannte, wer wohl die Lieferanten all dieser Nachrichten über ihn gewesen sein mussten. Irgendwann, viele Stunden später, schlug er die vor ihm liegenden Unterlagen zu, fest dazu entschlossen, sich nicht länger mit diesem Teil einer Lebenserfahrung zu beschäftigen, die ihm sein ansonsten immer fröhliches Gemüt erheblich zu verdunkeln drohte.

Er war schon dabei, die auf dem großen Tisch lagernden Unterlagen zusammenzuräumen und den Raum auf Nimmerwiedersehen zu verlassen. Sein Blick fiel dabei auf eine große Anzahl an ungewöhnlich dicken Ordnern, die schon äußerlich verrieten, dass sie ein paar Jahre länger in dem Archiv ihr Dasein gefristet haben mussten als die, die er gerade in seinen Händen gehabt hatte.

Und so setzte er sich doch noch einmal und öffnete auch diese Aktendeckel. Nun blickte er endlich auf Unterlagen, derentwegen er eigentlich dieses Haus aufgesucht hatte: Hinweise auf seine damaligen Briefkontakte! Zu seiner völligen Überraschung sah er auf Kopien von Briefen, die er vor vielen Jahren in alle Welt geschickt hatte.

Der Blick in die Ordner zeigte ihm, dass seine gesamten postalischen Aktivitäten fein säuberlich archiviert waren. Offensichtlich war hier alles erfasst, womit Jürgen in all den Jahren den Mitarbeitern der Post eine Menge Arbeit bereitet hatte. Getrennt nach Ländern, in der Chronologie des zeitlichen Postausgangs und mit dem dazugehörigen Antwortschreiben in deutscher Übersetzung war alles fein säuberlich archiviert. Auch war exakt vermerkt, was sich ansonsten noch in den Postsendungen befunden hatte. Jede Ansichtskarte, jeder Zeitungsausschnitt über was auch immer, jede noch so kleine Information zu Land und Leuten war mit einer solchen Akribie erfasst worden, die weit über dem Niveau lag, wie er selbst mit diesen Dingen umgegangen war. Bei ihm war alles in mehr oder weniger großen Kisten gelandet, es sei denn, man fand Bilder, Fotos oder Artikel über die *Beatles* oder die *Stones*, die dann, trotz des damit verbundenen unausweichlichen Ärgers mit den Eltern, an die Wände geheftet wurden und fortan eine altarähnliche Kultstätte bildeten.

Jürgen zeigte sich regelrecht perplex über diese Zusammenstellung und die Sorgfalt, mit der alles erfasst worden war, und er fragte sich ganz ernsthaft, wozu dieser unglaubliche Aufwand denn eigentlich betrieben worden war. Briefe pubertierender Jugendlicher mit all dem mitgeschickten Krimskrams konnten doch wohl nicht so bedeutungsschwer sein, um einen derartigen Aufwand zu begründen. Diese Korrespondenz so arbeitsintensiv und akribisch zu erfassen, erschien Jürgen vollkommen unverhältnismäßig, und er konnte sich das rational überhaupt nicht erklären. Seine Post derart intensiv zu überprüfen und zu archivieren, hatte wohl mehr als nur einem der hier in dem grauen Gebäude beschäftigten Personen über etliche Jahre ein breites Arbeitsfeld geschaffen.

Er war so fasziniert von diesem merkwürdigen Fund, dass er darum bat, ihm doch bitte diese Unterlagen zu kopieren. Da er bei Weitem nicht eine solche Ordnung in seinen alten postalischen Sammlungen hatte, wie er sie hier vorfand, nahm er sich vor, diese nunmehr miteinander zu vergleichen. Er hoffte, so an Informationen zu gelangen, die ihn bei der Suche nach Erklärungen für das plötzliche Ende aller seiner Verbindungen weiterbrachten. Möglicherweise fanden sich sogar Adressen seiner ehemaligen »Pen Pals«, die ihm unbekannt geblieben waren, weil diese erst viel später versucht hatten, mit ihm erneut Kontakt aufzunehmen, dabei aber in den Akten der Postüberwacher hängen geblieben waren.

»Sie wollen wirklich, dass diese gesamten Unterlagen kopiert werden?«, fragte die Dame am Ausgabetresen mit einiger Verwunderung, als er ihr die Unterlagen zurückgab. »Das ist nicht kostenfrei. Und bei der Menge an Akten ... da kommt einiges zusammen.«

»Machen Sie mal, das ist schon okay«, lächelte Jürgen, und als er die Unterlagen einige Tage später abholte, freute er sich sehr auf die Beschäftigung damit.

Als er Wochen später all dieses Material intensiv gesichtet und miteinander verglichen hatte, war er nicht schlauer als zuvor, wenn er sich die Frage stellte, warum denn nun die Briefwechsel so abrupt geendet hatten. Er hatte keinerlei Hinweise darauf bei der Durchsicht der Akten finden können. Einzig eines war ihm aufgefallen: Alle seine Briefpartner waren akribisch und in aller Ausführlichkeit in den gesammelten Werken der Staatssicherheit erfasst und archiviert. Aber ausgerechnet seine Korrespondenz nach Norwegen, die mit Abstand intensivste, inhaltlich ausführlichste und mit großem Abstand umfangreichste, fand sich nirgendwo in den Unterlagen. Nicht den allerkleinsten Hinweis darauf konnte er entdecken. Es war Jürgen völlig unerklärlich, hatte er doch zur Norwegerin Marte Selboskaaten das innigste Verhältnis von all seinen »Pen Pals« aufgebaut und gepflegt. Es war nicht erklärbar und eigentlich ganz und gar unmöglich, dass ausgerechnet dieser Kontakt den Postkontrolleuren der Stasi verborgen geblieben sein sollte. Spätestens hier hatte Jürgen den Entschluss gefasst, baldmöglich nach Norwegen zu reisen. Nicht nur, um das Land endlich richtig kennen zu lernen, sondern auch, um Marte möglicherweise ausfindig zu machen.

Zuvor wollte er aber unbedingt versuchen, einen dieser heimlichen Briefleser zu finden. Er hoffte darauf, auf diesem Wege zu erfahren, warum gerade der Briefwechsel nach Norwegen keinerlei Niederschlag in den ansonsten lückenlosen Sammlungen seiner Kontakte gefunden hatte. Dass Jürgen in den Unterlagen der Postüberwacher des ostdeutschen Geheimdienstes keinerlei Hinweise auf seine damaligen Verbindungen in den hohen Norden Europas gefunden hatte, verunsicherte ihn tatsächlich sehr. Und so suchte er so lange, bis er den Chef jener geheimen Briefkontrolleure ausfindig gemacht hatte.

Eines Tages sollte er tatsächlich demjenigen gegenübersitzen, der diese Abteilung von heimlichen Brieflesern dereinst geleitet hatte. Es war zwar nicht einfach gewesen, diesen Kontakt zu finden. Aber als er endlich dessen Telefonnummer in den Händen hielt, zögerte er keinen Augenblick, diesen Menschen anzurufen und um einen Gesprächstermin zu bitten.

Nachdem er sich ihm vorgestellt hatte, war für einige Momente nichts von dem Gesprächspartner am anderen Ende der Leitung zu hören, so dass er schon damit rechnete, dass dieser wohl gleich den Hörer auflegen würde.

»Sind Sie der Kimmel, von dem man häufig in der Zeitung lesen kann, wenn man die Seite mit der Kommunalpolitik aufschlägt?«

»Wahrscheinlich«, antwortete Jürgen knapp. Er hatte nicht die allergeringste Lust, sich zu diesem Thema weitergehend zu äußern.

»Da hat mir einiges gefallen, was Sie da teilweise so von sich gegeben habe«, so sein Gesprächspartner.

Jürgen musste mächtig schlucken. Ein solches Lob aus dem Munde eines ehemaligen ranghohen Vertreters der lauschenden Staatsmacht war ihm nicht nur hochgradig peinlich, es machte ihn regelrecht fröstelnd. Jetzt war es an ihm, für einige Momente fast sprachlos am Telefon zu verharren.

»Sind sie noch dran?« Sein Telefonpartner war wohl noch immer erfahren genug, dass er Kimmels Verblüffung nach einer solchen Gesprächseröffnung genau erspüren konnte.

»Ja, natürlich. Bin ich. Könnten wir uns irgendwann mal zusammensetzen und miteinander sprechen? Ich hätte da ein paar Fragen, bei denen Sie mir möglicherweise weiterhelfen könnten.«

»Es geht um Briefwechsel?«, so die knappe, militärisch klingende Erwiderung.

»Genau. Wären Sie bereit, mir eventuell ein paar Auskünfte zu geben?«

»Passen Sie auf, eigentlich ist dieses Kapitel für mich abgeschlossen. Ich will nichts mehr davon hören«, klang es verbittert aus dem Hörer, »aber in Ihrem speziellen Fall mache ich tatsächlich eine Ausnahme. Nur, mir geht es im Augenblick gesundheitlich nicht so gut. Ich komme kaum noch aus der Wohnung, wenn ich nicht gerade zum Arzt muss. Sie müssten sich dann schon zu mir bemühen.«

Er nannte seine Adresse in einer Gegend, die sich nach der Wende zu einem regelrechten Problemviertel entwickelt hatte. Davor war sie heiß begehrt gewesen, vor allem für Hinzugezogene aus allen Teilen des Landes. Diese hatten die Außentoiletten auf ihren Dörfern sehr gern gegen Fernheizung und fließend Wasser in der Stadt getauscht und ihre Arbeitskraft einer solchen Wohnung wegen den umliegenden Chemiebetrieben übertragen.

Jürgen vereinbarte einen Termin für den Besuch bei dem ehemaligen Geheimdienst-Mitarbeiter und bedankte sich für die Bereitschaft, ihm bei seiner Suche nach Erklärungen helfen zu wollen.

»Wissen Sie, ich kannte Sie früher schon einmal recht gut. Und nun lerne ich Sie nach all den Jahren unter völlig anderen Voraussetzungen noch mal persönlich kennen. Darauf bin ich selbst gespannt! Wäre dem nicht so, hätte ich den Hörer gleich wieder aufgelegt, als sie angerufen haben. Also bis dann.«

Diese Verabschiedung des ehemaligen Stasioffiziers am anderen Ende der Leitung verursachte bei Jürgen einen regelrechten Schock. Er versuchte noch einmal, diese letzten Worte in seinem Gedächtnis zu rekapitulieren, und kam dabei zu der aus Erschrecken und Verwunderung bestehenden Erkenntnis, dass dieser Mann ihn nach eigenem Bekunden schon lange kannte. Dass der sich nach all den Jahren auch noch an ihn so genau erinnerte, stürzte Jürgen vollends in Verwirrung. Es konnte ja wohl nicht sein lächerlicher Briefwechsel gewesen sein, was dem Häuptling aller Postschnüffler so dauerhaft im Gedächtnis geblieben war. Er war hochgradig gespannt auf das, was er von diesem Stasimann erfahren würde.

Trotz dieser inneren Anspannung musste er allerdings auch darüber lächeln, dass sein Ausflug in die Kommunalpolitik ihm hier mal ein unerwartet positives Erlebnis beschert hatte, denn offensichtlich hatte er den ehemaligen Schlapphut damit insofern beeindruckt, als er sich überhaupt bereitfand, mit ihm zu reden.

»Entschuldigen Sie, aber ich glaube, das gehört wohl Ihnen«, meldete sich die Flugbegleiterin bei ihm und reichte einige der Fotos, die er vor wenigen Minuten noch in seinen Händen gehalten hatte, an ihn zurück. »Sie haben gar nicht bemerkt, dass die Bilder zu Boden gefallen sind, so sehr waren Sie in Gedanken versunken. Es ist aber nichts damit passiert, ich habe es ja rechtzeitig bemerkt.«

»Oh, Danke. Ich habe in der Tat geträumt und nicht bemerkt, dass die Bilder weggerutscht sind.« Er verstaute alle Unterlagen und packte diese wieder in sein Handgepäck.

Kaum war er in seinem Sitz zurück, gingen seine Gedanken erneut zum Besuch bei dem Stasimann vor ein paar Wochen.

Jedes Detail war in seiner Erinnerung geblieben. Er hatte sein Auto auf dem Parkplatz in der Nähe der angegebenen Adresse abgestellt. Ein Blick in das Karree verriet ihm, dass dieses Wohngebiet schon bessere Tage gesehen hatte. Die Häuser waren zum großen Teil unsaniert, und etliche von ihnen warteten wohl nur noch auf ihr körperliches Ende und damit auf den Abrissbagger. Zugenagelte Fensterhöhlen signalisierten, dass ein ungebremster Wegzug seiner Bewohner tägliches Geschehen sein musste. Ehemalige Kinderbetreuungseinrichtungen waren zu unkrautüberwucherten Abenteuerspielplätzen mutiert. Eine direkt an der Straße liegende Gaststätte zeigte sich in so desolater Verfassung, dass große Hinweisschilder dringlich davon abrieten, in irgendwelchen Kontakt mit ihr zu treten. Allerdings hätte es dieser Schilder gar nicht bedurft. Es wäre auch ohne diesen Hinweis wohl niemand auf die Idee gekommen, hier um ein kühles Bier nachzufragen. Einzig der Einkaufstempel eines bekannten Lebensmitteldiscounters in geringer Entfernung verriet, dass hier tatsächlich noch Nachfrage existierte. Nichts war ein so deutlicher Indikator dafür, dass es doch noch ausreichend Einwohner und damit potenzielle Kundschaft an diesem Standort gab wie ein derartig neonlichtumrandeter schmuckloser Flachbau.

Jürgen hatte überlegt, ob er irgendetwas für seinen Gesprächspartner mitbringen sollte. Immerhin empfing dieser ihn in seinem Zuhause, hatte sich bereit erklärt, ihm

Rede und Antwort zu stehen. Üblicherweise zeigte sich Jürgen in dem Fall, dass er Hilfe von jemandem bekam, immer sehr großzügig und ließ sich nicht lumpen, wenn es darum ging, seinen Dank zu zeigen. In diesem speziellen Falle konnte er sich aber nicht dazu durchringen, diese für ihn eigentlich selbstverständliche Geste zum Gegenstand seines Handelns zu machen. Immerhin hatte dieser Mensch damals seine Post intensiv durchstöbert, ohne dass er ihn dazu aufgefordert oder ihm die Genehmigung dazu gegeben hatte. Er war zwar nicht nachtragend, aber vergessen konnte er das alles nun auch nicht.

Und zum anderen stellte er sich natürlich die Frage, wie der Angerufene wohl auf seine Bitte reagiert hätte, wäre die Zeit damals stehen geblieben. Natürlich wäre ein solches Gespräch niemals zu Stande gekommen. Wahrscheinlich hätte man ihn gleich wieder »zur Klärung eines Sachverhaltes« einbestellt. Deshalb plagte ihn keinerlei schlechtes Gewissen, als er mit leeren Händen den Klingelknopf gedrückt hatte, nicht ahnend, dass ihm diese Gesprächsrunde unvergesslich bleiben und ihn all die Zeit über noch sehr beschäftigen sollte.

»Guten Tag, Herr Ansorge! Mein Name ist Kimmel. Sie waren so freundlich, mit mir heute einen Termin zu vereinbaren, weil ich einige Fragen habe, bei denen Sie mir vielleicht weiterhelfen können.«

»Kommen sie rein! Ich habe sie gleich erkannt. Sie sehen den Fotos in der Zeitung ähnlich«, lachte der Gastgeber unvermittelt los.

Eigentlich liebte Jürgen solche verbalen Zuspiele und hatte fast immer eine schlagfertige und meist schwarzhumorige Antwort parat. Wahrscheinlich hätte er in diesem Fall darauf geantwortet, dass er sicher die Fotos mit dem Aufdruck »Wanted« meinte. Hier nahm er keine Notiz von der offensichtlich spaßig gemeinten Einleitung. Er war erkennbar unsicher, wie er mit seinem Gesprächspartner umgehen sollte. Es war für ihn eine persönliche Premiere, weil er bislang noch nie wissentlich einem ehemals ranghohen Vertreter der Staatssicherheit gegenübergesessen hatte, die er in ihrer Funktion stets verachtet und einfach ignoriert hatte.

Er wusste natürlich erst seit wenigen Wochen, dass Ansorge als Oberstleutnant dereinst für den Bereich zuständig gewesen war, der sich mit der »operativen Überwachung« auch seiner Post befasst hatte. Wäre Jürgen diesem freundlich wirkenden Mann irgendwo zufällig in der Stadt begegnet, nie wäre ihm der Gedanke gekommen, dass hier einer dieser dereinst herumschnüffelnden Gesellen seinen Weg kreuzte. Er wirkte mit seinen grauen, immer noch vollen Haaren eher wie der nette Opa von nebenan. Dieses Erscheinungsbild war selbstverständlich nicht ganz unlogisch. Schließlich sollten die, die da im Verborgenen kramten, ja auch nicht gleich erkennbar sein!

Ansorges Wohnung versprühte noch einen Charme, der vorwiegend durch die Anwesenheit alter DDR-Schrankwände geprägt war. Ansonsten aber war sie in einem tadellos aufgeräumten Zustand, so dass man daraus schließen konnte, dass hier ein Ordnungsfanatiker seine Heimstatt hatte.

»Darf ich Ihnen irgendetwas anbieten?«, fragte Ansorge.

Doch Jürgen hatte noch immer Mühe, sich in eine irgendwie normal wirkende Verfassung zu bringen. »Nein, vielen Dank. Ich will wirklich keine Umstände machen. Ich bin Ihnen, wie schon mehrfach gesagt, sehr dankbar, dass Sie bereit sind, mir ein paar Fragen zu beantworten.«

»Nein, das sind keine Umstände, die Sie mir machen. Ich habe Kaffee angesetzt, und er ist gleich durchgelaufen. Möchten Sie ihn mit Milch und Zucker?«

»Na gut, wenn Sie nichts anderes mehr reinschütten, nehme ich eine Tasse mit beidem.« Er biss sich, kaum dass er diese für ihn keineswegs untypische, aber doch recht anzügliche Antwort gegeben hatte, fast wütend auf die Zunge. Innerlich beschimpfte er sich, dass er sich nicht beherrschen konnte, seine zweifelsohne vorhandene Antipathie so deutlich zu zeigen. Schließlich wollte er ja etwas von dem Mann.

»Sie halten mich wohl für einen Verbrecher?«, kam auch sofort eine prompte Erwiderung.

»Ich bin bestimmt nicht hier, um solcherlei Bewertungen abzugeben. Das steht mir gar nicht zu, und ich will es eigentlich auch nicht, weil ich dazu viel zu wenig weiß, über das, was Sie tatsächlich zu verantworten haben. Aber da Sie mich, wie Sie mir am Telefon bereits zu verstehen gegeben haben, so gut aus der Zeitung kennen, wissen Sie ja, dass ich manchmal ziemlich schnell und ziemlich überspitzt daherrede. Sorry, ich wollte Ihnen selbstverständlich nicht unterstellen, dass Sie mir tatsächlich irgendwas in den Kaffee schütten, das war nur einer meiner manchmal aus der Hüfte geschossenen, seltsamen Späße!«

»Entschuldigung akzeptiert! Aber ich sehe, dass Sie einiges an Ressentiments mit sich herumtragen.«

»Wundert Sie das? Das kann Sie doch nicht wirklich überraschen.«

»Nein, natürlich nicht. Und ich gebe zu, dass ich darauf gehofft habe, mit Ihnen darüber zu diskutieren. Es ist nicht nur die eklatante und tägliche Langeweile, die mich bedrückt, seitdem alles anders für uns wurde. Es ist auch die Frage, die mich pausenlos bedrängt, ob das, was ich persönlich gemacht habe, irgendeinen Sinn, irgendeinen positiven Aspekt hatte. Mit Ihnen genau über diesen Aspekt zu diskutieren, wäre für mich sehr wichtig.«

Es schauderte Jürgen regelrecht bei diesen Worten. Er war hierhergekommen, um vielleicht etwas zu hören über die Zusammenhänge mit seinem Briefwechsel. Nun sollte er Grundsatzdiskussionen mit einem dieser Leute führen, die ganz ernsthaft darüber nachdachten, ob das, was sie mit ihrer Tätigkeit verantworteten, irgendeinen positiven Aspekt gehabt hatte. Womöglich sollte er ihm auch noch Absolution für sein einstiges Treiben erteilen …!

Er schluckte, als er seinen Gesprächspartner lange und ganz direkt ansah. »Damit wir uns richtig verstehen. Ich würde mich freuen, wenn Sie mir mit dem, was Sie über meine damalige Schreiberei wissen, weiterhelfen können. Wenn Sie aber erwarten, dass ich Ihnen irgendeine nachträgliche Zustimmung zu dem geben werde, was Sie auch noch als Ihren Arbeitsalltag bezeichnen, muss ich Ihnen sagen, dass dies definitiv nicht passieren wird. Auch wenn Sie mich nun ohne jede Information zu meinen Fragen wieder wegschicken – ich lehne es einfach ab, auch nur andeutungsweise darüber nachzudenken, ob Ihre dereinstige Schnüffelei in unseren Briefen irgendetwas Positives hatte, oder das Ganze etwa auch noch zu akzeptieren!«

»Mit all dem Gerede um den Datenschutz oder dem Mitlesen von E-Mails großer Geheimdienstorganisationen ist das wohl heutzutage viel besser?«, lachte ihn Erwin Ansorge spöttisch an.

Jürgen war sich fast sicher, dass sein Besuch mit dieser Diskussion beendet war und er nichts von seiner eigentlichen Zielsetzung erreicht hatte. Ein bisschen tat es ihm leid, dass er sich nicht zurückgehalten hatte, aber jedes andere Verhalten wäre für ihn vollkommen wesensfremd gewesen.

Nachdem dieser heftige Disput dazu geführt hatte, dass sie eine Weile einander schweigend angeschaut hatten, überraschte es ihn aber doch ungemein, dass Ansorge, nachdem er an seiner Kaffeetasse genippt hatte, plötzlich dieses Thema beendete und langsam zu erzählen begann.

»Wahrscheinlich kann ich Ihnen wenig Erhellendes zu Ihren Fragen erzählen. Vielleicht haben Sie anschließend dann trotzdem noch die Bereitschaft, mit mir auch über meine Fragen zu reden. Denn glauben Sie mir, ich zweifle an so vielem und möchte in einer ehrlichen Auseinandersetzung irgendwie auch Klarheit oder, wenn Sie so wollen, auch Einsichten gewinnen. Schauen Sie doch mal aus dem Fenster hier – gibt es nicht gute Gründe zu solcherart Diskussion?«

Jürgen schwieg diesmal bewusst, um nicht noch einmal zu gefährden, dass er vielleicht doch ein paar Antworten auf seine Fragen erhielt. Allerdings fiel ihm das wirklich nicht leicht, erschien ihm doch dieses beinahe weinerliche Erscheinungsbild Ansorges als unehrliches Verlangen, seine einstigen Handlungen rückwirkend zu entkritisieren. Vor allem suchte er aber anscheinend nach einer nachträglichen Akzeptanz und Legitimation. Und da offensichtlich die Langeweile in dieser Wohnung wahre Exzesse feierte, hatte sich hier wohl ein randvoller Stausee an selbstentwickelten Erklärungen angesammelt, die dringend heraussprudeln wollten, um dabei möglichst viel zu überschwemmen.

Er musste zum Glück nicht nach einer Antwort suchen, die sein Gegenüber wohl an dieser Stelle auch gar nicht erwartet hatte, denn der fuhr ohne eine größere Pause fort.

»Ich kann mich sehr gut an Ihren Fall erinnern, obwohl ich damals überhaupt noch nichts mit der Postüberwachung zu tun hatte.«

Schon diese Eröffnung rief bei Jürgen erneut dieses Gefühl absoluter Überraschung hervor, das er schon bei dem Telefonat mit Ansorge verspürt hatte. Fast war er erschrocken und schockiert darüber, dass er bei dieser Truppe ein »Fall« gewesen war. Davon hatte er weder in seinen Akten noch sonst irgendwie je etwas gelesen oder anderweitig davon gehört. Ganz zu schweigen davon, dass dieser »Fall« auch nach so langen Jahren offenbar noch fest im Gedächtnis dieses Geheimdienstmannes verankert war. Da mussten wahrscheinlich Gründe vorliegen, die Außergewöhnliches erwarten lassen konnten.

»Ja, ja, durch Sie hat es einen ganz schönen Wirbel gegeben, der derbe Konsequenzen verursacht hat. Sie haben davon nichts mitbekommen, weil die ganze Geschichte so geheim war, dass ich Ihnen auch heute keinerlei Erklärungen darüber geben kann. Nicht weil ich das nicht will. Nein, ganz einfach keiner aus meinem Bereich hat etwas über die Hintergründe erfahren. Nicht einmal der General, der die hiesige Bezirksstelle leitete, war über Details informiert. Das habe ich aber, nebenbei gesagt, auch erst erfahren, nachdem es die Bezirksverwaltung dann schon nicht mehr gab. Im Prinzip hoffe ich sogar, dass, wenn ich Ihnen meinen Kenntnisstand vermittelt habe, ich vielleicht von Ihnen irgendetwas höre, was mir die ganze Geschichte irgendwie verstehbar macht. Es war für uns der mysteriöseste Fall, den wir selbst erlebt und den wir nie aufgeklärt bekommen haben.«

Je länger Jürgen dieser ausschweifenden Einführung lauschte, umso mehr steigerte sich sein grenzenloses Erstaunen, und er blickte fast fassungslos auf Ansorge.

»Wie gesagt, ich war damals noch nicht in der Abteilung. Alle Akten über den Vorgang wurden später nach Berlin, in die Lichtenberger Zentrale, gegeben. Ich kann nur darüber berichten, was ich dann so erfahren habe, nachdem ich – übrigens im Zuge dieser Affäre – in diesen gewissen Bereich versetzt worden war. Den vormaligen Leiter der Postüberwachung hatte man zwangsversetzt, und die beiden Oberfeldwebel, die sich speziell mit Ihrem Postverkehr befasst hatten, waren von heute auf morgen nicht mehr in der Dienststelle. Auch später wusste niemand von uns, wohin sie gegangen sind. So was kam natürlich schon mal vor in einem solchen Apparat wie dem unsrigen, und Versetzungen waren an sich auch nichts Ungewöhnliches. Aber der personelle Bezug und die zeitliche Ballung der Vorgänge waren dann doch nicht alltäglich. Ich übernahm dann als Verantwortlicher das Kommando in der Postüberwachung und erhielt den persönlichen Befehl, unter allen Umständen abzusichern, dass, wenn Sie Briefe aus Norwegen erhalten, diese sofort dem Chef der Bezirksverwaltung übergeben werden. Dazu kam es dann aber nie, einfach deshalb, weil keine Post aus Norwegen für Sie mehr kam. Viel später habe ich dann, sicher unter Hinweglassen und Ausschmückung des ganzen Ablaufes, gehört, dass es einen riesigen Eklat gegeben haben soll. Der hatte einerseits die ganze personelle Umbesetzung bewirkt, andererseits beruhte er auf einem so unglaublichen internen Fehler, dass man es kaum für möglich halten kann, wenn man die ansonsten perfekte Organisation der Einrichtungen des Ministeriums kennt. Aber vielleicht war so was wie Ihr Fall auch nur dann möglich, wenn eine fast wahnwitzig zu nennende Geheimhaltung dazu führt, dass die linke Hand nicht weiß, was die rechte macht. Und wenn dies alles unter der Erfüllung militärischer Befehlsstrukturen passiert, kann wohl, wie im vorliegenden Fall, die allergeringste, noch so unbedeutende Ungenauigkeit im Ablauf ›verheerende Wirkungen‹ erzielen.«

Ansorge machte eine Pause, um noch mal frischen Kaffee nachzuschenken. Man konnte ihm anmerken, dass er sichtlich beeindruckt war, wenn er jetzt wieder in seine Erinnerungen um diese Geschichte eintauchte, die wohl auch für ihn alles andere als alltäglich gewesen sein musste.

»Es hatte eine streng geheime Anweisung von ganz oben gegeben, dass jeglicher Postverkehr, den Sie hatten, auf das Sorgfältigste zu erfassen und zu analysieren sei. Aber jegliches Material sollte nach der entsprechende Untersuchung dann auch komplett an Sie weitergeleitet werden, also keine der ansonsten üblichen Konfiszierungen erfolgen. Einzig der Briefwechsel von Ihnen nach Norwegen sollte in einer speziellen und vor allem sehr außergewöhnlichen Art und Weise behandelt werden. Da es keinerlei schriftliche Unterlagen oder Dienstanweisungen darüber gab, kann ich selbst nur spekulieren, was passiert ist. Diese Post sollte unkontrolliert und unbewertet weitergeleitet werden. Die Befehlsgeber in Berlin gingen bei dieser Festlegung logischerweise davon aus, dass diese gesamten Unterlagen selbstverständlich an den entsprechenden Bereich der Berliner Zentrale weitergeleitet werden sollte. Aber diese an sich logische Selbstverständlichkeit – welchen Sinn würde es machen, die Sendungen aus Norwegen völlig unkontrolliert an Sie als Adressaten weiterzuleiten? – war nicht klassisch angewiesen. Die für Ihre Post zuständigen Oberfeldwebel, sicher auch nicht gerade die Hellsten ihrer Zunft, hielten sich an den ihnen mündlich übertragenen Befehl und die damit verbundene Aufforderung, die Post aus Norwegen unkontrolliert durchmarschieren zu lassen. Nur eben nicht nach Berlin, sondern, so wie all die anderen Briefe auch, direkt zu Ihnen!

Nun fragt man sich natürlich, wie das jahrelang so gehen konnte, ohne dass Nachfragen kamen oder die Nichtaktivitäten doch für Verwunderung bei den Berliner Genossen hätten sorgen müssen. Auch da kann ich nur spekulieren. Dass es hier um Auslandsaktivitäten ging, werden wohl auch Sie erkennen. Aber offensichtlich waren diese so langfristig angelegt, dass auch mehrere Jahre ohne jede Rückkopplung kein internes Erstaunen hervorrief. Man ahnte ja in Berlin nicht mal etwas davon, wie intensiv die Briefe zwischen Ihnen und dem Partner in Norwegen schon seit Langem hin und her flogen. Ich bin nur ein kleines Rädchen in diesem Spiel gewesen! Aber meine Vermutung ist, dass Sie eine getarnte Kontaktadresse sein sollten, die nicht einmal ahnte, dass Sie das waren oder dass es einen solchen Weg überhaupt gab. Ich sage es mal spaßig: Wenn in der Zeit des Kalten Kriegs und den damals vorhandenen technischen Möglichkeiten Informationen am Gegner vorbei in die Zentrale geliefert werden mussten, war es ja schwerlich möglich, einen Brief an das Ministerium für Staatssicherheit zu adressieren, ohne dass der Gegner dies nicht verwundert zur Kenntnis genommen hätte. Und auch die sonstigen üblichen Kanäle waren bei Weitem nicht so sicher, wie mancher der Genossen das vielleicht gern gehabt hätte. Und so vermute ich mal, hier war ein entsprechender Kommunikationsweg installiert worden. Deswegen sollte auch Ihr sonstiger Briefverkehr ungestört erfolgen, so dass keinerlei Störungen auftreten durften, die die eigentliche Zielstellung hätte gefährden können. Dies war unglaublich aufwändig und wurde wohl nur bei richtig brisanten Projekten gemacht, aber alles in Ihrem Fall spricht meiner Meinung nach dafür. Dass die beschriebene persönliche Unfähigkeit der beiden Oberfeldwebel zu dem Fiasko geführt hat, dass aber auch alles falsch lief, was nur falsch laufen konnte, ist wohl einzigartig in der Geschichte der geheimdienstlichen Arbeit des Ministeriums. Und die Konsequenzen waren entsprechend, das kann ich Ihnen sagen! Es war nicht nur die Entbindung der Beteiligten von ihren Aufgaben. Keiner von uns wusste, was sonst noch alles so veranlasst wurde, nachdem man das ganze Ausmaß der Geschichte in der Berliner Zentrale erkannt hatte. Wochenlang gab es interne Ermittlungen gegen alles und jeden, und anhand der Autos, die bei uns auf dem Hof standen, wusste jeder im Hause, dass der hauptstädtische Dialekt, der laut auf den Fluren zu hören war, nicht unbedingt positive Entwicklungen versprach.«

Ansorge unterbrach seine Erzählung, wohl weil er am Gesichtsausdruck von Jürgen erkannte, dass sein Gegenüber immer fassungsloser den Ausführungen lauschte. Er kam der Frage zuvor, die diesem wohl auf der Zunge lag:

»Sie wollen wissen, wieso man dann doch nach all den Jahren entdeckt hatte, dass alles aus dem Ruder gelaufen war und so massiv eskalierte?«

»Sie nehmen mir die Frage auf direktem Wege aus dem Munde. Wieso flog diese Geschichte, zu diesem Zeitpunkt wohl auch recht überraschend, dann doch noch auf, nachdem sich jahrelang offensichtlich niemand für die Sache interessiert gezeigt hatte?«, wollte Jürgen wissen.

»Sie haben keinerlei Ahnung?«

»Nicht die Allergeringste. Sie stürzen mich ohnehin mit Ihren bisherigen Berichten in eine Gefühlslage, als wäre ich im Augenblick in einer Welt, die mit meiner bisherigen so viel zu tun hat wie unser hiesiger Fußballverein mit dem Gewinn der Champions League. Ich habe das Gefühl, als säße ich im Kino und sehe einen Film, in dem ich zwar mitspiele, aber gar nicht weiß, welchen Text ich aufsagen soll und worum sich eigentlich die Handlung dreht! Das Ganze ist so unwirklich für mich, dass ich das alles gar nicht richtig begreifen kann.«

»Ich erzähle Ihnen Tatsachen. Erinnern Sie sich an einen Ihrer Schulfreunde aus Kindertagen, der irgendwann einmal seinen Wehrdienst bei den Grenztruppen der DDR dazu nutzte, in einer kalten Silvesternacht mit einem gewagten Manöver das Land zu verlassen?« Er schwieg und blickte Jürgen aufmerksam an, wohl um dessen Reaktion zu sehen und an dem nunmehr bei seinem Gegenüber im Zeitraffer ablaufenden Erinnerungsvorgang teilzuhaben.

Natürlich dachte Jürgen sofort an Chris. Sie kannten sich von den Sandkastenspielen der frühen Kindheit bis hin zum gemeinsamen Prüfungsstress des Abiturs. Als Kinder hatten sie in der Tat ein recht intensives und freundschaftliches Verhältnis, später war es dann recht deutlich abgekühlt. Dies lag wohl weniger an ihm als mehr an seinem Freund. Mit zunehmendem Alter war er immer verschlossener geworden, fast ein Einzelgänger. Jürgen konnte nie verstehen, wie Chris fest abgesprochene Verabredungen, samstags in den bekannten Tanztempeln der Stadt Ausschau nach attraktiven Mädchen zu halten, schlichtweg nicht einhielt, nur weil im Fernsehen volkstümliche Theaterstücke auf dem Programm standen. Während er jedenfalls nicht unbedingt erfolglos den heimischen Mädels nachstellte, hatte Chris sich immer mehr hinter der Glotze versteckt. Trotzdem hatte sich, obwohl sich ihre Wege irgendwann gänzlich trennten, ein Rest von freundschaftlicher Sympathie erhalten, und dann und wann trafen sie sich auf einen Schwatz, obwohl Jürgen die gemeinsame Heimatstadt da doch schon eine ganze Weile verlassen hatte. Er hatte auch davon gehört, dass sein Schulfreund zur Armee gehen musste, als dieser schon gehofft hatte, der Kelch wäre an ihm vorbeigegangen. Aber irgendwelche tiefgreifenden Gedanken hatte Jürgen sich nicht darüber gemacht.

Umso mehr war er regelrecht erschüttert, als er eines Tages einen Brief, abgeschickt in einer westdeutschen Großstadt, in den Händen hielt und schon an der Adresse auf dem Briefumschlag eine durchaus vertraute Handschrift zu erkennen glaubte. Unfassbarerweise war sein Kamerad aus gemeinsamen Kinder- und Jugendjahren mit einem gewaltigen Sprung aus den Gefilden des sozialistischen Armeealltags in eine leuchtende kapitalistische Zukunft gewechselt, wie der beiliegende Zeitungsartikel einer Boulevardzeitung marktschreierisch vermeldete. Er konnte sich gut erinnern, war er doch damals wie vom Donner gerührt, als er das gelesen hatte. Dass ausgerechnet Chris einen solchen Sprung gewagt hatte! Wahrscheinlich hätte er sich eher selbst ein solches Agieren zugetraut, bevor er auf den Gedanken gekommen wäre, dass dieser schüchtern wirkende, zurückgezogen lebende Fan der Hamburger und Kölner Volkstheater eine solch brisante und nicht gerade ungefährliche Handlung plante und auch noch tatsächlich durchführte. War Republikflucht, oder auch nur der Versuch derselben, schon unausweichlicher Anlass für einen gewaltigen Katalog an bedeutungsvollen Schwierigkeiten, so war Fahnenflucht ein Vorgang, der diese Schwierigkeiten um ein Vielfaches potenzierte. Seine schriftliche Bitte an Jürgen, doch die nächsten Angehörigen, die da Vater und Mutter nebst einigen Schwestern waren, darüber zu informieren, dass es ihm gutgehe, war damit begründet, dass eine solche Mitteilung, direkt an sie geschickt, keine Chance haben würde, sie auch je zu erreichen. Und da Jürgen nicht mehr in der gleichen Stadt lebte, sah Chris eine Möglichkeit, auf diesem Wege die Grüße und vor allem die gewünschten Informationen zu seiner nunmehrigen Lebenssituation ungestört zu übermitteln. Jürgen hatte dies auch ohne jedes Zögern gemacht, schließlich kannten sie sich eine Ewigkeit.

Bei seinem Besuch in der Familie seines Freundes war er dann aber schlimm erschrocken über die Schwierigkeiten und Repressalien, in denen diese Leute nun leben mussten. Die Übergabe der Grüße und die Informationen fanden eine dementsprechende familiäre Reaktion, so dass er sich beeilte, schnell wieder auf die Straße zu gelangen. Er hatte später immer mal wieder etwas über die Familie seines Freundes gehört, aber er konnte sich nicht erinnern, dass jemals irgendetwas Positives dabei war. Verlorene Arbeitsplätze, abgelehntes Studium und wirklich üble Sanktionen zeigten wohl nur die Spitze des Eisbergs eines völlig aus den Fugen geratenen Lebens.

Auch wenn im Laufe der Jahre manches verblasste, hatte er sich manchmal gefragt, wie sein ehemaliger Kumpel wohl mit diesem Wissen zurechtkam. Zu wissen, welchen Preis seine Familie dafür zahlen musste, dass er nunmehr auch Ansichtskarten aus Paris an Jürgen schicken konnte, nur um ihm mitzuteilen, dass man auch sterben könne, wenn man diese Stadt gesehen habe.

Sie hatten sich nach der Wende einmal persönlich wiedergetroffen. Nicht er, sondern sein ehemaliger Freund hatte diesen Kontakt gesucht. Sie hatten versucht, miteinander über all diese damaligen Vorgänge zu reden. Und obwohl sie dies ausgiebig taten, war es Jürgen nicht gelungen, auch nur noch eine Gemeinsamkeit zwischen ihnen zu finden, außer der bekannten, dass sie ihre Kindheit und Jugend zusammen verlebt hatten. Sie waren sich so fremd geworden, wie man sich nur fremd sein konnte. Und ihre Zusicherung, bald mal wieder zusammenzukommen, war unehrlich und blieb von vornherein reine Verlegenheitsmakulatur. Und dies lag nicht an dem Dialekt, den Chris nun so überbetont sprach und den Jürgen ohnehin nicht besonders leiden konnte.

»Ich sehe Ihnen an, dass Ihr Erinnerungsvermögen bestens funktioniert. Ich muss Ihnen zu dem ganzen Vorgang nichts mehr erzählen, da wissen Sie wahrscheinlich manches besser als ich«, brachte ihn Ansorge zurück in die Gegenwart.

Merkwürdigerweise waren nur wenige Augenblicke vergangen, in denen er in diesen Erinnerungen gekramt hatte. Es kam ihm vor, als hätte er stundenlang vor sich hin geschwiegen.

»Eine unschöne Erinnerung, das muss ich heute mehr denn je sagen. Aber tun Sie mir bitte einen Gefallen«, bat Jürgen. »Erzählen Sie mir jetzt mehr zu den damaligen Vorgängen um die Briefe.«

Mit feinem Gespür erkannte Ansorge, dass dieses emotionale Thema von Jürgen unter keinen Umständen weiterdiskutiert werden wollte, und so kam er zum eigentlichen Thema zurück. »Sie erinnern sich an die Oberfeldwebel, die befehlsgemäß damit beschäftigt waren, sich um Ihre Post zu kümmern. Sie taten das nun schon längere Zeit, ohne dass irgendwelche besonderen Probleme auftraten. Außer der Norwegenkorrespondenz, die ohne jede Kontrolle an Sie durchgeleitet wurde, kam alles andere sorgfältig auf den üblichen Prüfstand. Das hieß im Normalfall, dass alles übersetzt wurde, anschließend kopiert und archiviert werden musste, und erst nach solchem Prozedere wurde es ohne Konfiszierungen an Sie weitergegeben. Doch nun tauchten plötzlich Briefe aus Westdeutschland auf, die einem fahnenflüchtigen ehemaligen Bürger der DDR zugeordnet werden konnten. Sie sehen daran, dass die Idee von Ihrem ehemaligen Schulfreund vollkommen absurd war, dass Ihr damaliger Wohnort verhindern würde, dass seine Post nicht von den Sicherheitsorganen aufgespürt werden könne. Dies war natürlich möglich! In solch einem speziellen Fall galten nun aber ganz eindeutige Festlegungen und Befehle, wie mit derartig brisanter Situation umzugehen sei. Ich muss Ihnen sicher nicht sagen, welchen Stellenwert vollzogene Fahnenflucht hatte. Die Kontrolleure leiteten nun die dafür vorgesehen Maßnahmen ein. Dass Sie nicht umgehend persönlich mit der Lage konfrontiert wurden, hing einzig mit der geschilderten Situation der bisherigen Briefüberwachung zusammen und dass es da einige in unserer Behörde zwar unbekannte, aber offensichtlich sehr bedeutungsvolle Hintergründe gab. Ihr Kontakt zu einem Fahnenflüchtigen war nun aber Anlass, offiziell die zuständigen Stellen in Berlin darüber zu informieren und anzufragen, wie in diesem speziellen Fall zu verfahren sei. Eigentlich sollte dies nur eine routinemäßige Rückversicherung sein. Und es war wirklich nur andienender Gehorsam, keine Fehler zu machen. Das daraus resultierende Ergebnis glich dann aber einer Eruption geheimdienstlicher Geschäftigkeit! Noch am gleichen Tag kamen erste Mitarbeiter aus Berlin hier an, und im Laufe der folgenden Wochen vermehrten sie sich regelrecht auf unseren Fluren, wenn ich das mal so ausdrücken darf, und das wahrlich nicht gerade lautlos. Alles, was an Unterlagen über Ihre Korrespondenz da war, wurde hin und her untersucht. Als im Ergebnis dann feststand, dass über mehrere Jahre die Post aus Norwegen einfach unkontrolliert zu Ihnen durchgelaufen und nicht einmal in ihrer Häufigkeit erfasst worden war, gab es einen solchen Eklat gegen die dafür Verantwortlichen, wie es weder zuvor noch irgendwann später je wieder vorgekommen ist. Dass die nicht zu verschweigende Tatsache, dass ein ungenau formulierter Befehl aus der Zentrale durchaus auch die Möglichkeit offen ließ, die Briefe an den genannten Adressaten weiterzuleiten und nicht nach Berlin, spielte in der Bewertung bei den eingesetzten Kontrolleuren überhaupt keine Rolle! Ob es auch in der Zentrale in Lichtenberg personelle Konsequenzen gab, entzieht sich meiner Kenntnis. Hier bei uns jedenfalls hat es gewaltig geknallt! Wie bereits gesagt, dadurch kam ich dann in diese Abteilung. Die Oberfeldwebel, die einfache Befehlsempfänger waren und genauso gehandelt hatten, wie sie es eben verstanden, waren nicht mehr zu sehen. Aber das hatte ich ja schon erzählt. Die Geschichte mit der Fahnenflucht hat keinen Menschen mehr interessiert. Daraus können Sie schließen, dass es hier um etwas ganz anderes gehen musste. Denn ansonsten war dieses Delikt und alle, die damit irgendwie im Zusammenhang standen, ein Vorkommnis ersten Ranges, das zu massiven Konsequenzen führte. Als man mühselig herausgefunden hatte, dass der letzte Brief aus Norwegen schon vor längerer Zeit gekommen und seitdem nichts mehr von dort eingegangen war, wurde entschieden, sofort und vollständig den gesamten Briefwechsel bei Ihnen zu unterbrechen. Erstaunlicherweise wurden aber keine weiteren, deutlich darüber hinausgehenden und eigentlich ansonsten üblichen Schritte gegen Sie eingeleitet, was mich persönlich ziemlich verwundert hat. Alles, was dann noch an Post für Sie hier landete, wurde überprüft, aber nunmehr einbehalten. Nach einigen Monaten war das dann aber auch vorbei, denn wer schreibt schon noch, wenn er nie eine Antwort auf seinen Brief bekommt? Ja, und damit bin ich schon am Ende dessen, was ich dazu erzählen kann. Mehr gibt es zu dem ganzen Vorgang aus meiner Sicht nicht zu berichten.« Ansorge lehnte sich zurück und atmete einmal tief durch.

Wieder war Schweigen zwischen ihnen angesagt, denn Jürgen musste das soeben Gehörte zunächst irgendwie in seinem Kopf ordnen.

»Und, um was ist es denn nun eigentlich wirklich gegangen?«, stellte er Ansorge eine letzte Frage. Dieser ganze unerklärliche und spektakulär hohe Aufwand um seinen norwegischen Briefkontakt und vor allem auch die Tatsache, dass die Vorgänge um seine Handlungen bei der vollzogenen Fahnenflucht seines ehemaligen Schulfreundes so gar keine Konsequenzen nach sich zogen, musste doch durch irgendetwas begründet sein.

»Ehrlich gesagt, ich habe nicht die geringste Ahnung! Und um noch ehrlicher zu sein, das würde mich auch brennend interessieren. Ich habe im Laufe der Jahre immer mal vorsichtig versucht, irgendetwas über diese Geschichte in Erfahrung zu bringen. Keine Chance! Wenn Sie wirklich mal etwas darüber rausfinden sollten, würde ich mich freuen, wenn Sie mir Bescheid gäben. Irgendwie beschäftigt mich die Geschichte immer wieder. Die hat so etwas Unfertiges ...« Kurz darauf begleitete er Jürgen zur Tür.

»Falls dieser doch recht unwahrscheinliche Fall eintreten sollte, werde ich daran denken. Für heute danke ich für Ihre Informationen und auch für den Kaffee. Der war sehr gut.« Jürgen überlegte kurz, ob er nicht vielleicht zu freundlich war, aber zumindest hatte Ansorge doch einige Bereitschaft gezeigt, ihm zu helfen, und das wollte er auch nicht negieren.

Als er wieder im Auto saß, wartete er noch einige Minuten, ehe er den Zündschlüssel umdrehte, und ließ alles, was in den letzten Stunden auf ihn eingestürmt war, erst einmal sacken. Dass ihm diese Geheimniskrämer seine damaligen Briefkontakte zerstört hatten, die Norwegenverbindung wohl ausgenommen, überraschte ihn eigentlich nicht wirklich. Aber alles, was er über die Begleitumstände gehört hatte, machte ihn regelrecht taumelig. Schließlich hatte er da offensichtlich eine tragende Rolle in einem Stück gespielt, ohne dass er überhaupt geahnt hatte, dass man ihn auf einer entsprechenden Bühne dafür engagiert hatte. Dass Ansorge ihm noch lange aus seinem Fenster nachsah, als er langsam davonfuhr, bemerkte er damals nicht.

»Meine Damen und Herren, wir beginnen mit dem Landeanflug auf Oslo und bitten Sie nunmehr, sich wieder anzuschnallen und Ihre Rückenlehnen aufzurichten.«

Schnell verstaute Jürgen seine restlichen Unterlagen im Handgepäck. Er war in den vergangenen Stunden des Fluges so sehr in seinen Erinnerungen vertieft gewesen, dass er gar nicht bemerkt hatte, wie schnell die Zeit vergangen war. Natürlich waren es vor allem diese mysteriösen Geschehnisse um seinen norwegischen Briefverkehr zu Marte, die er speziell von Ansorge erfahren hatte, die ihn diese Reise hatte antreten lassen. Für die wenigen Tage, die er in der norwegischen Hauptstadt verbringen wollte, sollten aber weder diese noch die Suche nach Marte irgendwelche Priorität haben.

Als der Airbus auf regennasser Piste sanft aufsetzte, dachte er nur noch daran, dass sein langgehegter Traum, Oslo zu erkunden, nun endlich wahr wurde.

Kapitel 6. Minimierung von Sicherheitsrisiken

Zentrale des Nachrichtendienstes PST, Oslo, Norwegen

In etwa einer Stunde würde Soederstroem alle Mitarbeiter um sich versammeln, die die einzelnen Gruppen anleiteten, welche in das Projekt »Northern Lights« integriert waren. Er hatte persönlich den Codenamen für die Aktion festgelegt, so wie er es immer machte. Obwohl ein kühl und nur rational handelnder Organisator geheimdienstlicher Aktivitäten, war er in der Behörde durchaus dafür bekannt, dass er bei der Namensgebung für seine Projekte gern ein gewisses Maß an fast lyrischem Klang verwendete. Hinter vorgehaltenen Händen wurde sogar kolportiert, dass der Chef der Abwehrabteilung wohl sogar Gedichte schreibe, die unter einem Pseudonym in einer bekannten Osloer Tageszeitung veröffentlicht würden. Allerdings war diese Annahme nie über das Stadium einer Vermutung hinausgekommen und spielte auch nur dann eine Rolle, wenn wieder einmal internes Gerede den Frust überspielen musste, den der ständig kritische Chef in den Reihen seiner Mitarbeiter verursachte.

Auf dem Schreibtisch von Soederstroem türmten sich Berge von Akten und losen Papierstapeln mit den Ergebnissen der Untersuchungen der letzten Tage. Seine Mitarbeiter waren nicht sonderlich glücklich darüber, dass sie all diese Materialien extra für ihn ausdrucken mussten, nur weil ihr Chef ungern auf dem Bildschirm seines Computers lesen wollte. Er begründete dies vor allem damit, dass er nur so den Zusammenhang mit den vorhandenen alten Akten herstellen könne.

Einige seiner Mitarbeiter fanden jedoch in dieser äußerst konservativen Arbeitsweise eher den Ausdruck dafür, dass sich Soederstroem einfach nicht so recht mit den technischen Gegebenheiten der IT-Technologie anfreunden konnte. Trotzdem wäre nicht ein einziger seiner Mitarbeiter auch nur andeutungsweise auf die Idee gekommen, diese Arbeitsweise anzuzweifeln. Waren sie doch bislang immer wieder vollkommen überrascht gewesen, wie es Soederstroem gelang, zielsicher die gewünschten Ergebnisse zu erzielen. Nicht umsonst galt im Kreise seiner engsten Kollegen das fast schon geflügelte Wort, dass ihr Chef deshalb keine Computer brauche, weil er selbst einer sei.

Soederstroem blickte auf seine vor ihm liegenden Unterlagen. Er hatte drei Stapel gebildet, die beachtlich, aber von unterschiedlichen Höhen waren. Er hatte die auf Papier gebannten Ergebnisse, die seine Mitarbeiter seit der Aufnahme ihrer Aktivitäten in kürzester Zeit zusammengetragen hatten, sorgfältig studiert und dann einem der jeweiligen Stapel zugeordnet.

Er war sehr zufrieden mit dem, was da an Ermittlungsergebnissen vorlag, und musste insgeheim seine Mitarbeiter sehr loben. In der Kürze der Zeit hatten sie wieder einmal exzellent gearbeitet. Da war in Tag- und Nachtschichten tatsächlich alles sehr umfangreich aufgeschrieben worden, was er in der ersten Beratung als Aufgabenstellung vorgegeben hatte. Vor allem freute er sich darüber, dass auch weiterführende Fakten bereits zu diesem frühen Zeitpunkt Eingang in die Ergebnisdarstellung gefunden hatten.

Er war sich bewusst darüber, dass er für diese vorliegenden Ergebnisse seinen Leuten in der gleich anstehenden Arbeitsberatung durchaus eine gewisse Anerkennung aussprechen sollte. Soederstroem galt im Hause nicht gerade als jemand, der inflationsartig Belobigungen verteilte. Für ihn war erfolgreiches Arbeiten kein Grund für solcherlei Tun, sondern eher selbstverständliches Handeln gemäß Arbeitsvertrag. Trotzdem wollte er heute von dieser für ihn eigentlich üblichen Verfahrensweise abweichen. Die Größe und Bedeutung des Projektes waren so gewaltig, dass er sich dazu entschloss, die Motivation seiner Mitarbeiter durch ein paar anerkennende Worte noch weiter zu stärken.

Da er noch einige Zeit hatte, ehe seine Mitarbeiter bei ihm eintreffen würden, blätterte er gedankenverloren in einigen der vor ihm liegenden Unterlagen. Auf dem kleinsten der drei Stapel befanden sich die Unterlagen zu den Führungskräften des Konzerns. Er lächelte, als er die Blätter mit den Informationen zu Ion Mortensen in seinen Händen hielt. Eigentlich verrieten sie ihm nicht allzu viel Neues, kannte er doch den Konzernchef seit vielen Jahren persönlich sehr gut. Natürlich war er bislang weniger über dessen Kontostand und seine sexuellen Vorlieben informiert gewesen, und dass er seit Jahren ein außereheliches Verhältnis mit einer Kubanerin unterhielt, war auch ihm tatsächlich neu gewesen. Allerdings fanden sich erwartungsgemäß keinerlei Hinweise darauf, dass er in irgendeiner Form ein Sicherheitsrisiko für das Projekt darstellte. Das hätte Soederstroem dann doch auch sehr überrascht, denn auf ihn hatte der Vorstandsvorsitzende fast fanatisch gewirkt, in seinem unbedingten Wollen, dieses Projekt für den Konzern zum Erfolg zu führen.

Ein etwas anderes Gefühl hatte der Abwehrchef, als er einen nochmaligen Blick in die Akte von Lasse Brendboe warf. Natürlich hatten seine Mitarbeiter auch von ihm alles an persönlichen Informationen zusammengetragen. Zu seiner Überraschung fanden sich keine wie auch immer gearteten Makel zu seiner Person, wenn man einmal davon absah, dass Lasse während seiner Studienzeit einmal eine Nacht im Polizeigewahrsam verbracht hatte, weil er zusammen mit Freunden dem Alkohol etwas zu stark zugesprochen hatte. Zu diesem bedeutenden Polizeieinsatz hatte geführt, dass er ohne Fahrschein im Bus aufgegriffen worden war. Das war dann allerdings auch schon alles, was an Schwierigkeiten in seiner Vita auftauchte. Nicht die allerkleinste Verfehlung hatten seine Mitarbeiter ausfindig machen können, nicht einmal Strafzettel für zu schnelles Fahren oder falsches Parken. Ein völlig intaktes familiäres Umfeld, und selbst die Steuerbehörde zeigte keinen Anlass für Kritik.

Soederstroem war eine solche Lebenssituation suspekt. Er war fest davon überzeugt, dass jede noch so positiv strahlende Person auch dunkle Seiten in seiner aktuellen oder vergangenen Existenz hat, die ihn angreifbar machen. Dass seine Leute bei ihren Recherchen irgendetwas übersehen hatten, schloss er kategorisch aus. Niemand konnte irgendetwas vor ihm verbergen, da brauchte er nur auf die Unterlagen zu schauen, die vor ihm auf dem Schreibtisch lagen. Von Hunderten von Mitarbeitern des Konzerns, vom obersten Boss bis zum letzten Wachmann in der Ödnis, waren alle Lebensläufe detailliert untersucht und analysiert worden, so dass ihnen schon in dieser Phase jedes personelle Sicherheitsrisiko auffallen würde. Umso mehr verunsicherte es Soederstroem, dass er bei Brendboe keinerlei Ansatzpunkt erkennen konnte.

Als es an der Tür klopfte und seine engsten Mitarbeiter in das Büro eintraten, legte er die Unterlagen auf den Stapel zurück. »Kommt rein und nehmt Platz. Möchtet ihr Kaffee oder Wasser?«

»Danke, Bjørn. Kaffee ist okay.« Seine drei Untergebenen und Soederstroem ließen sich direkt an seinem Schreibtisch nieder. So hatte ihr Chef jederzeit Zugriff auf seine Unterlagen, und seine Kollegen konnten ihre Laptops direkt aufstellen.

Soederstroem erinnerte sich daran, dass er heute ausnahmsweise mal ein Lob für die bisher geleistete Arbeit an seine Mitarbeiter aussprechen wollte. »In der Kürze der zur Verfügung stehenden Zeit habt ihr einen guten Job gemacht, dass will ich euch gleich mal sagen. Ich habe die Unterlagen natürlich intensiv gelesen und muss ohne Umschweife sagen; Gute Arbeit, Leute!«

Seine Besucher blickten erstaunt zu ihrem Chef, waren sie es doch gar nicht gewohnt, für ihre Arbeit solcherlei Anerkennung zu bekommen. Und dass auch gleich noch zu Beginn einer Gesprächsrunde, die eigentlich nichts anderes war als eine ganz normale Arbeitsbesprechung.

»Sagt das bitte auch euren Mitarbeitern und vergesst nicht, immer wieder darauf hinzuweisen, worum es hier geht. Doch jetzt zu unserer Diskussion. Wenn ich das richtig sehe, habt Ihr alle Personen, die mehr oder weniger in dieses Projekt involviert sind, überprüft?«

»Ja, das ist so. Wir konnten zu großen Teilen die Personalakten des Konzerns nutzen und haben diese dann ergänzt um die Angaben, die wir ermitteln konnten. Ich sage es mal so: Ohne die Konzernunterlagen hätten wir nicht so schnell sein können. Zumal – und das muss man ganz deutlich sagen – der Konzern bei der Auswahl seiner Mitarbeiter sehr, sehr großen Wert darauf gelegt hat, äußerst zuverlässige Mitarbeiter für das Projekt auszuwählen. Nicht nur Leute, die die entsprechende fachliche Qualifikation haben. Meist sind es auch langjährige Kollegen, die in der Regel auch eine unspektakuläre Vita haben.«

»Was heißt ›unspektakuläre Vita‹?«, unterbrach Soederstroem den Vortrag.

»Eigentlich alles Leute, die fast ausschließlich für Familie und Arbeit leben und die sich ansonsten noch fürs Angeln interessieren. Kaum politische Aktivitäten, außer bei drei Mitarbeitern, die im Kommunalparlament mitwirken. Ansonsten gibt es ein paar Problemfälle, die dem Alkohol zusprechen. Vier Kollegen sind im Lauf ihres Lebens mal mit dem Gesetz in Konflikt geraten, aber alles eigentlich Marginalien wie Verkehrsdelikte und eine Körperverletzung in einem Nachbarschaftsstreit. Interessant ist noch, dass 15 Mitarbeiter vor allem aus dem ingenieurtechnischen Bereich einige Jahre im Ausland studiert oder gearbeitet haben. Vor allem in den USA, in den Golfstaaten, zwei sogar in Shanghai. Über diese Zeiten haben wir für die Mitarbeiter noch keine allumfassenden Informationen. Das ist nicht ganz einfach, wie du dir ja vorstellen kannst. Aber wir arbeiten daran.«

»Na, das will ich doch hoffen, dass ihr da bald mit Informationen kommt. Das scheint mir enorm wichtig!«, machte Soederstroem sogleich einigen Ermittlungsdruck, um dann nachzufragen: »Was ist mit Lasse Brendboe, war der auch im Ausland? Und überhaupt – ich finde, dessen Vita ist mir, ehrlich gesagt, fast zu weiß!«

»Brendboe ist einer von denen, die im Ausland gearbeitet haben, sowohl in den Staaten als auch für ein paar Monate in China. Aber auch hier wissen wir noch nichts Genaues. Was seine Vita betrifft: Es ist so wie beschrieben. Der Mann fällt nur durch seine geniale Arbeitsleistung auf, die allerdings auch seine meiste Lebenszeit verbraucht, gefolgt von einem ausgesprochen harmonischen Verhältnis zu seiner gesamten Familie und seinem privaten Umfeld. Mehr ist da tatsächlich nicht zu finden. Glaube mir, wir haben gerade an dieser Stelle jedes Kissen umgedreht, Bjørn.«

»Merkwürdig finde ich das schon irgendwie«, machte der Abwehrchef aus seiner Skepsis kein Geheimnis.

»Sollen wir ihn überwachen lassen, Bjørn? Wir können das ja als Personenschutz für die wichtigste Person in diesem Projekt verkaufen«, warf einer seiner Helfer ein.

»Nein, im Moment würde das nur unnötige Aufmerksamkeit verursachen, aber ich denke darüber nach, wenn wir noch ein bisschen mehr wissen als zurzeit.«

Fast zwei Stunden lang drehte sich das weitere Gespräch nur noch darum, ob nach den bisherigen Erkenntnissen aus dem Kreis der Konzernmitarbeiter erkennbares Gefährdungspotenzial für ein Bekanntwerden des Projektes abzuleiten war oder ob ganz und gar die Gefahr bestand, dass das Projekt in Hände gelangen konnte, in denen man es nicht sehen wollte. Man einigte sich darauf, dass vorerst keinerlei konkrete Schwierigkeiten erkennbar waren, legte aber gleichzeitig fest, dass ein Personenkreis von Mitarbeitern noch einmal genauestens unter die Lupe genommen werden musste. Speziell die fehlenden Informationen über die Auslandsaufenthalte einiger Konzernangestellten mussten umgehend beschafft werden.

»Das soll es für heute gewesen sein. Und, Leute, macht ja Betrieb, diese fehlenden Informationen zu beschaffen. Ich hasse es, so eine schwarze Schachtel vor mir liegen zu haben, von der ich zwar weiß, dass irgendwas darin vor sich geht, aber keine Ahnung habe, was!«, machte Soederstroem keinen Hehl aus seiner Sorge.

Nachdem seine Mitarbeiter gegangen waren, ließ Soederstroem den jungen IT-Spezialisten Anders Pallsen in sein Büro rufen. »Na, Anders, hatten Sie mir nicht versprochen, mich ständig auf dem Laufenden zu halten, was Ihre Untersuchungen betrifft?«

»Nee, nee, Chef. Mein Motto ist: Gehe nie zu deinem Fürst, wenn du nicht gerufen wirst!«

Soederstroem schmunzelte unmerklich in sich hinein. Diese Schnoddrigkeit des jungen Mannes hatte ihm schon in der Beratung gefallen, als dieser ihm mit unangenehmen Fragen leicht in Bedrängnis gebracht hatte. Trotzdem war es wohl an der Zeit, Anders mal kurz aufmerken zu lassen und ihm die Richtung zu erklären.

»Also, zum einen, mein lieber Anders, bin ich kein Fürst. Zum anderen ist dir vielleicht schon aufgefallen, dass du hier nicht in irgendeiner beliebigen Lachsräucherei arbeitest, wo die gute Qualität des Endprodukts davon abhängt, dass der Räuchermeister ständig seinen Chef über die aktuelle Temperatur der Buchenholzspäne informiert. Ist das eventuell bei dir angekommen?«

Trotz der erkennbaren Strenge in seiner Ausführung lächelte Soederstroem den jungen IT-Experten mild an. Der war trotzdem leicht erschrocken darüber, dass er gerade angezählt worden war und dass die spaßige Lockerheit, mit der er üblicherweise seinen Job erledigte, nicht immer so verstanden wurde. Er bemühte sich, seinen folgenden Ausführungen zum Stand der Arbeiten einen seriös und sehr ernsthaft wirkenden Anstrich zu geben, was ihm sichtlich nicht leicht fiel.

»Anders, brich dir bitte keinen ab und erklär mir das alles so, wie es dir am besten liegt. Und vor allem verschone mich mit diesen wahnsinnigen technischen Details, die ich überhaupt nicht verstehe«, lachte Soederstroem laut auf.

»Okay, Chef. Sie haben es nicht anders gewollt. Also, in aller Kürze: Es ist so, wie ich es eingangs prophezeit habe. Die Jungs vom Konzern sind top und haben eigentlich keine Fehler gemacht. Alles, was trotzdem gefährlich war, habe ich inzwischen mit den Burschen zusammen geändert. Ansonsten kommen wir prima miteinander klar. Allerdings bräuchte ich noch einen speziellen Computer, wenn es denn möglich wäre, Chef.«

»Kein Problem, Anders. Schreib auf, was du brauchst, und du bekommst es. Egal, was es kostet. Denn wie ich dich kenne, wird das kein billiger Spaß«, lachte Soederstroem.

Die Augen von Anders leuchteten kurz, aber sehr hell auf, konnte er doch nun Bjørn Ole seine einleitende spitzfindige Kritik locker zurückgeben. »Nein, Chef, ein Spaß ist das wahrlich nicht«, antwortete der junge Mann sehr ernst blickend. »Und ob dieses Gerät für Geld zu bekommen ist? Ich habe da zumindest so meine Zweifel. Aber ich kann Ihnen ja mal die Typenbezeichnung geben, vielleicht können Sie ja doch was machen …«

Bjørn Ole Soederstroem blickte auf den Zettel, den ihm Anders in die Hand gegeben hatte und auf dem Zahlen und Buchstaben eine Art Typenschild bildeten. »Also, Schluss mit dem Spielchen. Wo gibt es das Gerät?«

»Da müssen Sie mit unseren amerikanischen Freunden Kontakt aufnehmen. Allerdings werden die wohl nicht erfreut sein, wenn wir diesbezüglich anklopfen.«

»Anders, woher wissen Sie das alles?« Soederstroem rang nach Fassung.

»Chef, das wollen Sie gar nicht wissen. Und wenn ich Ihnen erzähle, was die mit diesem Teil so alles anstellen, dann werden Sie wahrscheinlich zumindest kurzzeitig sprachlos sein. Eines sage ich Ihnen aber ganz konkret: Für unser Projekt ist dieses Ding eine echte Gefahr, und ich freue mich, wenn ich euch darauf hinweisen kann.«

Anders erhob sich aus dem Sessel vor Soederstroems Schreibtisch und schlenderte Richtung Tür.

»Hey, Junge, sensationelle Arbeit! Wir beide fahren in zwei Stunden zusammen ins Ministerium, bring alle deine Erkenntnisse mit, verstanden?«

»Aye, aye, Bjørn Ole.«

Soederstroems Gedanken und inneren Gefühle fuhren Achterbahn. Er befand sich seit langer Zeit wieder einmal in dem Zustand, nicht Herr der Situation zu sein, sondern nur Spielball. Entgegen seiner Gewohnheit füllte er sich einen Becher mit dem berühmten norwegischen Aquavit, nur um seine Nerven wieder zu beruhigen. In weniger als zwei Stunden musste er einen Plan haben, den er den Leuten im Ministerium vorlegen konnte und der in der Konsequenz Handlungsvorgabe für sofortige Aktivitäten in dieser heiklen Sache sein musste.

Kapitel 7. Schicksalhafte Bekanntschaft in Oslo

Jürgen hatte nach dem Verlassen des Flugzeugs erste Bekanntschaft mit dem dunkeltrüben und regengeschwängerten Wetter in der Hauptstadt Norwegens gemacht. Sichtlich Freude bereitete es ihm aber, dass er das Ticket für den Hochgeschwindigkeitszug »Flytoget« bei einem ungemein freundlichen Schalterbeamten erstehen konnte, der ihm trotz bestehender Verständigungsprobleme auch noch die nächstmögliche Abfahrtszeit des Zuges verriet.

Jürgens Fähigkeit im Beherrschen der norwegischen Sprache lag auf einer Skala von null bis zehn bei minus eins – aber er hatte sich angewöhnt, in jedem Land, in welches er kam, zumindest die wichtigsten Grußformeln zu kennen. Und so dankte er dem netten Fahrkartenverkäufer mit einem kraftvollen »Mange Takk«, was den allgemeinen Dank in »Vielen Dank« veredelte. Überrascht nahm Jürgen zur Kenntnis, dass er damit eine regelrechte Freude bei den anwesenden Norwegern hervorgerufen haben musste, denn deren Reaktionen waren fast euphorisch freundlich zu nennen.

Er war sich nicht sicher, ob man hier selten einen solchen Dank ausgesprochen bekam oder ob es einfach nur die freudige Überraschung war, dass ein absolut nicht mit der Landessprache vertrauter Besucher unvermittelt diese Dankesformel rhetorisch von sich gab. Auf jeden Fall nahm er sich vor, diese Erfahrung bei seinem weiteren Aufenthalt unbedingt weiter zu nutzen.

Eine erste Gelegenheit erhielt er gleich bei seiner Ankunft im Hotel, welches in der Nähe der Sentralstasjon, dem Hauptbahnhof von Oslo, lag. Jürgen hatte keine zehn Minuten gebraucht, um das gebuchte Zimmer mittels seines Gepäcks in eine gehörige Unordnung zu bringen, und schon stand er wieder vor der bildhübschen Rezeptionistin.

»Ich möchte zum Holmenkollen. Können Sie mir verraten, wie ich da am besten hinkomme?«, fragte er erst auf Deutsch, und als er merkte, dass dies nicht so gut verstanden worden war, anschließend in englischer Sprache.

»Oh, das ist überhaupt kein Problem«, vermeldete die Dame hinter dem Tresen und erklärte ganz ausführlich, wie einfach es war, mit der T-Bane-Linie 1 vom Hauptbahnhof in Richtung Frognerseteren hinaufzufahren. Von der Bahnstation Holmenkollen waren es dann nur wenige Meter zum Skizentrum, der Schanze, dem Museum und den berühmten Gaststätten.

Jürgen war schon fast auf dem Weg, das Hotel zu verlassen, als er sich an sein Erlebnis mit dem Fahrkartenverkäufer auf dem Flughafen erinnerte, umdrehte und noch einmal an die Rezeption trat. »Mange Takk!«

Ein strahlendes Lächeln war die Antwort und eine norwegische Grußformel, die er allerdings nicht verstand.

»Wenn ich Ihnen noch eine Empfehlung geben darf«, ließ ihn die lächelnde Rezeptionistin wissen, »von keinem anderen Platz haben Sie einen so fantastischen Blick auf Oslo und den Fjord wie vom Holmenkollen. Nur, wenn das Wetter nicht mitspielt und alles in Regen und Nebel liegt, ist der Besuch dort oben nur halb so schön. Es wird heute mit Sicherheit noch regnen, also empfehle ich Ihnen, erst morgen dort hochzufahren. Morgen ist für den ganzen Tag Sonnenschein angesagt, Sie werden es da oben herrlich genießen können. Ich kenne ja nicht Ihre Interessen, aber für heute empfehle ich Ihnen den

Besuch des Ibsen-Museums. Da sind Sie auch ganz in der Nähe des königlichen Schlosses. Und das Rathaus von Oslo sollten Sie auch unbedingt gleich mitbesuchen. Bei all diesen Stippvisiten sind Sie völlig unabhängig davon, wie sehr es gerade wieder regnet.«

Interessiert hörte Jürgen auf alle weiteren Ausführungen und Vorschläge der netten Dame hinter der Rezeption. Und als sie geendet hatte, fing es doch tatsächlich an zu regnen. Er beschloss, ihren Vorschlägen zu folgen, bedankte sich nochmals mit »Mange Takk« und erhielt dafür auch wieder dieses strahlende Lächeln zur Antwort.

Als er das Hotel verließ, musste auch er lächeln, dachte er doch an das märchenhafte »Sesam, öffne dich!«. Hatte er mit seiner winzigen Mühe, zwei Worte der Landessprache zu erlernen, nicht auch einen Schlüssel gefunden, der ihm offensichtlich so manche wohlmeinende Zusatzinformation einbrachte?

Die Vorschläge der Rezeptionsdame, die Jürgen in vollem Umfang berücksichtigte, gestalteten sein Besuchsprogramm wirklich optimal. Der Regen des Tages störte ihn nicht im Geringsten, war er doch auf seiner Tour durch Oslo fast immer unter einem schützenden Dach. Und ob dies nun die beeindruckende Halle des Rathauses war, die allein schon durch das Flair der jährlichen Nobelpreisverleihung in ihren Bann zog, oder die eher kleinteiligen Räumlichkeiten, in denen Ibsen gewirkt hatte – alles entsprach tatsächlich der ihm im Hotel ausgesprochenen Empfehlungen. Selbst als er die schützenden Dächer verließ, um im sanften Regenschleier vom hinteren Rathausplatz über den Fjord zur Anlegestelle der großen Kreuzfahrtschiffe zu blicken, die direkt unterhalb der Festung vertäut waren, kam er nicht umhin, festzustellen, dass selbst dieses regnerische Wetter nichts von der maritim geprägten Ausstrahlung dieser wunderschönen Stadt verstellen konnte.

Als er sich am nächsten Tag dann bei strahlendem Sonnenschein auf den Weg machte, um den Holmenkollen aufzusuchen, konnte er über die Fähigkeit der Hotelangestellten, Wettervorhersagen in solcher Qualität zu treffen, nur staunen. Und von keiner geringeren Güte war das Panorama, welches sich in einer grandiosen Art und Weise unter ihm ausbreitete. Jürgen war hinaufgefahren bis zur höchsten Stelle der gewaltigen Sprungschanze, wo sich im Winter die Protagonisten dieser spektakulären Sportart aufmachten, die weitesten Sprünge ins Tal zu bringen. Dass ihr Blick dabei aber weit über den Auslauf hinaus bis hinunter in die Stadt und den Fjord reichte, das hatte er so nicht erwartet. Diese Aussicht war ihm selbst verborgen geblieben, als er Jahr um Jahr dieses weltberühmte Springen im Fernsehen verfolgt hatte.

Lange Zeit verbrachte er ganz oben auf der allen Besuchern zugänglichen Plattform und konnte seinen Blick kaum von dem lösen, was sich da bis zu einem unendlich entfernt erscheinenden Horizont weit unter ihm ausbreitete.

Als er sich mit dem schrägen Aufzug innerhalb der Schanzenkonstruktion wieder zu dessen Ausgangspunkt im Museum zurückbegab, konnte man Jürgen ansehen, wie emotional er von diesem Erlebnis angetan war. Schon immer ein begeisterter Wintersportanhänger, war der Besuch des weltbekannten Holmenkollen für ihn seit ewiger Zeit ein ganz großer Wunschtraum gewesen, den er sich nun bei wunderbarem Sonnenscheinwetter erfüllt hatte.

Als er wieder in der T-Bane saß, um zurück in das Stadtzentrum zu fahren, hatte er für den Rest des Tages nur noch einen Wunsch: irgendwo hinsetzen, Kaffee trinken und all das Revue passieren lassen, was er in den vergangenen Stunden auf dem Berg gesehen und erlebt hatte.

»Einen Kaffee mit viel Zucker und wenig Milch, bitte.« Er liebte es, in einem Straßencafé zu sitzen und dem geschäftigen Treiben um sich herum zuzusehen. Da wurde ihm besonders deutlich, dass er endlich Urlaub hatte und vollkommen gelassen auf den Trubel schauen konnte, ohne bereits wieder an den nächsten Termin zu denken. Nein, jetzt genoss er nur die Erinnerungen an die vergangenen Stunden in Oslo, vor allem den Besuch auf dem Holmenkollen.

Sein nächster Termin würde es sein, irgendwann in ein Flugzeug zu steigen und weiter in den Norden bis an die Grenze zu arktischen Gefilden zu reisen. Und erst dort würde er dann auch seine Recherchen in Angriff nehmen. Wann genau er dies machen würde und ob die Sache dann in der Konsequenz auch von Erfolg gekrönt war, verursachte ihm keine schlaflosen Nächte. Er freute sich auf die nächsten Tage, und er würde sich einfach davon überraschen lassen, ob es tatsächlich gelingen würde, den lange verlorenen Kontakt zu seiner ehemaligen Briefpartnerin Marte aufzuspüren und diesem seltsamen Geheimnis um den gesamten Briefverkehr irgendwie auf die Spur zu kommen.

»Entschuldigung, möchten Sie noch etwas haben?«, wurde Jürgen aus seiner fernab liegenden Gedankenwelt gerissen. »Mir ist nur aufgefallen, dass Sie schon die ganze Zeit vor Ihrer leeren Tasse sitzen und so traurig aussehen …«, lächelte ihn die freundliche Serviererin an.

»Nein, nein. Traurig bin ich ganz und gar nicht. Ich war in der Tat mit ein paar Erinnerungen befasst, aber einen Kaffee würde ich sehr gern noch nehmen«, bestellte er auf Englisch.

Und als die freundliche Bedienung die Tasse vor ihm abstellte, konnte er es sich nicht verkneifen, wieder sein »Mange Takk« hören zu lassen.

Nur kurz stutzte die Bedienung, lachte dann herzlich, erwiderte etwas Norwegisches, um dann aber in bestem Deutsch zu entgegnen: »Sie können gern auf Deutsch bestellen, ich bin ziemlich lange auf der Fähre zwischen Kiel und Oslo beschäftigt gewesen und freue mich immer, wenn ich mal wieder meine Sprachkenntnisse einsetzen kann.«

»Das mache ich doch glatt. Meine Fähigkeiten, Norwegisch zu sprechen, sind schon bei einer Bestellung im Restaurant stark minderbemittelt.«

»Machen Sie sich da keine Sorgen, mit Englisch kommen Sie hier gut zurecht. Und es wird auch häufig recht gut Deutsch verstanden. Waren Sie schon mal in Norwegen?«

»Ja, vor ein paar Jahren hat mein Betrieb Anlagen für ein Offshore-Unternehmen geliefert, und da hatte ich einige Tage in Bergen zu tun. Ich muss aber gestehen, ich habe kaum etwas anderes gesehen als Verträge, Protokolle und abends im Hotel ein paar norwegische Biere. Wenn Sie so wollen, bin ich eigentlich zum ersten Mal hier.«

»Wollen Sie nur in Oslo bleiben, oder haben Sie auch andere Ziele?«

»Nein, nein, dies ist hier nur die Zwischenstation. Ich will in den Norden, zunächst nach Tromsø, aber dann noch ein Stück weiter Richtung Nordkap.«

»Dann werden Sie eine der reizvollsten Gegenden von ganz Skandinavien kennen lernen, ich bin gar nicht so weit weg von dort geboren. Aber jetzt muss ich mich wieder um die anderen Gäste kümmern«, und schon war sie im Gebäude verschwunden.

Richtig nett, befand er und dachte daran, wie es wohl umgekehrt wäre und ein Norweger am Tisch eines Cafés am Marktplatz seiner Heimatstadt säße. Würde man auch ihm freundlich lächelnd außer leckerem Kaffee Informationen in seiner Landessprache vermitteln? Er wollte dieses Gedankenspiel nicht weiter vertiefen, kannte er doch vorab schon das Ergebnis.

Während er einige Schlucke des inzwischen schon etwas abgekühlten Kaffees genoss, schweifte sein Blick über die emsige Geschäftigkeit, die sich da nur wenige Meter von ihm entfernt abspielte. In dem Sonnenlicht des Tages hatte er mehr den Eindruck, als sei er in einer mediterranen Region als in einer skandinavischen Hauptstadt.

»Entschuldigung, jetzt muss ich Sie schon wieder stören«, vernahm er die Stimme der Bedienung wie aus weiter Ferne, so sehr war er in die Betrachtung seiner Umgebung versunken. »Sie sind so in Gedanken, aber ich habe gleich Feierabend und muss noch schnell die Abrechnung erledigen.«

»Aber selbstverständlich. Entschuldigung, ich träume hier so rum. Ist eigentlich gar nicht meine Art, aber der warme Sonnenschein und vielleicht auch ein bisschen Müdigkeit … Was bin ich schuldig?«

Er legte das Geld auf den Tisch, und fast automatisch, so dass er selbst davon überrascht und beinahe erschrocken über die Selbstverständlichkeit war, mit der es geschah, hörte er sich fragen: »Wenn Sie jetzt Feierabend machen und möglicherweise nichts Besseres vorhaben, würde ich mich wahnsinnig freuen, wenn ich Sie zum Essen einladen dürfte.«

Sie blickte ihn überrascht an. Nach einem kurzen Nachdenken sagte sie zu. »Wer sich so nett norwegisch bedanken kann …«

Sie verabredeten sich für 20 Uhr am Hafen, direkt an der Aker Brygge. Erst auf dem Weg zum Hotel fiel ihm ein, dass er ganz bewusst darauf verzichtet hatte, anderes an Kleidung mitzunehmen als die für seine geplanten Outdoor-Aktivitäten unverzichtbaren Jeans, Westen und strapazierfähigen Hemden. Und seine knöchelhohen Wanderschuhe mit den dicken Sohlen würden mit einiger Sicherheit in der rauen Wildnis des Nordens beste Qualitäten zeigen. Aber hier in Oslo damit in gute Restaurants zu gehen, schien dann doch irgendwie unangebracht. Schnell besorgte er sich deshalb im Hotelshop das Nötigste, um am Abend nicht allzu unangenehm aufzufallen.

Nur auf eine Krawatte verzichtete er ganz bewusst. Er hatte sich einen fast heiligen Schwur auferlegt, dieses ungeliebte Kleidungsstück seines beruflichen Alltags bis auf weiteres bei jeglichen Aktivitäten außerhalb der Büroräume zu verbannen.

Ein Blick in den Spiegel zeigte ihm, dass sein Einkauf ein durchaus vorteilhaftes Bild desjenigen zeigte, der nun darin eingepackt war. Er kaschierte sein Alter ziemlich gern, obwohl er keineswegs eitel war. Aber es freute ihn durchaus, wenn ein offensichtlich erkennbar jünger wirkender Mensch aus dem Spiegel zurückblickte, als es der Pass des Inhabers auswies. Dafür tat er auch etwas: machte einiges an Sport, ernährte sich halbwegs vernünftig, und das Rauchen hatte er schon vor Jahren aufgegeben.

So vorbereitet machte er sich rechtzeitig auf den Weg zum Treffpunkt, und er freute sich auf diesen Abend.

»Hallo. Schön, dass es bei Ihnen heute Abend geklappt hat und wir uns hier treffen können«, begrüßte er sie.

»Na, ein klein wenig musste ich schon umdisponieren, die Einladung kam ja doch etwas überraschend.«

Sie fanden einen schönen Tisch in einem Restaurant, welches nach jeder Empfehlung der örtlichen Fremdenverkehrsvereine den besten Fisch direkt von den Lofoten anbot, der wiederum eine regelrecht legendäre Bedeutung im kulinarischen Angebot der Hauptstadt haben sollte. So richtig glücklich war Jürgen zwar nicht über diese Wahl, da er Fisch, egal woher er kam und wie toll er auch zubereitet war, überhaupt nicht mochte. Er betrachtete es als Abenteuer und ließ sich darauf ein.

»Es ist bei uns hier üblich, dass wir uns mit den Vornamen ansprechen. Wenn das für dich okay ist – ich heiße Kirsten.«

»Es gibt hier offensichtlich Sitten und Gebräuche, die ich aber so was von okay finde!«, ließ er Kirsten umgehend wissen. Er vermerkte mit besonderer Begeisterung das Strahlen aus tiefblauen Augen, welches er wohl als Bestätigung seiner Antwort zurückerhielt. »Nun aber schnell zur Bestellung, denn bei uns ist es wiederum üblich, dass man mit einem guten Schluck darauf anstößt, wenn man sich erstmals mit den Vornamen anspricht.«

»Auch ein schöner Brauch …«, lachte Kirsten zurück, »aber hier bei uns auch nicht ganz unbekannt.«

Der Wein war ausgezeichnet, und bei der Auswahl des Essens hatte sich Jürgen ausgiebig von seiner Begleiterin beraten lassen. Seine wenig vorhandene Begeisterung für Kirstens Vorschläge, Kabeljau mit Leber und Rogen zu ordern, die zwar eigentlich ein Wintergericht seien, aber die auch zu dieser Jahreszeit hier in einer Art zubereitet würden, die ihn begeistern würden, behielt er vorerst in seinem tiefsten Inneren verborgen. Er wollte ja schließlich kein Spielverderber sein, und die glänzende Laune durfte er sich durch so ein paar Grätenträger auf gar keinen Fall verderben lassen.

»Die Fische sind hier ganz frisch, wie du dir sicher vorstellen kannst, und sie werden auch wirklich traditionell zubereitet. Du wirst zufrieden sein«, plauderte sie daher, und ihm blieb gar keine andere Wahl, als ihr zu versichern, dass er vollkommen davon überzeugt sei, hier kulinarische Großartigkeiten zu erleben.

Natürlich hegte er auch tatsächlich keinerlei Zweifel an solcherlei Erwartung, nur hatte sich das tolle Angebot eben einen recht ungeeigneten Adressaten ausgesucht. Das Restaurant zum Hafen hin, am Rande des Frogner Viertels, bildete auch einen sehr angenehmen Rahmen für ihr Plaudern.

»Und was hast du nun eigentlich konkret vor auf deiner Tour in den Norden?«, so ihre interessierte Frage.

»Ich will mich da überraschen lassen.«

»Also eine richtige Fahrt ins Blaue, wie ihr es nennt?«

»Na ja, nicht so ganz. Einige Dinge habe ich mir schon überlegt, die ich machen will. Weißt du, ohne jegliche Planung mache ich eigentlich nichts. Fahre ich mit dem Auto los und sage mir, ich lasse mich mal überraschen, wo ich ankomme, stehe ich spätestes an der ersten Kreuzung vor der Frage, ob es nach links oder rechts gehen soll. Und habe ich mich dann entschieden, frage ich mich nach ein paar Kilometern, ob die andere Richtung nicht doch die bessere gewesen wäre.«

»Willst du etwa mit dem Auto nach Tromsø fahren?«

»Nein, nein, das war jetzt nur der Versuch zu erklären, dass ich eigentlich niemals völlig planlos starte. Egal, ob zu Hause oder anderswo.«

»Ach so, ich hätte dir auch nicht unbedingt geraten, mit dem Auto so weit in den Norden zu fahren. Nutzt du das Postschiff? Das ist ein einmalig schönes Erlebnis, sage ich dir, und du hast einen fantastischen Einstieg, die traumhafte Küstenlandschaft auf dich wirken zu lassen.«

»Ehrlich gesagt, habe ich auch daran gedacht, es so zu machen, aber dann habe ich mich doch dazu entschlossen, nach Tromsø zu fliegen, mir dort einen Mietwagen zu nehmen und dann auf Erkundungstour zu gehen.«

»Ich vermute, du hast nicht die Zeit, Schiffsreise und deine geplante Erkundungstour in einem Stück zu machen«, so ihre durchaus logische Vermutung.

»Das wäre nicht unbedingt das Problem«, ließ er sie wissen. Und so erzählte er ihr von seiner Urlaubsplanung und auch von der Idee, die Reise in den Norden des Landes nicht nur zu Erholungszwecken zu nutzen, sondern gleichzeitig zum Anlass zu nehmen, nach jemandem zu suchen, mit dem er Jahrzehnte zuvor in einem sehr intensiven, fast innigen Briefwechsel gestanden hatte. Dieser war weit über den Standard üblicher Korrespondenzen hinausgegangen, genauso abrupt wie unerklärlich abgebrochen und hatte auch niemals, trotz all seiner Bemühungen, eine Fortsetzung gefunden. Er verschwieg auch nicht, was er an sonstigen Merkwürdigkeiten gefunden hatte und wo er hoffte, hier in Norwegen Erklärungen dafür zu finden.

»Das hört sich ja richtig spannend an, davon musst du mir aber unbedingt ausführlich erzählen«, unterbrach ihn Kirsten. »Nur es ist heute schon ziemlich spät geworden. Wann willst du denn nach Tromsø fliegen? Hast du schon gebucht?«

»Nein, das ist ja das Schöne an meiner Art der Urlaubsplanung. Ich richte mir alles so ein, wie es mir gefällt und ich Lust dazu habe.«

»Das ist schön, dann schlage ich vor, wir treffen uns morgen 16 Uhr an der Fähre nach Bygdøy. Das ist ganz in der Nähe vom Rathaus und dem Friedensnobelpreiszentrum. Kennst du das?«

»Ja, da bin ich sogar schon gewesen.«

»Prima. Voraussetzung für unser Treffen ist aber, dass ich meine Freundin überzeugen kann, das Café morgen Nachmittag zu betreuen. Bist du telefonisch hier erreichbar?«

»Nur im Hotel, aber da bin ich die wenigste Zeit.«

»Ich gebe dir sicherheitshalber meine Handynummer. Sollte etwas dazwischenkommen, melde ich mich bei dir im Hotel, und du musst dann versuchen, mich zu erreichen«, sprudelte es aus ihr heraus, während sie dabei schon fast im herbeigerufenen Taxi verschwunden war.

Im Hotel angekommen, genehmigte er sich noch einen großen Single Malt an der Bar und empfand es als großen Glücksumstand, dass es keine Direktflüge nach Tromsø gegeben und er in Oslo einen längeren Zwischenaufenthalt eingeplant hatte.

»Mange Takk«, Fluggesellschaft!

Kapitel 8. Kirsten

Er hatte den ganzen Tag damit verbracht, durch die Stadt zu bummeln und sich von ihrem nordischen Charme gänzlich gefangen nehmen zu lassen. Der Höhepunkt des Midsommers war zwar schon etwas überschritten, aber noch immer spürte man dieses Gefühl von überschäumender Lebenslust, das er hier mitten in der Hauptstadt trotz aller Beschreibungen in diversen Reiseführern so gar nicht erwartet hatte. Vielleicht erschien es ihm aber auch nur so. Denn nachdem er die düstere und bedrückende Stimmung der berühmten Gemälde im Munch-Museum hatte auf sich wirken lassen, war ihm schon das versteckte Lächeln irgendeines Passanten wie ein jubelndes Helau im rheinischen Karneval erschienen.

Er war schon einige Zeit vor dem verabredeten Termin an der Fähranlegestelle, die wirklich mitten in der Stadt lag, und freute sich auf den Nachmittag mit Kirsten. Er fand es schon verwunderlich, dass er das fast klischeehafte Gefühl hatte, als würde er diese Frau schon lange kennen. Dabei musste er sich als stets realistisch denkender Mensch doch eingestehen, dass eigentlich nur ein paar wenige Momente vergangen waren, seit sie sich so zufällig begegnet waren.

»Hallo. Pünktlich, wie man es von jemandem aus deinem Land erwartet«, so ihre herzliche Begrüßung.

Er musste lachen, dachte er doch sogleich daran, dass Klischees wohl überall ihre Heimat haben. »Ich habe uns schon die Karten besorgt, wir können also gleich an Bord gehen.«

»Weißt du, ich habe mir gedacht … nachdem ich gestern gehört habe, was du so vorhast, mit dir mal auf die Halbinsel Bygdøy zu fahren. Ich bin sicher, du hast Freude daran, zwischen Wikingerschiffen oder der ›Fram‹, dem Schiff unserer norwegischen Polarforscher Nansen und Amundsen, herumzuschlendern.«

»Ohne jede Frage interessiert mich das sehr. Aber ich hoffe doch, dass du mich nun nicht ernsthaft für einen Abenteurer hältst?«, lachte Jürgen lauthals darüber, welche Assoziationen er wohl bei Kirsten hervorgerufen haben musste, als er ihr am gestrigen Abend von seinen Suchplänen erzählt hatte.

»Das will ich doch hoffen …« Er registrierte mit dieser Antwort einen fast fragenden Blick in ihren Augen, und irgendwie gefiel ihm dieser erheblich mehr als die Aussicht auf die wartenden Schiffe der norwegischen Arktisforscher und ihrer Vorfahren.

Schnell vergingen die Stunden, als sie gemeinsam in der Vergangenheit dieser großen Seefahrernation und ihrer Helden herumstöberten, und man spürte sehr deutlich, dass sie dabei großen Spaß zusammen hatten.

Sie hatten nicht einmal bemerkt, dass die letzte Fähre zurück schon auf dem Fjord schipperte, als sie die Anlegestelle erreichten. Und so mussten sie einige Zeit warten, bis ein Linienbus sie von der Halbinsel zurück in das Stadtzentrum brachte. Ziemlich spät war es, als sie sich ein Restaurant gesucht hatten, aber Jürgen war dies gar nicht bewusst geworden, so schnell und unbemerkt war die Zeit vergangen. Einerseits hatte ihr Besuch bei den alten Seefahrern ihn völlig in Beschlag genommen, andererseits war ihm bis dahin überhaupt nicht klar gewesen, dass die nordische Helligkeit in dieser Jahreszeit keinerlei Anhaltspunkt auf die eigentliche Uhrzeit gab.

Und so kehrten sie in einem kleinen Restaurant ein, um zu einer Zeit zu Abend zu essen, wo er zu Hause keinen Bissen mehr angerührt hätte.

»Das ist jetzt völlig normal hier«, antwortete Kirsten auf seine diesbezügliche Frage, »schau dich um, hier ist noch ein Leben wie sonst nur in südlichen Ländern. Je weiter du jetzt in den Norden kommst, umso intensiver wirst du das erleben. Es ist gar nicht mehr ganz so lange hin, und ständige Dunkelheit, Eis, Schnee und Kälte dominieren wieder das Leben. Da ist es nur zu verständlich, dass die Menschen jetzt ausgelassen Licht und Sonne feiern und intensiv genießen. Hier in Oslo gibt es einen Stadtteil »Grønland«. Ein ganz angesagtes Viertel mit unglaublich großer multikultureller Vielfalt. Du findest dort Boutiquen und Geschäfte aus aller Herren Länder. Und jede Gaststätte, jedes Café und das allerkleinste Lokal haben extra Sitzbänke in ihre Fassade eingelassen. Dort sitzen die Leute draußen, solange es das Wetter überhaupt nur zulässt, denn alle wissen es … der Winter kommt unausweichlich und mit aller Macht, und er vertreibt die Menschen dann für ziemlich lange Zeit in das Innere der Häuser.«

Es gefiel ihm ungemein, ihren Erklärungen zu lauschen und zuzuhören, wie hier gelebt wurde. Vieles war ihm aus den Briefen bekannt, die er dereinst von Marte erhalten und die tatsächlich das hiesige Lebensgefühl sehr gut beschrieben hatten. Aber es gefiel ihm wesentlich besser, dies nicht nur vom Papier abzulesen, sondern mit einem so angenehmen Akzent von einer reizend anzuschauenden Person erzählt zu bekommen.

»Hallo, hörst du mir überhaupt zu?« Fast blickte sie ein bisschen vorwurfsvoll zu ihm, da er wohl wieder einmal zu offensichtlich in ferneren Gedanken verweilt hatte.

»Wenn du wüsstest, wie sehr, würdest du staunen.« Und er ließ sie teilhaben an dem, was ihm gerade so durch seinen Kopf gegangen war. Es fiel ihm nicht sonderlich schwer, ihr zu erklären, wie sehr es ihn immer noch bewegte, dass er all diese Erlebnisse in einer vor gar nicht fernen Jahren für ihn unerreichbar erscheinenden Welt nunmehr persönlich aufnehmen konnte. Und auch wenn er dereinst sehr viel über diese Stimmungen gelesen hatte, gerade in den skandinavischen Sommern, so war es doch nun um ein Vielfaches intensiver und spannender, dies direkt zu erleben.

»Also, ich würde gern mehr darüber hören, wie das so war bei euch, und wie alles anders wurde, als die Mauer fiel. Ich denke, da habe ich trotz meiner Verbindungen durch meinen dereinstigen Job auf der Fähre ein ziemliches Wissensdefizit«, sprudelte es wieder regelrecht aus ihrem Mund.

»Ach, weißt du, ich finde, das richtig zu erklären, hat wohl noch keiner geschafft, dazu hat jeder seine eigenen und sehr spezifischen Erfahrungen und Erlebnisse. Aber ich hoffe, dass wir noch viel Zeit haben werden, dass ich dir das alles mal erzählen kann. Aber ... ich erzähle und erzähle, und von dir habe ich noch recht wenig gehört.«

»Das stimmt aber nicht ganz. Wenn du tatsächlich mehr hören willst, schlage ich vor, wir treffen uns morgen Mittag im Café. Es sei denn, du hast den Flug nun doch schon gebucht, oder?«

»Nein, darum habe ich mich noch gar nicht gekümmert.«

Als er am Mittag des nächsten Tages das Café betrat, empfing ihn eine angenehme Kühle im Raum. Selbst für die Jahreszeit herrschten außergewöhnlich hohe Temperaturen, und man mochte wirklich nicht glauben, dass man in einer nordischen Hauptstadt war.

Es waren fast alle Tische besetzt, und er stellte überrascht fest, dass sich etliche der Gäste dann doch lieber in den angenehmen Schatten des Raumes als in die pralle Sonne der Terrasse verzogen hatten. Selbst die bunten Schirme, die wie Farbtupfer ein heiteres Bild auf den Asphalt malten und eigentlich signalisierten, dass sie sich schützend vor die grellen Sonnenstrahlen stellen würden, konnten nicht verhindern, dass die Mehrzahl der Kaffeetrinker im Inneren des Gebäudes verschwunden war. Das passte nun gar nicht zu dem, was Kirsten ihm am Abend zuvor erzählt hatte. Von wegen, alle Norweger sitzen nur draußen, um vor dem nahenden Winter noch Sonne zu tanken!

Er setzte sich an den einzigen freien Tisch in der Nähe der Fenster, und da er Kirsten noch nicht sah, schweiften seine Blicke durch den Raum. Bisher hatte er dazu noch keine Gelegenheit gehabt, da er nur die Terrasse besucht hatte. Sofort fiel ihm die Vielzahl an Gemälden auf, die überall an den Wänden hingen. Sie zeigten fast ausschließlich nordische Landschaften und zeichneten in der Mehrzahl eindrucksvolle Bilder einer prachtvollen Natur. Die Anordnung der Bilder und die Unterstützung ihrer Wirkung durch kleine Lampen und Strahler, aber auch geschickt drapierte Blumensträuße und kleine Accessoires vermittelten einen sehr harmonischen Eindruck und sorgten dafür, dass er sich sofort wohlfühlte.

»Na, gefallen dir die Bilder?«

Er hatte gar nicht bemerkt, wie sich Kirsten zu ihm gesetzt hatte, so sehr war er in die Betrachtung versunken. »Aber hallo, ausnehmend gut. Und wenn ich das noch hinzufügen darf, nicht nur die!«

Er erntete wieder eines dieser ausdrucksstarken Lächeln als Antwort auf seine Bemerkung, allerdings traf Kirstens Erwiderung, dass natürlich auch die Blumen recht hübsch seien, nicht ganz den Kern dessen, was er eigentlich hatte sagen wollen.

»Weißt du, ich stamme aus Tromsø, also aus der Provinz, wo du jetzt hinreisen wirst. Ich bin allerdings schon vor etlichen Jahren von dort weg und hierhergezogen. Erst der Liebe wegen, und nachdem das nicht geklappt hat, wegen des Berufs. Ich bin Jahre auf Kreuzfahrtschiffen unterwegs gewesen, zuletzt auf den Ostseefähren zwischen Norwegen und Deutschland. Ich war an Bord so was wie ein Hoteldirektor hier an Land, habe mich um alles gekümmert, was so für die Gäste wichtig ist, vom Zimmerservice, über die Gastronomie bis hin zu Veranstaltungsprogrammen. Irgendwann habe ich das Angebot erhalten, hier dieses Café zu übernehmen. Und weil ich dachte, es wäre an der Zeit, mal etwas Neues anzufangen, habe ich mich spontan dazu entschlossen, es zu machen.«

»Da hast du dein Leben ja ganz schön umgekrempelt. Hast du das nicht irgendwann mal bereut, immerhin ist ein solcher Job auf einem Kreuzfahrtschiff sicher auch nicht ganz uninteressant?«, wandte er ein.

»Die erste Zeit hier wieder an Land war richtig komisch. Wenn man plötzlich mit Dingen konfrontiert wird, die völlig anders ablaufen, als man das bisher gewohnt war. Auch die Crew, auf die ich mich immer verlassen konnte und wo alles gut organisiert war und fast automatisiert ablief, fehlte mir anfangs regelrecht. Natürlich gab es auch auf dem Schiff manchmal Probleme, aber es war eben meine Arbeit, dafür zu sorgen, dass kein Gast davon etwas merkte und alles perfekt erschien. Als ich dann von Bord gegangen war, hat mich dieses Gefühl, dass ich irgendetwas verloren hatte, an dem ich doch auch irgendwie hing, ziemlich lange begleitet und regelrecht verunsichert. Erst allmählich habe ich mich in meine neuen Abläufe gefunden und habe auch der Verlockung widerstanden, in die mir vertraute Welt der Kreuzfahrten zurückzugehen. Zum einen hätte ich das als persönliches Scheitern betrachtet, zum anderen bin ich inzwischen angekommen in diesem kleinen Café. Selbstverständlich war es mir zu wenig, nur Kaffee und Kuchen auszuteilen. Und so habe ich angefangen, parallel dazu Veranstaltungen zu organisieren. Wir veranstalten unter anderem ganz tolle Lesungen und hatten sogar schon Autoren von einigem Ruhm hier sitzen«.

Sie unterbrach ihr Erzählen und winkte einer jungen Frau, die plötzlich am Nebentisch stand. »Wenn ich ›wir‹ sage, dann muss ich dir Inger vorstellen. Sie ist meine beste Freundin, und wir beide betreiben dieses Café gemeinsam. Ohne ihre Hilfe hätte ich die vergangenen Tage keine Zeit gehabt, mit dir durch Oslo zu wandern.«

»Inger, dann stehe ich ja in tiefer Schuld bei Ihnen und kann mich nur dafür bedanken, dass sie so freundlich waren. Sie sollten nämlich wissen, dass Sie weniger ihrer Freundin als vielmehr mir einen unendlich großen Gefallen getan haben! Lassen Sie mich wissen, wie ich das irgendwie wieder gutmachen kann«, bedankte er sich bei ihr.

»Na, ich werde darüber nachdenken. Habe ich aber doch gerne gemacht! Sag nur Bescheid, wie lange du noch in Oslo bleiben wirst. Denn dann muss meine Familie zu Hause mit einiger Sicherheit einplanen, dass ich mich wohl länger hier im Café aufhalten werde als üblicherweise«, blickte Inger mit verschmitztem Lächeln zu den beiden am Tisch.

Schnell war sie wieder im hinteren Teil der Räumlichkeiten verschwunden, denn noch immer war das Café voll von Gästen, und es war einiges zu tun.

»Wir kennen uns schon seit den Kindertagen. Inger stammt aus einem kleinen Vorort von Tromsø, und wir haben auch den Kontakt während der Jahre, als ich an Bord der Kreuzfahrtschiffe unterwegs war, nie verloren. Fast ein bisschen so wie du mit deinen Briefpartnern. Sie war von Anfang an begeistert dabei, als es mit dem Café losging, und man findet selten jemanden, auf den man sich so verlassen kann wie auf sie«, schwärmte Kirsten und blickte dabei in Richtung eines der Bilder an der Wand. »Dieses Bild zeigt die nahe Umgebung unserer Heimatorte und ist als Einziges der hier zu sehenden Bilder unverkäuflich, weil es für uns beide irgendwie eine sentimentale Bedeutung hat.«

»Diese Bilder habe ich vorhin, als ich kam, schon bewundert. Und die willst du verkaufen?«, so seine erstaunte Frage.

»Also, ich möchte sie eigentlich nicht verkaufen. Aber sie gehören mir gar nicht. So wie wir hier Lesungen veranstalten, stellen wir unsere Räumlichkeiten auch zur Verfügung, um Künstlern die Möglichkeit zu geben, hier ihre Werke zu präsentieren. Allerdings beschränken wir die Angebote nur auf solche, die von jenseits des Polarkreises kommen. Dabei spielt es keine Rolle, ob Landschaften, Tiere, Porträts oder sonst was auf der Leinwand festgehalten sind – entscheidend ist allein, dass der Künstler die dortige Region vertritt. Wir wechseln so alle halbe Jahre die Ausstellung, und die Vernissagen sind ein regelrechter Höhepunkt geworden. Wahrscheinlich auch deswegen, weil wir inzwischen richtig bekannt gewordene Künstler und ständig ein anderes Erscheinungsbild zeigen, nicht nur von den Motiven und Techniken, sondern auch von den Personen her. Ältere und Junge, Profis und Amateure, Bohemiens und Rationalisten – kurzum ein breites und nie langweiliges Spektrum hat sich da inzwischen bei uns zusammengefunden.«

Sie hatte sich richtig in Begeisterung geredet, und er merkte ihr an, dass sie mit Sicherheit in diesem neuen Sein angekommen war. Die geschilderten Verunsicherungen nach ihrem Wechsel von der See an Land lagen wohl inzwischen hinter ihr.

»Aber jetzt genug davon. Hast du mir denn mal die Adresse von deiner damaligen Briefpartnerin mitgebracht, die du jetzt suchen willst?«

»Ja, natürlich habe ich daran gedacht. Und auch wenn diese Suche nun wirklich nicht unbedingt im Mittelpunkt meines Ausflugs stehen soll, bin ich doch dankbar für jede Hilfe, die mir vielleicht doch eine kleine Chance eröffnet, sie zu finden. Und wie du siehst, habe ich als Sonntagsgeborener und Daueroptimist immer ein bisschen Glück. Oder wie erklärst du dir, dass ich ausgerechnet in dein Café gekommen und nicht nebenan auf ein kühles Bier eingekehrt bin?«, orakelte er herum.

Kirsten setzte zwar wieder dieses unnachahmliche Lächeln auf, ging aber nicht weiter auf seine Feststellung ein und interessierte sich mehr für den alten Luftpostbrief, den er ihr übergeben hatte. »Gibt es denn so was heute überhaupt noch?«, erinnerte sie sich daran, dass dies vor gar nicht allzu langer Zeit normaler Standard war, wenn es galt, irgendjemandem etwas irgendwohin mitzuteilen.

»Ich kann dir das wirklich nicht sagen. Ich habe jedenfalls ewig kein solches Luftpostkuvert mehr verschickt.«

Man mochte gar nicht glauben, wie schnelllebig die Zeit mit ihren permanenten technischen Entwicklungen dafür sorgte, dass der Standard von heute morgen schon im Museum landen konnte. Und da die elektronische Post heutzutage in Sekundenschnelle um den ganzen Erdball saust, war es wohl gar nicht abwegig zu vermuten, dass die einst schnellsten Postsendungen im rotblau umrandeten Luftpostgewand heute wohl nur noch bei Sammlern ein exotisches Schattendasein führten.

Kirsten kannte den Ort der Absenderin. »Ich war nie dort, weil er doch ziemlich weit entfernt von unserem Zuhause ist. Über das Ende des Lyngenfjordes hinaus und ziemlich weit oben in den Bergen. Die Endung ›nes‹ verweist auf eine Landzunge. Es ist landschaftlich großartig dort, aber selbst für einen Norweger ziemlich einsam. Ich weiß nicht mal, ob da eine richtige Straße hinführt. Und auch die Grenze zu Finnland und Schweden ist nicht mehr allzu weit. Vielleicht hat sich dort inzwischen auch einiges verändert, ich komme ja nur noch ein-, zweimal im Jahr nach Tromsø zu meinem Bruder.«

Aber Roar, so heiße ihr Bruder, sei viel in der umliegenden Natur unterwegs gewesen und wisse mit Sicherheit besser Bescheid als sie. Er könne ihm sicher weiterhelfen. Als Lehrer an einem Gymnasium habe er noch Ferien, so dass er ihn jetzt auch antreffen könne, und sicher würde er auch Zeit für ihn haben, wenn ihre Schwägerin und die vier Kinder nicht gerade mal wieder beschlossen hätten, das Haus zum wiederholten Male umbauen zu lassen.

»Übrigens, der Absender auf diesem Brief besteht nur aus Namen, Wohnort und der Angabe zum Herkunftsland, keine Straße, keine Hausnummer. Daran kannst du sehen, dass der Ort nicht sehr groß sein kann, wenn der Postbote schon am Namen erkennt, in welchen Briefkasten er die Post stecken muss«, war ihr Kommentar, nachdem sie den Brief ausgiebig und intensiv begutachtet und ihm zurückgegeben hatte.

»Das habe ich auch schon festgestellt. Nach deinen Schilderungen über die Lage des Ortes wundert es mich fast mehr, dass die Briefe überhaupt dahin gelangt sind. Ich denke aber, gerade dieser Umstand, dass alles offenbar so winzig und überschaubar ist, könnte mir helfen, meine Briefpartnerin zu finden. Jeder kennt jeden, und auch wenn sie mit einiger Sicherheit durch Heirat inzwischen anders heißt, vielleicht auch weggezogen ist, so kann ich doch wahrscheinlich irgendwelche Anhaltspunkte finden.«

»Warst du in einem früheren Leben mal mit Sherlock Holmes verwandt, oder woher kommt dein fast schon detektivisches Interesse an diesem Mädchen? War sie so hübsch, dass du sogar deinen Urlaub opferst, um sie wiederzufinden?«, konnte sich Kirsten eine weniger ernst gemeinte Frage nicht verkneifen.

»Also, wenn die Fotos nicht retuschiert wurden, kann ich dir diese Frage eindeutig mit einem lauten ›Ja‹ beantworten«, war er um eine passende Erwiderung nicht verlegen. »Aber, um es dir ganz genau zu verraten: Mein Interesse beschränkt sich wirklich nur auf die Frage, ob es mir gelingt, sie nach so langer Zeit ausfindig zu machen. Ich sehe das irgendwie als einen sportlichen Anreiz, nicht mehr und nicht weniger, eben ein Urlaub der etwas anderen Art, zumal wenn ich an die Erlebnisse in den Archiven des Staatssicherheitsdienstes denke.«

»Ja, ich denke, so ein klein wenig weiß ich schon, wie du das meinst. Da wünsche ich dir jedenfalls eine Menge Spaß, und vor allem natürlich auch, dass dein Suchen letztlich auch Erfolg hat. Eine Bitte habe ich noch an dich: Wenn du zu meinem Bruder kommst, könntest du da einige Geschenke für meinen Neffen mitnehmen? Der hat nämlich Geburtstag. Ich schaffe es im Moment zeitlich einfach nicht, hinzufliegen, und da würdest du mir einen großen Gefallen tun.«

»Selbstverständlich mache ich das für dich. Leider hat sich aber eine andere Frage, die ich dir eigentlich stellen wollte, damit schon erledigt.«

»Was wolltest du denn wissen?«

»Na ja, ich hatte überlegt, ob Inger dich vielleicht für längere Zeit vertreten und ich dich dann als meinen persönliche Scout mit in den Norden nehmen könnte ...«

»Als Scout?! Also da muss ich dich enttäuschen. Ich bin als Scout mit einiger Sicherheit ziemlich ungeeignet. Da bist du bei meinem Bruder Roar in viel besseren Händen. Aber unabhängig davon geht es im Moment leider nicht. Ich habe einfach keine Zeit. Wenn du bei deiner Rückkehr hier wieder vorbeikommst, würde ich mich allerdings schon freuen. Es sei denn, du willst mich wieder als Scout gewinnen, dann schicke ich dich gleich zu den Pfadfindern«, lachte sie.

Er stimmte ebenfalls in dieses fröhliche Lachen ein und verschwieg für den Moment, dass er sogar daran gedacht hatte, ganz auf den Trip in den Norden zu verzichten und gleich hier zu bleiben, wo es ihm so gut gefiel und er sich wohlfühlte wie seit Langem nicht.

Als er am nächsten Vormittag am Flughafen Oslo-Oslo-Gardermoen eincheckte, hatte er nicht nur Dank der Geschenke, für die er nun der Bote war, fast doppelt so viel Gepäck wie bei seiner Ankunft, sondern ihn hatte auch eine unglaublich fantastische Stimmung erfasst, die trotz oder gerade wegen einer völlig schlaflosen Nacht in Kirstens Appartement in ihm eine grenzenlose Vorfreude auf die Landschaften hinter dem Polarkreis erzeugte.

Kapitel 9. Familie Asgaard

Tromsø, im Norden von Norwegen

Die zwei Stunden nach Tromsø waren im wahrsten Sinne des Wortes wie im Fluge vergangen, und als Jürgen die im prallen Sonnenschein liegende Stadt betrat, konnte er kaum glauben, dass er hier fast auf dem 70. Breitengrad Nord herumspazierte und sich damit genauso gut im Norden von Alaska hätte aufhalten können.

Den Taxifahrer, der ihn vom Flugplatz durch ein unglaubliches Gewirr von unterirdischen Tunneln, die wohl ganze Felsmassive unterhöhlten, in die Stadt gebracht hatte, bat er, ihn in ein einigermaßen ruhiges Hotel zu fahren. Der hob erstaunt den Blick und fragte leicht überrascht: »Nichts vorgebucht? Hier ist jetzt richtige Feriensaison, da kann man schnell Pech haben, wenn man kurzfristig nach Übernachtungen sucht. So oft ist das nicht, dass jemand ohne Buchung hierherkommt. Aber ich denke, ich habe da schon eine Idee, wo ich Sie hinbringe.«

Die Stadt gefiel ihm vom ersten Augenblick an. Er hatte es sich angewöhnt, immer wenn er in eine für ihn unbekannte Stadt kam, innerhalb der ersten 30 Minuten zu entscheiden, ob er sie mochte oder nicht. Erstaunlicherweise hielt in der Mehrzahl der Fälle diese Ersteinschätzung auch seinen späteren Bewertungen stand. Er war sich allerdings nicht sicher, ob er wirklich so ein souveränes Einschätzungsvermögen besaß oder ob es nur stures Verharren auf einmal getroffenen Entscheidungen war. Es war ihm dabei eigentlich auch vollkommen egal, ob es sich um große Weltstädte oder kleine provinzielle

Ortschaften handelte. Die kleineren hatten es dabei allerdings nicht immer leicht, sich an den vorderen Stellen seiner Sympathieskala wiederzufinden.

Tromsø ordnete sich jedoch bei ihm sofort in die Kategorie der liebenswerten Städte ein. Auf den ersten Blick recht überschaubar, aber umgeben von einer landschaftlich traumhaften Kulisse, war es zuerst das Gefühl einer quicklebendigen und regelrecht quirligen Stadt. Die offensichtliche Betriebsamkeit, welche in ihrem Zentrum pulsierte, hätte bei jeder unter südlicher Sonne angesiedelten Kommune mit Sicherheit zu hoher touristischer Beachtung geführt.

Das Hotel im Hafen, welches der Taxifahrer angesteuert hatte, konnte ihm auch das gewünschte Zimmer anbieten. Blickte er aus dessen Fenster, sah er nicht nur die elegante Brücke, die über den Fjord direkt auf die das jenseitige Ufer dominierende Eismeerkathedrale führte. Er konnte sogar fast die an der Pier anlegenden eleganten Postschiffe mit der Hand berühren, so nah lagen sich Haus und Schiff gegenüber. Das Ganze hatte eine so ausgeprägte Faszination, dass er den Blick kaum von diesem außergewöhnlichen Bild wenden konnte. Da konnte er dem Taxifahrer nur ein kräftiges »Mange Takk« nachrufen.

Am frühen Abend hatte er bei Kirstens Bruder angerufen, der durch sie schon über Jürgens Ankunft informiert war, und hatte sich für den nächsten Tag mit Roar verabredet. Ihr Bruder hatte ihm eine genaue Beschreibung gegeben, wie er zu dem Haus der Familie finden würde, und ihm das Gefühl vermittelt, dass man sich ehrlich auf seinen Besuch freute. Auch mit der Verständigung hatte alles problemlos geklappt, wobei Kirsten ihm dies ja schon vorhergesagt hatte.

Im Hotel überlegte er kurz, ob er im hauseigenen Einkaufstempel noch nach einem Geburtstagsgeschenk suchen sollte, welches er selbst mitnehmen könnte. Er hatte ja die ganzen Pakete aus Oslo mitgebracht und wusste daher um den Anlass. Nur war er sehr unsicher, was er denn Kirstens kleinem Neffen mitbringen könnte. Er entschied sich, erst einmal abwartend die Sache anzugehen und später zu entscheiden, wie er in diesem Fall verfahren konnte, ohne irgendwie aufdringlich zu wirken. Und so legte er den großen Plüschteddybären, für den er sich eigentlich schon entschieden hatte, erst mal wieder ins Regal zurück.

»Hallo, ich bin Roar Asgaard, Kirstens kleiner Bruder. Herzlich willkommen bei uns! Komm erst einmal rein und stell deine Pakete ab, man sieht dich ja kaum!«, lachte er lauthals über den etwas unglücklichen Anblick, den Jürgen mit den mächtigen Schachteln auf seinen Armen darbot.

»Ja, das ist keine ganz so schlechte Idee«, lachte Jürgen zurück und war froh, als er endlich von dieser unhandlichen Last befreit war.

»Das ist typisch meine große Schwester, dir ein solches Zusatzgepäck mitzuschicken. Da musstest du wohl einiges für Übergepäck bezahlen, vermute ich mal.«

»Als Handgepäck hat man mir das tatsächlich nicht durchgehen lassen, aber das ist halb so schlimm. Wichtiger ist doch, dass alles gut angekommen ist und ich es dem Geburtstagskind unversehrt übergeben kann.«

»Dann wollen wir das umgehend machen, und ich kann dir auch gleich meine Familie vorstellen beziehungsweise alle, die davon anwesend sind.« Außer seiner Frau Lena war dies nur noch Sohn Gunnar, der kleine Neffe von Kirsten, der mit knapp zwei Metern Körpergröße am vergangenen Tag seinen 17. Geburtstag gefeiert hatte. Jürgen dachte an den Teddybären, den er als Geschenk schon ausgewählt hatte, und dankte der Eingebung für die weise Entscheidung, zunächst abzuwarten und später zu entscheiden, welches Geschenk er auswählen sollte. Mit dem Teddy aus dem Hotelshop hätte er auf jeden Fall hier für einige Verwunderung und ungewollte Belustigung gesorgt.

Die anderen Kinder der Familie, so hörte er, studierten in Oslo bzw. in Chicago, während der Älteste als Sicherheitsingenieur auf einer Ölbohrplattform arbeitete.

»Am Samstag kommen noch ein paar Freunde zum Nachfeiern, wenn du Zeit und Lust hast, bist du herzlich dazu eingeladen«, machte ihm Lena ein freundliches Angebot. »Wir nehmen den Geburtstag jedes Jahr zum Anlass, noch einmal so richtig das herrliche Sommerwetter zu genießen. Denn allzu lange dauert es dann nicht mehr, und hier oben machen sich die ersten Anzeichen des nahenden Herbstes breit.«

»Vielen Dank für die Einladung. Ich werde sehr gern kommen. Ich wollte ohnehin bis zum Sonntag in der Stadt bleiben. Ich muss mir ja auch noch einen Mietwagen besorgen und auch sonst noch so einige Dinge, bevor ich meine Tour starten kann.« Mittlerweile war Jürgen über die außergewöhnliche und herzliche Gastfreundschaft gar nicht mehr so überrascht. Immerhin war er den Leuten nur durch den Telefonanruf von Kirsten bekannt.

»Setzt euch ins Wohnzimmer, ich mache uns Kaffee. Gunnar will gleich weg, da muss ich ihm noch einiges vorbereiten. Es kann also ein paar Minuten dauern. Vertreibt euch solange die Zeit«, rief ihnen Lena aus der Küche zu.

»Machen wir doch glatt! Komm, Jürgen, wir setzen uns aber raus auf die Terrasse, ein solches Wetter wollen wir keinesfalls im Zimmer verpassen!«

Das Haus der Familie Asgaard lag auf einer Anhöhe, und obwohl gar nicht so weit weg von der eleganten Tromsø-Brücke, die die Stadtteile an dieser Stelle miteinander verband und den Fjord über einen Kilometer lang überspannte, drang kein Verkehrslärm an seine Ohren. Dabei konnte er mit bloßen Augen sehen, dass wahrlich ein reger Straßenverkehr um diese Zeit herrschte. Rückwärtig vom Haus konnte er die Talstation der Seilbahn Fjellheisen sehen, die wohl jede Menge Urlauber auf den Storsteinen, den Hausberg der Stadt, transportierte und die mit emsiger Geschwindigkeit ohne langes Rasten hinauf und hinab gondelte. Der gelbrote Anstrich der Kabinen wetteiferte regelrecht mit den Sonnenstrahlen um den Titel des sommerlichsten Erscheinungsbildes, und wenn im Winter hier alles im Schnee versank, waren sie wohl die einzigen Farbtupfer, die für eine Belebung der weißen Monotonie sorgten.

Jürgen war von dem Panorama, welches sich zu allen Seiten vor ihm auftat, regelrecht begeistert. Ein grenzenloser Blick über den Fjord auf der einen Seite, direkt gegenüber die pulsierende Stadt, und hinter ihm erhoben sich Berge, die in ein regelrechtes Gebirge übergingen. Auf dessen Gipfel war auch jetzt noch Schnee zu sehen, den selbst die massiv einheizende Sonne nicht hatte zum Tauen bewegen können. Diese ganze Szenerie wirkte einerseits sehr agil und bewegt, dafür sorgte schon ein Blick auf Brücke und Seilbahn; andererseits sorgte der sich in einer endlosen Weite verlierende Blick für ein Gefühl von Ruhe und unendlicher Freiheit. Fast hatte Jürgen das Gefühl, als würde seine Atmung anders funktionieren als im normalen Tagesablauf, so faszinierend wirkte dieses aufregende Panorama auf ihn ein.

»Wie wäre es mit einem kleinen Schluck zur Begrüßung, magst du schottischen Whisky?«, fragte Roar mitten hinein in dieses Stimmungsbild.

Jürgen hatte gar nicht gemerkt, dass Kirstens Bruder plötzlich mit zwei gefüllten Gläsern dicht hinter ihm stand, so sehr hatte ihn die Betrachtung der ganzen Szenerie gefangengenommen. »Du wirst es nicht glauben, aber nichts passt jetzt so gut zu dem, was ich bei diesem Ausblick empfinde, wie dieses Angebot. Und ich nehme es nicht nur dankend an, ich verrate dir auch, dass ich das jetzt regelrecht gebrauchen kann.«

»Freut mich, dass es dir hier gefällt. Also dann: Skål, und noch mal herzlich willkommen. Auf dass du ein paar schöne Tage hier hast. Und übrigens, natürlich würde unser norwegischer Aquavit noch viel besser zu dem passen, was du hier rings um dich siehst. Aber leider habe ich doch tatsächlich keinen mehr im Hause gefunden, so dass ich dich auf Samstag vertrösten muss.«

»Darauf bin ich richtig gespannt. Aber zuerst nochmals ›Mange Takk‹ für den mehr als freundlichen Empfang bei euch.«

Roar lachte herzlich auf und beeilte sich, die Gläser mit einem guten Schluck des malzigen Getränks aus den Bergen des schottischen Hochlands nachzugießen.

Sie unterhielten sich in einer Intensität, dass man kaum glauben konnte, dass sie sich gerade erst persönlich kennen gelernt hatten. Sie merkten kaum, wie die Zeit verging und Lena vorsichtig anfragte, ob sie denn Lust hätten, mit ihr zu Abend zu essen.

»Was, so spät ist das schon wieder?«, fragte Jürgen regelrecht erschrocken. Er hatte sich immer noch nicht an die Tatsache gewöhnt, dass der hiesige Sonnenstand keinerlei Gewähr für die tatsächliche Uhrzeit gab. Fast war es ihm peinlich, dass er seine Gastgeber doch erheblich von ihrem üblichen Tagesablauf abgehalten hatte. Die zeigten aber keinerlei Anzeichen dafür, dass es ihnen unangenehm war.

So hatte er sich nicht lange bitten lassen und nahm die Einladung zum Essen gerne an. »Bei uns gibt es heute den Rest vom Fårikål, und da ich ihn, nur um eure Gesprächsrunde nicht zu stören, bereits mehrmals aufgekocht habe, dürfte er nun auch besonders gut sein.

Das war er in der Tat auch, und das mit Kohl gekochte Hammelfleisch war nicht nur eines der Lieblingsessen von Roar, sondern auch Jürgen schmeckte es ganz ausgezeichnet.

Während des Essens hatte Lena die Regie über die Gespräche der kleinen Runde übernommen, und sie nutzte die Gelegenheit, nun ausführlich zu erkunden, wie er Kirsten kennen gelernt hatte und was er denn so in Tyskland mache. Bereitwillig beantwortete er all ihre Fragen und stellte insgeheim fest, dass dieses Interview von ihr wohl intensiv vorbereitet worden war. Er hatte fast den Verdacht, dass sie sogar recht einverstanden damit gewesen war, dass er mit Roar so ungezwungen geplaudert und diesen und jenen Becher mit einer goldfarbenen Flüssigkeit geleert hatte, allein weil dieses Getränk bekanntlich auch in dem Verdacht stand, die Zunge zu lockern. Er erschrak beinahe bei diesem fast bösartigen Gedanken und tat innerlich um Abbitte für eine solche Unterstellung.

Dabei plauderten sie angeregt und fröhlich, und er erzählte ihr gern von dem, was sie doch offensichtlich ziemlich interessierte. Und als sie in Erfahrung gebracht hatte, wie es denn nun aussah in seinem persönlichen Leben, lehnte sie sich zurück und schien zumindest fürs Erste recht zufrieden mit dem, was sie gehört hatte.

Sie blickte zu ihrem Mann. »Ich hole dann mal den Nachtisch, und ihr untersucht nicht sofort wieder die Qualitäten von irgendwelchen abgelegenen Brennereien, habt Ihr verstanden?«, machte sie sich lachend auf den Weg in ihre Küche.

Fast entschuldigend bat Roar um Verständnis dafür, dass seine Frau Jürgen einem fast peinlichen Verhör zur Person unterzogen hatte. »Wir möchten natürlich gern wissen, wer der Typ ist, von dem meine Schwester uns ziemlich angetan berichtet hat. Ich hoffe, das ist in Ordnung für dich?«

Jürgen legte Roar seine Hand auf dessen Schulter und erklärte ihm, dass er überhaupt keine Probleme damit habe. Im Gegenteil, hatte er durch Lenas Befragung doch so nebenbei erfahren, dass Kirsten über ihr zufälliges Zusammentreffen und die nachfolgenden Tage durchaus angetan gewesen war und ihrer Familie das auch nicht verschwiegen hatte.

Lena hatte riesige Eisbecher vor ihnen abgestellt und die letzten Worte mitgehört. »Na dann, auf die Zukunft! Hochprozentiges hattet ihr beiden heute schon genug, also stoßen wir mit diesen Bechern an. Lasst es euch schmecken.«

Während sie löffelten, wollten Roar und Lena wissen, wen Jürgen denn nun eigentlich in Norwegen suchen wolle. Er erzählte auch ihnen die Geschichte der Briefpartnerschaft mit dem abrupten Ende und dass die bisherigen Recherchen zu Hause einiges an Unstimmigkeiten, Merkwürdigem und regelrecht Mysteriösem ergeben hatten. Dass dies alles zusammen bei ihm eine gewisse Jagdleidenschaft hervorgerufen hatte und er sich auf die Suche begeben wollte, Licht in die Angelegenheit zu bringen, musste ihnen schon jemand namens Kirsten verraten haben, denn darüber waren sie bereits bestens informiert.

»Hast du irgendwelche Materialien mit, aus denen sich Anhaltspunkte über den genauen Wohnort deiner damaligen Briefpartnerin finden lassen könnten?«, fragten beide fast gleichzeitig.

»Ich habe einige Originalbriefe von damals dabei. Ansonsten habe ich zwar bei Weitem nicht alles, aber doch eine ganze Menge der erhaltenen Unterlagen eingescannt auf meinen Laptop. Das ganze Originalmaterial liegt natürlich bei mir zu Hause. Wenn ich das alles mitgenommen hätte, wäre wieder einmal Übergepäck fällig gewesen, und vor allem, ganz so ordentlich habe ich das nun auch nicht gerade bereitliegen.«

»Wenn es dir recht ist, komme ich morgen Mittag zu dir ins Hotel und schaue mir das alles in Ruhe an. Erstens habe ich Kirsten versprochen, dir zu helfen, wo immer das auch möglich ist. Aber vor allem bin ich nach all dem, was ich bisher von dir gehört habe, inzwischen selbst richtig gespannt, ob man deine ›Pen Pal‹ finden kann, nachdem nun doch ein paar Jährchen vergangen sind.«

»Das ist ganz prima von dir. Ich denke, damit steigen meine Chancen auf Erfolg deutlich«, machte Jürgen aus seiner Freude über das Angebot keinen Hehl.

Der Rest des Abends verging, ohne dass man dieses Thema weiter vertiefte. Sie sprachen über dies und das, über Familie und Arbeit, über den heiteren Sommer im Norden und über sein winterliches Gegenstück, der hier oben dafür sorgte, dass wochenlange Dunkelheit so manchen in ein Tal von großer Traurigkeit böse mitnehmen konnte.

Als sie sich verabschiedeten, hatte er das Gefühl, als verließe er Leute, die er schon ewig kannte. Er saß schon im Taxi, das ihn über die Tromsø-Brücke wieder in den Teil der Stadt bringen sollte, in welchem sein Hotel lag, als Lena ihm noch nachrief, dass er die Geburtstagsfeier am Samstag ja nicht vergessen solle. Würde er mit Sicherheit nicht!

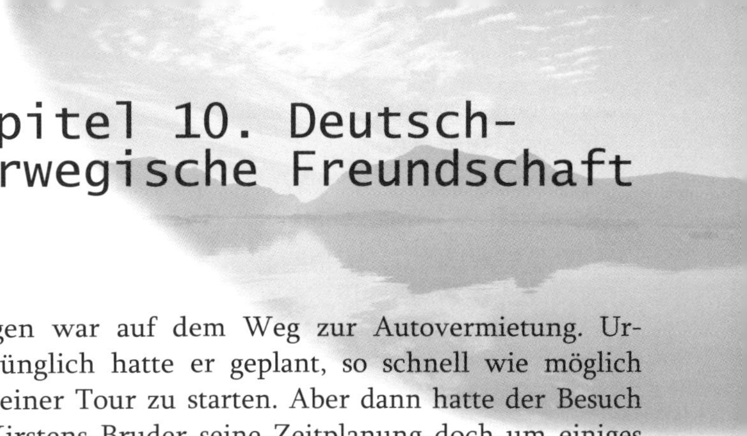

Kapitel 10. Deutsch-Norwegische Freundschaft

Jürgen war auf dem Weg zur Autovermietung. Ursprünglich hatte er geplant, so schnell wie möglich mit seiner Tour zu starten. Aber dann hatte der Besuch bei Kirstens Bruder seine Zeitplanung doch um einiges durcheinandergebracht. Beim morgendlichen Telefonat mit ihr erzählte er über alle seine bisherigen Aktivitäten und bestätigte ihr auf Nachfrage immer wieder, wie herzlich er in ihrer Familie aufgenommen worden war. Noch wichtiger war es ihm aber, ziemlich wortgewaltig darauf hinzuweisen, dass er es viel besser fände, wenn sie hier oben bei ihm wäre.

»Ich bin morgen zur Geburtstagsfeier deines Neffen eingeladen. Alle bedauern sehr, dass du nicht kommen kannst. Aber ich glaube, dieser ›Mensch aus Deutschland‹ leidet regelrecht unter deiner Abwesenheit.«

Sie lachte in den Hörer und bedauerte auch erkennbar ihr Fehlen bei der Feier. Aber leider sei noch derartig vieles von ihr in Oslo zu erledigen und vorzubereiten, dass sie es einfach nicht möglich machen könne zu kommen. Aber falls er diesen »Menschen aus Tyskland« treffen sollte, möge er doch bitte ausrichten, dass auch sie traurig darüber sei, nicht bei ihm sein zu können.

»Mache ich gern! Soweit ich ihn kenne, wird er sich darüber sehr freuen.«

Endlich angekommen in der Autovermietung, erkundigte er sich bei bester Laune nach einem Fahrzeug mit Allradantrieb.

»Wie lange wollen Sie das Fahrzeug mieten?«, fragte die blondgelockte Dame am Ladentresen, während sie in dem Buch blätterte, in welchem offensichtlich die verfügbaren Autos versteckt waren.

»Erst einmal für diese Woche, wenn das möglich ist. Wenn ich es dann länger brauche, können wir doch sicher verlängern, oder?«

»Wir werden dann natürlich eine Lösung finden. Erstens geht die Saison bald zu Ende, wodurch die Nachfrage nach unseren Erfahrungen spürbar nachlässt. Und selbst wenn das Fahrzeug dann anderweitig vergeben sein sollte, finden wir mit Sicherheit ein Äquivalent.«

Sie legte ihm mehrere Angebote vor, und er entschied sich für den kleinsten allradangetriebenen Geländewagen, der vorhanden war. Natürlich schielte er gern zu den größeren chrombewehrten Motorgiganten, aber nachdem er in Schottland die Mühsal erlebt hatte, mit einem großen Landrover auf den einspurigen Landstraßen immer wieder in schwierige Situationen zu geraten, hatte er gelernt, sich den jeweilig zu erwartenden Straßenverhältnissen besser anzupassen. Gerade auf einsam wirkenden Gebirgspässen hatte er begriffen, dass »Murphys Gesetz«, nämlich die Tatsache, dass aber auch alles schiefgeht, was nur irgendwie schieflaufen kann, wohl besondere Freude daran haben musste, Autofahrer, die im Wesentlichen deutsche Autobahnen gewöhnt waren, mit gewisser Heimtücke zu verfolgen. Waren auch nur vereinzelte Fahrzeuge in diesen recht einsamen Gegenden unterwegs, so konnte man sicher sein, dass sie ihm genau dort entgegenkamen, wo der Weg zur nächsten Ausweichbucht am weitesten war. Irgendwann hatte er es aufgegeben, die Meilen zu erfassen, die er sich im Rückwärtsgang dorthin zurückquälen musste, um ein einigermaßen gefahrloses Passieren zu ermöglichen. Aber er hatte auch die Lektion gelernt, zukünftig etwas vorsichtiger und vor allem praktisch denkender bei der Auswahl der Fahrzeuge zu handeln. Mit dem hier in Nordnorwegen ausgewählten fahrbaren Untersatz war er sich jedoch sicher, dass er gut auf möglicherweise auch hier auftretende schmalschwierige Straßenverhältnisse vorbereitet war.

Nachdem alle Formalitäten erledigt und seine Kreditkarte wieder in seiner Brieftasche verstaut war, vereinbarten sie, dass ihm das Fahrzeug am Sonntag zum Hotel gebracht werden sollte, da er an diesem Tag definitiv mit seiner geplanten Tour starten würde.

Da er sich mit Roar erst in einigen Stunden verabredet hatte, nutzte er die verbleibende Zeit bis dahin, um sich die Stadt genauer anzusehen – aber auch, um noch ein Geschenk für Kirstens Neffen zu besorgen. Dass er mit Plüschtieren wahrscheinlich keine allzu großen Begeisterungsstürme erzielen würde, war ihm ja nun bekannt. Deshalb entschied er sich, sein Glück mit einem Computerspiel zu versuchen, von dem er wusste, dass die Söhne seiner Kollegen ganz verrückt danach waren. Und da er bei seinem Besuch im Hause der Familie gesehen hatte, dass es da einiges an solcherlei Technik gab, hoffte er, nicht ganz so verkehrt zu liegen, wie er es mit dem Teddy fast geschafft hätte.

Auch dachte er darüber nach, ob nicht noch Dinge besorgt werden mussten, die er während seiner Tour brauchen würde. Aber außer einigen Lebensmitteln, die er sich einpacken wollte, fiel ihm eigentlich nichts mehr ein. Soweit er das einschätzen konnte, hatte er eigentlich alles schon dabei, was er für notwendig erachtete mitzunehmen. Die Lebensmittel konnte er auch noch am Samstag besorgen, bevor er sich zur Feier aufmachte.

Und so entschied er sich, nur noch einige zusätzliche Ersatzbatterien für die Taschenlampen zu kaufen, obwohl er fand, dass diese bei der immer noch lang anhaltenden Helligkeit am Abend wohl sicher unnötig wären. Im Hotel stellte er sich alles auf dem Zimmertisch bereit und überblickte es mit zufriedenem Lächeln.

Nein, er hatte wohl nichts vergessen, was man für einen derartigen Ausflug in die dünner besiedelte Welt so brauchte, in der nicht an jeder Ecke ein Supermarkt dazu einlud, Benötigtes, Vergessenes oder auch Überflüssiges auf die Schnelle einzupacken. Er liebte derartige Touren und hatte im Laufe der Jahre in der wenigen dafür bei ihm zur Verfügung stehenden Zeit einiges unternommen. Man sah ihm regelrecht an, dass die Vorfreude auf die kommenden Tage in der freien Natur und die spannende Frage, ob denn seine Suche nach Marte Erfolg haben würde, die konkreten Vorbereitungen auf die Tour routiniert bestimmten.

Inzwischen war es höchste Zeit geworden, sich hinunter in die Hotelhalle zu begeben, denn Roar musste jede Minute zu ihrem geplanten Treffen erscheinen, und so ließ er alles stehen und liegen, wie es war.

Er kam keine Minute zu früh, denn Kirstens Bruder betrat im gleichen Moment das Hotel. Als der ihn sah, lachte er fröhlich, und als würden sie sich seit Ewigkeiten kennen, umarmte er ihn und meinte noch immer lachend, dass es einen guten Grund gebe, ein kühles Bier zu ordern.

»Also, ein Bier ist tatsächlich nicht das, womit man mich ärgern könnte, aber was ist der zusätzliche gute Grund?«, fragte Jürgen etwas überrascht.

»Na, Mensch, dass wir uns treffen!«, lachte Roar in Richtung Hotelbar.

Jürgen stimmte dieser Überlegung ohne langes Zögern gerne zu, und sie nahmen an einem kleinen Tisch Platz, um sich konsequenterweise ein original in Tromsø gebrautes Bier zu genehmigen. Im Ergebnis dieser Verkostung musste selbst er zugeben, dass dieses Getränk wirklich sehr gut war. Dies überraschte insofern nicht gänzlich, als der Gründervater dieser am nördlichsten gelegenen Brauerei der Welt dereinst aus Braunschweig eingewandert war, was sich im süffigen Geschmack eindeutig erkennen ließ.

Erfreulicherweise ergab sich aus dieser Feststellung für die ortsansässige Brauerei im Verlaufe des weiteren Abends ein beachtliches Absatzplus für deren in Flüssigkeit umgearbeitete Gerste. Sie lachten viel, sprachen mindestens noch mehr über Kirsten, und nachdem sie noch eine Kleinigkeit im Restaurant gegessen hatten, forderte Roar Jürgen auf, ihm endlich alles zu erzählen, was mit der geplanten Recherche über seine ehemalige Briefpartnerin zusammenhing.

»Weißt du was? Ich schlage vor, wir wechseln die Räumlichkeit und ziehen uns auf mein Zimmer zurück. Ich habe das Material oben, und wir können ungestört plaudern. Ein paar von diesen netten Bierflaschen werden wir bitten, uns zu begleiten. Du darfst dich nur nicht an einer gewissen Unordnung stören, die in meinem Zimmer herrscht. Aber ich denke, wir werden schon noch zwei Sitzgelegenheiten finden.«

»Aber hallo, ich denke, ihr Teutonen seid alle so furchtbar ordentlich«, blödelte Roar auf dem Weg zum Lift unbeirrt weiter.

»Bin ich auch, mein Lieber, aber nicht, wenn ich mein Gepäck für einen Ausflug in die norwegische Wildnis zurechtlegen muss. Ich habe gehört, da sollte man eine Menge mitnehmen«, konterte er.

»Das hast du ganz richtig gehört«, und dabei blickte Kirstens Bruder nun doch ein klein wenig ernst.

Als sie im Zimmer angekommen waren und endlich in den Sesseln Platz genommen hatten, begann Jürgen mit einem ausführlichen Bericht. »Meine Briefpartnerin hieß Marte Selboskaaten und wohnte in einem kleinen Ort in der Nähe des Lyngenfjordes.«

Er berichtete in allen Einzelheiten über seinen Kontakt und über Inhalte und Abläufe der damaligen Korrespondenz. Er erzählte über die plötzliche und unerwartete Beendigung des Briefwechsels und über alles, was er in den Unterlagen des ehemaligen ostdeutschen Geheimdienstes gefunden hatte. Der Norweger hörte geduldig und sehr interessiert zu.

Nach einiger Zeit des Nachdenkens hatte Roar zu den Schilderungen verschiedene Nachfragen, weil er sicher sein wollte, auch alles richtig verstanden zu haben. »Du hast also irgendwie, ohne es auch nur zu ahnen, wie ein Briefkasten fungiert, in den irgendwelche, wie auch immer geartete Informationen gesteckt wurden, die hier aus Norwegen stammen? Du selbst bist immer vollkommen ahnungslos gewesen, und dass diese Informationen dann tatsächlich nur bei dir und nicht, wie eigentlich geplant, bei den Geheimdienstlern gelandet sind, war nur auf einen unglaublichen Fehler zurückzuführen, der denen selbst unterlaufen ist? Und bis heute hast du überhaupt keine Idee oder Vorstellung, um was für Informationen es sich dabei gehandelt haben könnte?«

»Genauso ist es«, erwiderte Jürgen.

»Das klingt ja wie in einem Agentenfilm aus den 1970er-Jahren!«, machte Roar weder aus Zweifeln noch aus seiner grenzenlosen Verwunderung einen Hehl. »Hast du denn in der ganzen Post wirklich keinerlei Hinweise auf solcherart Informationen gefunden, gerade auch nachdem du mit diesem Ansorge gesprochen hast?«

»Natürlich habe ich mich hingesetzt, alles noch mal intensiv durchstöbert und versucht, irgendetwas zu finden oder zu erkennen, was mich selbst an diese Sache glauben lässt. Ich habe aber einfach nichts entdeckt, was ich einer solchen Geschichte hätte zuordnen können. Natürlich ist mir schon damals aufgefallen, dass die Schreiben von Marte nicht so oberflächlich waren wie wohl der überwiegende Teil meiner sonstigen damaligen Korrespondenz. Es ging in ihren Briefen bei Weitem nicht nur um den gerade aktuellen Hit irgendwelcher Beatgruppen oder den Trends ausgefallener Kleidung von hübschen Blumenmädchen. Auch das aktuelle Abenteuer von Sean Connery als Superagent wurde von ihr nicht allumfassend diskutiert und ausgewertet, wie das bei all meinen anderen ›Pen Pals‹ üblich war. Ich will nun aber keinesfalls diese Briefpartner irgendwie abwerten, damit du mich richtig verstehst. Man darf nämlich einerseits nicht vergessen, wie alt oder besser jung wir damals waren und dass gänzlich andere Interessen unseren Alltag dominierten. Andererseits hatte ich aber auch immer das Gefühl, dass sich eigentlich niemand von meinen damaligen Briefpartnern allzu ernsthaft für irgendetwas anderes interessierte. Bei Marte war das anders. Natürlich war auch in unseren Briefen diese Oberflächlichkeit nicht gänzlich ausgeblendet, aber sie waren immer irgendwie tiefsinniger. Für meine vollkommen andere Lebenssituation jenseits des imaginären und doch so spürbaren Eisernen Vorhangs zeigte ausschließlich Marte erkennbares Interesse. Sie berichtete auch überproportional viel über ihr Land und ihre Region und verstand es hervorragend, die nordischen Landschaften zu schildern und zu beschreiben, so dass man sich regelrecht hineinversetzt fühlte. Auch vervollständigte sie ihre Schilderungen immer mit einer Auswahl an Ansichtskarten, die in meiner stetig wachsenden Sammlung ein glanzvolles Erscheinungsbild abgaben. Sie berichtete von Ausflügen, die sie mit ihrer Familie oder auch Schulfreunden gemacht hatte, und ließ mich daran regelrecht teilhaben, indem sie mir die besuchten Höhepunkte auf den Ansichtskarten markiert oder auf kleinen Wanderkarten aufgezeichnet hatte. Aber das kannst du dir selbst alles im Computer anschauen. Ich habe jedenfalls nicht erkennen können, ob sich dahinter etwa ein großes Geheimnis verbirgt oder es sich nur um die Berichterstattung eines ungemein mit der Natur verbundenen Mädchens handelt. So habe ich das damals empfunden, und wie gesagt, auch jetzt erkenne ich keinerlei Anhaltspunkt, dass hier etwa Hinweise auf irgendwelche mysteriösen Geheimnisse liegen. Und noch etwas lässt mich an dem Gedanken irgendwelcher geheimnisumwehten Informationsversendung zweifeln: Natürlich gehörte die Frage nach dem Geburtstag zum Standard der damaligen Schreiberei. Marte war, bis auf einen Unterschied von wenigen Monaten, genauso alt wie ich. Wir waren also kaum den Kinderschuhen entwachsen. Was soll da an Geheimniskrämerei, welcher Art auch immer, von ihr gemacht worden sein, dass im ostdeutschen Geheimdienst allerhöchste Kreise damit beschäftigt waren? Nein, ich kann mir das alles nicht so recht zusammenreimen. Vielleicht hatte sie auch einfach nur keine Lust mehr auf den Briefwechsel mit mir und hat diesen einfach so beendet. Tatsache ist jedenfalls, dass all meine bisherigen Recherchen ergeben haben, dass die Beendigung unseres Briefwechsels nicht durch die Stasi veranlasst wurde, sondern einzig dadurch, dass einfach keine Briefe mehr von ihr kamen, die ja auch von der Staatssicherheit noch lange nach dem Eklat so sehnsüchtig erwartet worden waren. Andererseits ist das interne Theater um diesen Briefkontakt nach Norwegen in der Zentrale des Geheimdienstes, von dem ich durch das Gespräch mit Ansorge erfahren habe, natürlich mehr als merkwürdig für mich. Also, wie ich die Sache auch drehe und wende, ich finde weder irgendeine Erklärung, noch kann ich es auch nur andeutungsweise verstehen.«

Jürgen hatte sich ziemlich in Erregung geredet und unterbrach nun seine Erzählung, um einen kleinen Schluck aus der Bierflasche zu nehmen, die Roar ihm herüberreichte. Der hatte ihm sehr genau zugehört und fragte ihn nun, ob er wohl mal den Laptop benutzen dürfe, um sich die dort eingescannten Unterlagen anzuschauen.

»Ja, natürlich. Gern! Ich glaube aber – obwohl bei Weitem nicht alles hier gespeichert ist, was ich aus dieser Zeit habe –, dass es doch so umfangreich ist, dass du dafür mehr Zeit brauchen wirst, als wir heute haben. Was würdest du davon halten, wenn ich dir das ganze Material auf einen Stick lade, und du kannst dann in Ruhe zu Hause einen Blick darauf werfen, wann immer du auch die Zeit dafür hast?«

»Prima Idee, genauso machen wir das. Aber ich schaue trotzdem mal kurz in die Dateien, damit ich ungefähr einen Überblick habe.«

Sie blätterten gemeinsam in den Unterlagen, und Roar sah als Erstes in einen Ordner, der etliche Fotografien eines jungen Mädchens enthielt, das fröhlich in die Kamera lachte.

»Ist sie das?«

»Ja, das ist Marte Selboskaaten!«

Schweigend blickte Roar in die nächsten Ordner, die nach Briefen, Ansichtskarten und anderen touristisch wirkenden Utensilien sortiert waren und wo er vieles von dem zu erkennen glaubte, worüber Jürgen soeben ausführlich berichtet hatte. »Du hast Recht. Dein Material ist sehr umfangreich. Damit beschäftige ich mich am besten in Ruhe zu Hause. Auf jeden Fall sehe auch ich auf den ersten Blick nichts Ungewöhnliches, und das Mädchen kenne ich leider auch nicht«, meinte Roar mit ernster Miene.

Als er Jürgens erstaunten Blick sah, beeilte er sich schnell nachzulegen, dass er als Lehrer am Gymnasium ja auch viele Schüler aus dem Umland kenne. Fast etwas spöttisch war Jürgens Erwiderung, als er lapidar feststellte, dass Roar zu Zeiten, wo Marte das Gymnasium besucht hatte, wohl noch als Indianer spielender Zwerg die Nachbarn verunsichert haben dürfte. Roar feixte belustigt, meinte aber, ganz so groß wäre der Altersunterschied zwischen ihm und Marte nun auch wieder nicht. Und wenn schon Nachbarn erschrecken, dann hätte er das lieber als Wikinger gemacht, weil das einfach besser in die hiesige Landschaft gepasst hätte.

»Aber du wirst es nicht glauben, ich war auch mal Schüler am hiesigen Gymnasium und deine Marte sicher auch, denn so groß wie heute war damals die Auswahl an möglichen Schulen hier oben noch nicht. Und so hätte es ja sein können, dass sie mir damals schon über den Weg gelaufen ist. Wir kleinen norwegischen Zwerge haben seinerzeit auch schon mal einen versteckten Blick auf die großen Mädchen geworfen, zumal wenn sie so hübsch waren, wie ich auf deinen Fotos von damals ja sehr deutlich sehen kann. Hast du eigentlich mal versucht, irgendwas im Internet über Marte zu finden?«, kehrte Roar zu einem ernsthaften Gespräch zurück.

»Auch das habe ich natürlich probiert, aber ich habe absolut keinerlei Anhaltspunkt oder irgendwelche Hinweise gefunden.«

»Also setzt du nun auf die Möglichkeit, persönliche Ansprechpartner zu finden? Und wenn du niemanden entdeckst? Könnte ja nach der doch recht langen Zeit passieren«, bohrte Roar weiter.

»Weißt du, dann geht die Welt davon bestimmt auch nicht unter. Nun hat das alles so lange im Keller gelegen, dann soll es von mir aus auch so bleiben. Aber mal ganz ehrlich, ich möchte es gar zu gerne rausbekommen, was da eigentlich los war.«

»Genau diesen Eindruck machst du auf mich, und ich glaube nicht, dass du einfach so aufgeben würdest. Aber trotzdem … Angenommen, du findest wirklich nichts und niemanden, ärgerst du dich dann nicht doch?«, wollte Roar unbedingt wissen.

»Immerhin habe ich durch meine Bemühungen in dieser Angelegenheit Kirsten und auch euch alle kennen gelernt, warum sollte ich mich da ärgern? Im Gegenteil, die Aktion ist doch schon jetzt für mich ein sensationeller Erfolg, und letztlich habe ich das doch irgendwie Marte zu verdanken, oder?«

Roar blickte ihn ziemlich überrascht an ob dieser Überlegung, um dann lächelnd festzustellen, dass dies ein sehr schönes Schlusswort für den heutigen Tag gewesen sei. »Lass uns darauf unten an der Bar endlich einen Schluck norwegischen Aquavit probieren. Und ich verspreche dir, was uns möglich ist, werden wir tun, um dir bei deiner Suche zu helfen.«

Als sie sich verabschiedeten, wurde es doch tatsächlich schon ein ganz klein wenig dunkel, was Jürgen vermuten ließ, dass es wieder ziemlich spät geworden war.

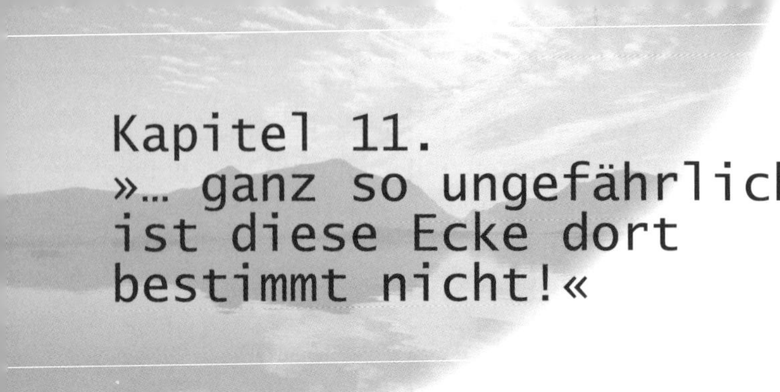

Kapitel 11.
»... ganz so ungefährlich ist diese Ecke dort bestimmt nicht!«

Der Tisch bog sich regelrecht unter der Last, die eine Vielzahl von gewaltigen Obst- und Cremetorten verursachten, die in verlockender Pose darauf angeordnet waren.

»Greif nur ordentlich zu«, forderte ihn Roar unmissverständlich auf, »das sind Bløtkaker, das mit großem Abstand wichtigste Gebäck auf einer norwegischen Geburtstagsfeier. Wage es bloß nicht, die Hausfrau zu brüskieren, indem du weniger als drei ordentlich große Stücke davon zu dir nimmst!«

Es war keinesfalls so, dass es bei Jürgen dieser Aufforderung bedurft hätte, denn Süßes in Form von leckerem Kuchen gehörte nicht zu den Dingen, die er von seiner Speisekarte verbannen würde. Allerdings war ihm das Verspeisen von mindestens drei Stücken dieser üppigen Portionen dann doch etwas zu viel des Guten.

Während er sich das erste Stück dieser Köstlichkeiten auflegte, hoffte er inständig, dass nicht irgendwo erfasst und dokumentiert würde, wie viel er denn nun wirklich von dem leckeren Gebäck vertilgte. Das Allerletzte, was er wollte, war nämlich, durch seinen etwa unzureichenden Verzehr die Hausfrau zu verärgern.

Aber er war sich natürlich sicher, dass die Sache nicht ganz so ernst gemeint war. Trotzdem achtete er sorgfältig darauf, sich den in der geselligen Runde geltenden Spielregeln anzupassen, zumal er von allen Anwesenden so überaus gastfreundlich aufgenommen worden war, als gehöre er schon lange Zeit in diese Gemeinschaft.

Als Roar ihn bei seinem Eintreffen den anwesenden Familienmitgliedern und Freunden als Kirstens guten Bekannten aus Deutschland vorgestellt hatte, war er von ihnen wie selbstverständlich in die Gespräche integriert worden, ohne dass er das Gefühl hatte, er stehe nun unter einer besonderen und neugierigen Begutachtung. Man fragte zwar interessiert nach seinem Woher und Wohin, aber offensichtlich war die Mehrzahl der Anwesenden viel mehr gespannt darauf, wie denn wohl das von ihm mitgebrachte Geburtstagsgeschenk – dieses wohl auch hier oben recht angesagte Computerspiel – sein würde. Offensichtlich war der Ruf dieses Teils auch hier im hohen Norden nicht unbekannt geblieben, und so konnte er mit einigem Vergnügen sehen, dass seine Geschenkauswahl wohl recht gut gelungen war, wenn er in die aufgeregten und gespannten Gesichter von denen blickte, die gerade darum bemüht waren, als Sieger aus dem Wettkampf mit der Elektronik hervorzugehen.

»Sie wollen hoch in die Berge?«, sprach ihn ein älterer Mann in recht passablem Deutsch an, der ihm schon bei seiner Ankunft ob seiner vollen grauen Haare aufgefallen war. Diese Haarfarbe wollte gar nicht so recht zu ihm passen, denn sein sportlich-drahtiger Körper vermittelte eher den Eindruck einer fast jugendlichen Erscheinung. »Roar hat mir ein wenig davon erzählt, warum Sie da unterwegs sein wollen.«

Jürgen fiel auf, dass ihn der Mann sehr förmlich und nicht mit der ansonsten hier üblichen fröhlichen Lockerheit ansprach. »Ja, ich freue mich auch schon sehr darauf, obwohl meine Vorstellungen zum Ablauf noch recht vage sind«, antwortete Jürgen etwas unbestimmt.

Offensichtlich bereitete es seinem Gegenüber keinerlei Probleme, ihn zu verstehen, obwohl er gleichfalls auf Deutsch geantwortet hatte. »Also noch gar keine feste Vorstellung, wo es langgehen soll?«

»Na ja, so ist es nun auch wieder nicht. Ich denke, ich werde am Lyngenfjord entlangfahren und dann sehen, wie ich weitermache, wahrscheinlich Richtung Nordosten. Aber wie gesagt, da lasse ich mich selbst überraschen.«

»Sie wissen, dass Sie mit dem Auto vom Ende des Fjordes nicht in diese Richtung weiterkommen?«, ließ sein Gesprächspartner ihn wissen.

»Ehrlich gesagt, bin ich da nicht im Detail informiert. Ich habe mich zwar anhand von elektronischen und auch ganz konventionellen Landkarten ein bisschen vorinformiert, aber vor Ort wird mich mit Sicherheit an manchen Stellen doch einiges überraschen. Das ist allerdings nicht problematisch für mich. Ich bin ganz gut darauf vorbereitet. Ordentliche Wanderausrüstung habe ich genauso dabei wie GPS und Handy. Und einen kleinen Vorrat an Lebensmitteln habe ich mir heute, bevor ich hierhergekommen bin, auch noch eingepackt.«

»Sie werden da oben in Gegenden kommen, da können Sie Ihr Handy vergessen«, gab sein Gegenüber ihm unmissverständlich zu verstehen.

»Wie gesagt, ich habe auch einiges an gutem Kartenmaterial eingepackt, weil ich zu denen gehöre, die noch recht gut mit Karte und Kompass umgehen können, so dass ich relativ wenig Angst davor habe, mich zu verlaufen«, gab er lachend zurück. »Und ganz so weitschweifig verlasse ich ja die Zivilisation nun auch wieder nicht.«

»Seien Sie sich da nicht zu sicher, ganz so ungefährlich ist diese Ecke dort bestimmt nicht!«, antwortete ihm der Grauhaarige fast ein wenig bissig.

Roar hatte sich zu ihnen gesellt und war Ohrenzeuge der letzten Sätze gewesen. »Lass es gut sein, Steinar. Versuch bitte nicht, unserem Gast mit deinen Geschichten Angst zu machen. Du solltest ihm im Gegenteil mit positiven Hinweisen behilflich sein, damit er Spaß und Freude an seiner geplanten Tour hat und nicht verunsichert ist.«

»Ich habe niemanden verunsichert! Habe nur gesagt, man sollte die Gegend da oben nicht unterschätzen«, zog sich Steinar leicht beleidigt mit einem großen Stück der Torte auf die entlegene Seite der Terrasse zurück.

»Du hast eben einen unserer Nachbarn, Steinar Brendboe, kennen gelernt. Ein etwas knorrig wirkender älterer Herr, der aber richtig sportlich und drahtig wirkt, weil er bei quasi jedem Wetter ununterbrochen draußen in der offenen Natur unterwegs ist. Vor Jahren hat er an den verschiedensten Expeditionen bis hoch in die Arktis teilgenommen und dabei die unglaublichsten Abenteuer erlebt. Ich kenne eigentlich niemanden, der so viel über die Natur unserer nördlichen Provinzen weiß wie er. Er war als ganz junger Bursche schon dabei, als sich die 6. Norwegische Division unter General Carl Gustav Fleischer mit eurer 3. Gebirgsdivision unter Eduard Dietel herumschlagen musste, und bis heute ist er nicht so gut auf das alles zu sprechen. Er mag euch Deutschen bis auf den heutigen Tag gar nicht leiden, hat damals wohl auch viel Schlimmes erlebt, obwohl er ungern darüber redet. Ich war jetzt regelrecht überrascht, dass er mit dir für seine Verhältnisse so umfänglich und dann auch noch in deiner Sprache geredet hat. Wenn du es zeitlich schaffst, mach mal einen Abstecher nach Gratangen, dann verstehst du sicher manches besser in seinem Auftreten. Wenn es dir gelingt, mit Steinar in guten Kontakt zu kommen, findest du keinen Besseren, wenn es darum geht, dich dort zurechtzufinden.«

»Ich kann es gar nicht glauben, dass dein Nachbar schon bei Gratangen dabei gewesen sein soll. War das nicht 1940?«

Roar nickte zustimmend.

»Dann ist dein Nachbar ja so um die …«

»… 80 Jahre alt, du rechnest ziemlich langsam«, feixte Roar. »Aber falls es dich tröstet, ich habe noch niemanden erlebt, der das wahre Alter von Steinar auch nur halbwegs richtig geschätzt hat.«

Jürgen hörte gespannt zu, als Roar ihm darüber berichtete, dass Kirsten und er als Kinder oft mit Steinar in der Provinz auf Wandertouren unterwegs gewesen waren und dass keiner auf so spannende Weise Interesse für die Natur hatte wecken können wie er. »Er hatte besonders an Kirsten einen regelrechten Narren gefressen, weil sie immer besonders aufmerksam seinen Erklärungen und Erzählungen gelauscht hat. Auch heute noch freut er sich ganz ungemein, wenn sie zu Besuch hier ist, und ist stets einer der Ersten, der sie begrüßt. Kommt ja leider viel zu selten vor! Steinar war auch ganz enttäuscht, als er hörte, dass sie diesmal leider nicht zum Geburtstag kommen kann. Ich denke fast, das ist wohl auch der Grund, warum er mit dir so lange gesprochen hat, was eigentlich völlig untypisch für ihn ist. Immerhin habe ich dich ja als einen guten Freund von Kirsten vorgestellt. Ich habe ihm zwar schon zuvor einiges von dir und deinen Plänen hier bei uns erzählt, mich dann aber doch etwas gewundert, als er, kurz nachdem du kamst, von mir wissen wollte, ein wie guter Freund von Kirsten du denn seist.«

»Und was hast du ihm gesagt?«

»Also, soweit ich das beurteilen kann, ein wohl ziemlich guter«, lachte Roar und verschwand in der Küche, um seiner Frau beim Portionieren weiterer Bløtkaker behilflich zu sein.

Jürgen nahm sich auch noch ein Stück dieser cremigen Köstlichkeit von einer der wohlgefüllten Platten. Eigentlich weniger, weil ihn der Hunger dazu aufforderte, sondern mehr, um dem Hinweis irgendwie Rechnung zu tragen, der Hausfrau damit deutlich zu zeigen, dass man ihre Leistung sehr wohl zu würdigen wusste.

Er sorgte sich wenig um das reichliche Überangebot an Kalorien des heutigen Tages, die dann wieder in einem mühseligen Kampf aus dem Körper vertrieben werden mussten. Er war sich ziemlich sicher, dass die nächsten Tage mit einigen strapaziösen Wanderungen den heute gemästeten Fettzellen eine lustvolle Verbrennung bescheren würden.

Jürgen plauderte mit fast jedem der Besucher und wechselte dabei beständig vom Englischen ins Deutsche, wobei er doch irgendwie darüber erstaunt war, dass hier in Lenas und Roars Zuhause viele der Gäste recht gut mit der deutschen Sprache vertraut waren. Immer wieder versuchte er dabei, Steinar als Gesprächspartner zu gewinnen. Aber ob Zufall oder bewusstes Ausweichen, es gelang ihm nicht.

Gegen sechs Uhr kam ein Anruf aus Oslo, und Kirsten meldete sich bei der Familie. Roar stellte das Telefon auf Lautsprecher, und obwohl nun alles durcheinander redete und ihr jeder der Anwesenden in der für Jürgen unbekannten Sprache etwas mitzuteilen hatte, glaubte er zumindest an ihren Gesten zu erkennen, dass sie es alle sehr bedauerten, dass Kirsten nicht persönlich dabei war.

Im Übrigen nahm er sich insgeheim vor, so bald wie möglich zumindest so viel Norwegisch zu erlernen, dass er nicht ganz so blöd dastand, wenn er die einfachsten Dinge nicht ausdrücken und verstehen konnte. Sein »Mange Takk« war ihm dann doch einfach zu wenig Sprachakrobatik. Eigentlich hätte er das lange schon mal in Angriff nehmen müssen, ärgerte er sich ein wenig.

Wie sollte er sich eigentlich mit den Bewohnern der ländlichen Einsamkeit verständigen, wie wollte er seine Fragen stellen, wenn er kaum einen einfachen Gruß richtig aussprechen konnte? Möglicherweise hatte er da etwas ganz Einfaches, aber ganz Wichtiges für seine geplanten Recherchen schlichtweg übersehen.

Er wollte Roar zu diesem Thema befragen, aber der war noch immer mit Telefonieren beschäftigt. Und als das Telefongespräch dann irgendwann beendet war, rief er ihm nur zu, dass Kirsten am späten Abend bei ihm im Hotel anrufen werde, denn jetzt wolle sie ihn keinesfalls dabei stören, feine Tortenstücke zu verkonsumieren. Der Rest seiner Worte ging in einer allgemeinen Heiterkeit unter.

Später gelang es ihm dann, Roar zu fragen, was er dazu meinte, wie er ohne jede Kenntnis der norwegischen Sprache in den nächsten Tagen zurechtkommen werde und ob er überhaupt eine Chance hätte, dass ihn die Leute verstünden, wenn er seine Fragen nach Marte stellte.

»Ich denke, da musst du dir keine allzu großen Sorgen machen. Allein durch die enorme Entwicklung des Tourismus' in den letzten Jahren in unserer Region ist es ein leichtes, jemanden aufzustöbern, der Englisch sprechen kann. Selbst deutschsprechende Einheimische kann man, wie du hier auf unserer Party erlebst, durchaus antreffen. Tromsø hat dank seiner Universität und dem Polarinstitut mit seinen Einrichtungen einen ganz erheblichen Zuzug, gerade auch von jungen Menschen aus aller Herren Länder, und daraus resultierend auch eine ungewöhnlich hohe Bereitschaft seiner Bewohner zum Erlernen neuer Sprachen. Und als Lehrer kann ich dir versichern, dass die Sprachausbildung an unseren Schulen mit das Beste ist, was man zurzeit überhaupt finden kann. Wenn du also tatsächlich mal auf jemanden treffen solltest, der tatsächlich nichts von dem versteht, was du sagst, dann wird er auf jeden Fall jemanden kennen, der seinerseits wieder jemanden kennt, der einen Enkel hat, der mit Sicherheit sehr gern als Übersetzer einspringen wird.«

»Das hört sich ja beruhigend an, nichtsdestotrotz werde ich mich unbedingt irgendwann mal hinsetzen und versuchen, ein bisschen eure Sprache zu erlernen.«

»Ehrlich gesagt, wenn ich nicht schon wieder in der intensiven Vorbereitung des Schulbeginns stecken würde, hätte ich große Lust, mit auf deine Entdeckungstour zu kommen. Aber wir werden auf jeden Fall in entsprechendem Kontakt bleiben. Nun aber zu unseren Überlegungen, wie du deine Suche am besten startest.«

Steinar hatte sich inzwischen zu den beiden gesellt und nickte leicht, als Roar mit seinen Ausführungen fortfuhr.

»Jeder Brief, der von dir hierher kam, ist ja im Briefkasten deiner ›Pen Pal‹ gelandet, sonst hättest du ja nicht die entsprechenden Antworten auf deine Schreiben bekommen. Diese Antworten mussten auch von deiner Briefpartnerin auf den Weg zu dir gebracht werden. Wer hat deine Briefe in Martes Briefkasten gesteckt, obwohl die damalige Adresse ja kaum Informationen hergab, und wer hat ihre Briefe an dich von ihr übernommen und zu dir weitergeleitet?«, blickte Roar fragend zu ihm. Ohne eine Antwort abzuwarten, fuhr er umgehend fort. »Natürlich der Briefträger! Und mit Sicherheit wird er sich an diesen Briefwechsel erinnern. War es an sich schon recht außergewöhnlich, wenn damals solcherlei Post aus einem so winzigen und einsamen Ort in ein fremdes Land ging und auch regelmäßig Antwort von dort zurückkam, so dürfte die Tatsache, dass dies auch noch ein kommunistisches Land hinter dem Eisernen Vorhang war, besondere Aufmerksamkeit erregt haben. Wenn sich jemand an deine damalige Briefpartnerin erinnern wird und wahrscheinlich auch weiterhelfen kann, dann wird es der damalige Briefträger sein!«, endete Roars Vortrag.

»Tolle Idee, jetzt muss dieser Briefträger nur noch gefunden werden. Und wir müssen hoffen, dass er auch wirklich so ein grandioses Gedächtnis hat, wie du es erwartest«, zeigte sich Jürgen von der Überlegung zwar recht angetan, aber auch etwas skeptisch, was die praktische Umsetzung derselben betraf.

Fast triumphierend konnte Roar sofort auf diese Zweifel erwidern. »Du wirst es nicht glauben, aber ich habe den

Postboten schon ausfindig gemacht. Und es hat mich wirklich nur ein paar wenige Telefonate gekostet. Der Mann heißt Bjørn Faksen und lebt noch heute in dem Ort, in welchem er bis zu seiner Pensionierung ein Leben lang die Post ausgetragen hat. Ich habe nicht mit ihm persönlich sprechen können, aber mit seinem Nachbarn Stig Brennigen, der nebenbei gesagt seit Kindheitstagen ein guter Freund von ihm ist. Er hat mir versichert, dass Bjørn noch absolut fit ist, so dass er sich ganz bestimmt an die damaligen Vorgänge erinnern und dir bei deiner Suche mit großer Sicherheit weiterhelfen kann. Der Nachbar hat ihm Bescheid gesagt, und Faksen erwartet dich morgen im Laufe des Tages und freut sich regelrecht auf dieses Treffen mit dir.« Roar genoss das sprachlose Erstaunen von Jürgen und wünschte ihm viel Erfolg bei diesem Gespräch.

»Menschenskind, Roar, ich weiß gar nicht, was ich dazu sagen soll …«

»Am besten jetzt erst mal gar nichts, jetzt geht es erst mal weiter mit der Geburtstagsfeier. Sagen kannst du mir dann morgen was, wenn du mit dem ehemaligen Postbeamten gesprochen hast. Meine Telefonnummer hast du?« Damit beendete Kirstens Bruder ganz schnell das leicht verwirrte Stottern von Jürgen.

»Ja, natürlich, und ich werde dich sofort anrufen, wenn ich Näheres in Erfahrung bringen konnte.«

Steinar, der das Gespräch bisher schweigend verfolgt hatte, sprach Jürgen nun auch an, und erstaunlicherweise tat er dies jetzt auch mit dem vertrauten »Du«. »War vorhin nicht böse gemeint. Wenn du willst, gebe ich dir auch meine Telefonnummer. Kannst mich anrufen, wenn du irgendwelche Unterstützung brauchst. Ich kenne mich nämlich ganz gut aus da draußen, und im Gegensatz zu Roar muss ich tagsüber nicht mehr zur Arbeit. Mich erreichst du also fast immer, wenn du was brauchst oder irgendwelche Fragen hast.«

»Vielen Dank für das Angebot, Steinar. Das nehme ich sehr gerne an. Ich habe das vorhin übrigens auch nicht als böse empfunden. Im Gegenteil, ich hatte sogar ein bisschen Bedenken, dass du vielleicht verärgert darüber warst, dass ich dir etwas barsch zu verstehen gegeben habe, das ich mich ganz gut allein mit Karte und Kompass orientieren kann.«

»Nein, nein, das habe ich nicht so empfunden. Ich finde es sogar gut, wenn sich jemand noch darauf versteht. Aber ich will euch jetzt nicht länger stören. Also dann, gute Fahrt. Und wie gesagt, wenn es notwendig ist, scheue dich nicht, bei mir anzurufen.«

So plötzlich, wie Steinar vorhin bei ihnen aufgetaucht war, so schnell war er jetzt wieder verschwunden. Roar lächelte, als er feststellte, dass doch noch Zeichen und Wunder geschehen, als er Steinars Auftritt bewertete.

»Ich habe es fast vermutet, dass der alte Brendboe dir doch noch seine Hilfe anbietet. Kirsten sei Dank! Wenn du mit ihm klarkommst, hast du wirklich einen der besten Kenner unserer Gegend an deiner Seite, mit meinem bescheidenen Wissen überhaupt nicht vergleichbar. Dafür werde ich mich aber ausführlich mit deinem Material beschäftigen, was du mir im Hotel gegeben hast, und darüber nachdenken, wer mir da eventuell weiterhelfen kann. Und falls ich etwas in Erfahrung bringen sollte, rufe ich dich an, wie abgesprochen. Hast du schon irgendeine Vorstellung, wann du wieder hier sein wirst?«

»Ehrlich gesagt, keine Ahnung, da bin ich mir in keiner Weise sicher.« Nur, dass seine Vorstellung einherging mit einer großen Vorfreude auf die Tour, auch mit erheblicher Spannung und Neugier, ob er denn tatsächlich irgendwelche Spuren seiner vergangenen Brieffreundschaft finden würde, die es sogar in den Status geheimdienstlicher Aktivitäten geschafft hatte – da war er sich bereits jetzt vollkommen sicher.

Kapitel 12. Schicksalhafte Wendung am Nordkap

Von Tromsø in Richtung Polarkreis

Er genoss die Fahrt ungemein. Obwohl an diesem Sonntagmorgen in der Stadt wahrlich wenig Betrieb herrschte, war es ihm trotzdem so, als hätte er mit Überschreiten der Stadtgrenzen eine wild bewegte Welt gegen ein angenehmes Dahingleiten in einem regelrecht märchenhaft ruhigem Umfeld eingetauscht. Dabei war es lächerlich, den behäbigen Verkehr in den sonntäglichen Straßen von Tromsø mit wild bewegten Welten in Verbindung zu bringen.

Eigentlich hatte Jürgen erwartet, dass sich der Fjord, je mehr er sich von der Küste entfernte und in Richtung Binnenland fuhr, in seinen Ausmaßen reduzieren würde. Das war aber nicht zu erkennen, und so verwunderte es ihn schon gar nicht mehr, als er auf dem Wasser ein Schiff entdeckte, welches sich, nachdem er es mit dem Fernglas intensiv betrachtet hatte, als ein ausgewachsenes Kreuzfahrtschiff entpuppte. Er schätzte ihn auf gut 25.000 Bruttoregistertonnen, und damit wurden die gewaltigen Dimensionen des Fjordes sehr deutlich, vor allem wenn man sah, dass sich dieses wahrlich nicht bescheidene Boot wie ein zierliches Spielzeug in einer überdimensionalen Badewanne ausnahm.

Seit er die Stadt verlassen hatte, waren ihm keine Fahrzeuge mehr begegnet, und er vermutete, dass dies sicher nicht nur daran lag, dass die Menschen noch ihre sonntägliche Morgenruhe genossen. Er war durch einige

Ortschaften gekommen, die diesen Namen eigentlich gar nicht verdienten, obwohl stets am Ortseingang ein fast stolz wirkendes Hinweisschild ihre Existenz vermeldete. Meist waren es nur ein paar wenige Häuser, die eine ständige Nutzung verrieten, während an der Hangseite rot gestrichene Holzhäuser wohl darauf warteten, dass großstadtgestresste Urlauber hier ihre Ruhe finden sollten.

Man merkte, dass sich die Urlaubssaison so langsam ihrem Ende zuneigte, denn große Schilder in den Vorgärten teilten den Vorüberfahrenden mit, dass es keinerlei Übernachtungsprobleme gebe, sollte man sich spontan dazu entscheiden, hier ein vorübergehendes Quartier zu nehmen.

Nach einer sehr angenehmen Fahrt hatte er endlich den Ort erreicht, dessen Namen er seit vielen Jahren gut kannte. War es doch der Ort, in den er seine Briefe an Marte geschickt hatte und der sich von denen, durch die er auf seiner Fahrt hierher durchgekommen war, in nichts unterschied. Einige anscheinend ständig bewohnte Häuser standen nicht weit weg von der Straße zur Wasserseite hin. Auf dem bisherigen Weg war die Straße stetig nach oben geklettert, so dass der Wasserspiegel des Fjordes inzwischen gut 100 Meter unterhalb der Ortschaft lag. Ziemlich steile Abhänge ließen nicht erkennen, wie man dort hinuntergelangen konnte, ohne einiges an Kletterkünsten zu zeigen. Allerdings musste es durchaus Möglichkeiten geben, einigermaßen gefahrlos dahinzugelangen, denn es war deutlich zu sehen, dass an einem Steg etliche mehr oder weniger große Boote sanft vor sich hinschaukelten.

Anders sah es aus, blickte man landseitig aus dem Ort hinaus. Nicht weit hinter dem letzten Gehöft stiegen sehr beachtlich wirkende Berge so unvermittelt und schroff an, das man keinerlei Wege erkennen konnte, die in dieses verzweigte Labyrinth führen sollten. Unbekannt waren ihm diese Bilder nicht. Er dachte sofort an die vertrauten Ansichtskarten, die er von Marte dereinst erhalten hatte, von denen einige auch diese Szenerie abbildeten.

Jürgen nahm seinen Laptop und rief die entsprechende Datei auf. Es bereitete ihm ein irgendwie merkwürdiges Gefühl, nunmehr hier zu stehen und auf den Bildschirm mit den Abbildungen der Karten zu blicken – und dann über den oberen Rand des Gerätes hinweg auf die Wirklichkeit dieser beeindruckenden Felsengebilde.

Die klare Luft, der Abhang in seinem Rücken hinunter zum Fjord und die aufgetürmten Berge direkt vor ihm – hier also hat Marte gelebt. Die wenigen Häuser in ihrer überschaubaren Anzahl waren mit einiger Sicherheit kein Hindernis, den ehemaligen Postboten Bjørn Faksen ausfindig zu machen, der ihm Auskunft zu Marte geben konnte. Möglicherweise würde er ihr ja schon bald gegenüberstehen.

Nur wenige Minuten nach seiner Ankunft stand er vor dem Wohnhaus des ehemaligen Postboten. Auf sein Klopfen hin reagierte niemand im Haus. Nach mehrmaligen vergeblichen Versuchen wollte er schon wieder gehen, als eine Stimme aus dem Garten des Nachbarhauses fragte, zu wem er denn wolle.

»Ach … Hallo, Guten Tag. Ich möchte zu Bjørn Faksen, aber er ist offensichtlich nicht daheim.«

»Sind Sie der Deutsche, dessen Besuch hier angemeldet ist?«, wurde Jürgen fast misstrauisch aus den neugierigen Augen eines regelrechten Hünen gemustert.

»Ja, ich bin tatsächlich der angekündigte Besucher aus Deutschland, und hier angemeldet hat mich ein Bekannter aus Tromsø mit Namen Roar Asgaard, der wohl mit Ihnen gesprochen haben dürfte. Ich vermute mal, Sie sind der Nachbar Stig Brennigen? Ich habe ein paar Fragen an Herrn Faksen und hoffe, dass er mir weiterhelfen kann.«

»Da haben Sie Pech! Bjørn ist tödlich verunglückt«, flüsterte der Riese mit beinahe tränenerstickter Stimme.

»Um Gottes Willen, das kann doch nicht wahr sein! Wie ist das denn passiert?«, ließ Jürgen sein grenzenloses Entsetzen erkennen.

Der Nachbar hatte sich wieder gesammelt und begann, trotz offensichtlich großer emotionaler Belastung stockend zu erzählen. »Seitdem wir beide pensioniert sind, ist wohl kaum ein Tag vergangen, an dem wir nicht zusammen zum Fischen raus auf den Fjord gefahren sind. Wir haben uns gemeinsam ein Boot gekauft, und egal, wie sich das Wetter auch zeigte, wir waren auf dem Wasser unterwegs und haben unser Hobby regelrecht gelebt. Für uns beide gab es nichts Schöneres, das können Sie mir glauben. Auch vorgestern wollten wir möglichst früh wieder auf Tour gehen. Ich musste dann aber ärgerlicherweise absagen. Ich musste nach Tromsø auf die Bank, weil es da irgendwelche Komplikationen gab, die umgehend besprochen werden mussten. Also ist Bjørn alleine gestartet. Das war an sich auch überhaupt kein Problem. Es kam ja immer mal vor, dass einer von uns irgendwelche anderen Termine beim Arzt oder sonstwo hatte, und da ist der andere dann alleine los. Das Boot ist ohne jede Schwierigkeit auch von nur einem Mann zu bedienen. Es war ideales Wetter an diesem Morgen, kein Wind, kaum Wellengang, wirklich keinerlei Gefahr. Außerdem sind Bjørn und ich erfahren genug auf dem Wasser, kennen seit unserer Kindheit den Fjord wie unsere Westentasche. Ich habe noch gedacht: ›So ein wunderschöner Tag! Bjørn wird heute Dorsche ohne Ende fangen, und du musst dich auf der blöden Bank rumärgern.‹ Als ich am Abend zurückkam und hörte, Bjørn sei über Bord gefallen und ertrunken, habe ich geglaubt, dass alle Trolle des Waldes über mich herfallen und ich verrückt werde.«

Er musste seinen Bericht unterbrechen, weil diesem gewaltigen Mann die Tränen nur so über das Gesicht liefen und er nicht mehr imstande war, weiterzusprechen.

»Und wissen Sie, was mich am meisten fertigmacht an der ganzen Sache?«, fuhr er nach einiger Zeit mit noch immer tränenerstickter Stimme fort. »Als ich auf der Bank war, wusste dort niemand etwas von einem Termin, den ich hätte so dringend wahrnehmen müssen. Irgendein Idiot hat wahrscheinlich was verwechselt, und ich war vollkommen umsonst in Tromsø. Die Bankmenschen haben sich zwar ohne Ende bei mir entschuldigt, aber was bringt das denn? Bjørn hätte nie diesen Unfall gehabt, wenn ich dabei gewesen wäre!«

Stig Brennigen konnte nicht mehr weitersprechen, so sehr war dieser starke Mann, der nicht nur der Nachbar des Postboten gewesen war, sondern seit einer Ewigkeit auch dessen bester Freund, von diesem Schicksalsschlag getroffen.

Jürgen fühlte sich miserabel, so dabeizustehen und dieses Unglück mit ansehen zu müssen. Regelrecht hilflos wirkte seine Geste, als er vorsichtig dem gewaltigen Mann seine Hand auf die Schulter legte und versuchte, ihm Trost zu spenden.

»Ich kannte Ihren Freund ja nicht. Aber glauben Sie mir, es tut mir unendlich leid, was da passiert ist, auch wenn ich weiß, dass Ihnen und seiner Familie dieser Zuspruch in dem Unglück nicht helfen wird. Tut mir wirklich sehr, sehr leid!«

Er wandte sich bereits zur Verabschiedung, als der Nachbar des Postboten trotz seiner tiefen inneren Verletzung danach fragte, was Jürgen nun eigentlich von Bjørn gewollt habe.

»Ach wissen Sie, das ist jetzt wirklich nicht mehr wichtig, nachdem ich gehört habe, was hier passiert ist. Ich bin auf der Suche nach einer ehemaligen Briefpartnerin, die hier gelebt hat, vielleicht sogar noch immer hier lebt. Und ich hatte gehofft, dass mir Ihr Freund da weiterhelfen kann. Aber in Anbetracht seines furchtbaren Unfalls ist das jetzt absolut bedeutungslos für mich.«

»Jetzt sind Sie so weit deswegen hierhergereist, vielleicht kann ich Ihnen ja auch helfen. Wissen Sie, ich bin hier geboren und habe mein ganzes Leben an diesem Ort verbracht. Wie heißt denn Ihre Freundin?«, wollte Brennigen mit einer wiedergewonnenen Fassung wissen.

»Ihr Name war Marte Selboskaaten, allerdings wird sich ihr Familienname nach all den Jahren verändert haben.«

»Der Name sagt mir nichts. Haben Sie eventuell ein Foto von ihr dabei?«, wollte der Nachbar wissen.

»Ja, natürlich.«

Jürgen zeigte ihm einen ziemlichen Packen an Bildern eines immer freundlich in die Kamera lachenden jungen Mädchens. Lange und ausführlich blickt der Hüne auf die Fotografien.

»Dieses Mädchen hat niemals hier gelebt, da bin ich mir zu 100 Prozent sicher. Bjørn hätte ihnen nichts anderes sagen können. Die hat nicht mal einen Urlaub hier verbracht, da kann ich mich auf mein fotografisches Langzeitgedächtnis verlassen. Tut mir leid, aber da haben Sie offenbar den falschen Ort erwischt.«

Jürgen gab Brennigen die Briefe mit der angegebenen Adresse des Absenders. »Gibt es einen anderen Ort in Norwegen mit dieser Anschrift?«

Wieder betrachtete der Mann lange und ausführlich das ihm übergebene Material. Mit fragendem Blick reichte er Jürgen die Briefe zurück. »Das ist ganz zweifelsfrei unsere örtliche Adresse. Ehrlich gesagt, verstehe ich das jetzt überhaupt nicht!«

Jürgen dankte Stig Brenningen für seine Bemühungen, ihm helfen zu wollen, sprach ihm nochmals sein tief empfundenes Mitgefühl zum Tode seines Freundes aus, und als sie sich zum Abschied die Hände reichten, hatte Jürgen das Gefühl, diese wären zwischen die Spannbacken eines gewaltigen Schraubstocks geraten. Er versuchte tapfer, der fast übermenschlichen Kraft standzuhalten, glaubte in dieser Geste jedoch auch zu erkennen, dass seine eigene betroffene Anteilnahme und der Versuch eines tröstlichen Zuspruchs von Stig Brenningen mit einer gewissen Dankbarkeit registriert worden war.

Als er wieder im Auto saß, war Leere bei ihm eingekehrt. Er musste sich eingestehen, dass an dieser Stelle seine Suche nach Marte gescheitert war.

Er fand später noch einige andere Bewohner des Ortes, die er nach Marte befragte. Das Ergebnis war immer das Gleiche, das er schon seit dem Gespräch mit Stig Brenningen wusste. Keiner kannte das Mädchen auf seinen Fotos, und alle waren sich absolut sicher, dass sie niemals hier in dem Ort gelebt hatte, obwohl die Postanschrift tatsächlich anderes vermittelte.

Was sollte er jetzt tun? Mysteriös war die Geschichte natürlich. Sollte er seine Suche nicht trotzdem an dieser Stelle abbrechen, bevor er zum Don Quijote der norwegischen Wildnis mutierte, nur weil er offensichtlich einem merkwürdigen Phantom nachjagte?

Nachdem er einige Zeit damit verbracht hatte, darüber nachzudenken, rief er Roar in Tromsø an und berichtete ihm ausführlich von den Vorkommnissen.

»Ich habe wohl viele Jahre ein Phantom zum ›Pen Pal‹ gehabt, und ich denke, es ist wahrscheinlich an der Zeit, die Suche nach diesem nunmehr zu beenden«, deutete er eine Entscheidung über seine weiteren Planungen in dieser Angelegenheit an.

»Komm am besten gleich zurück nach Tromsø. Wir sprechen dann noch mal über die Geschichte. Ich habe auch noch ein wenig recherchiert und denke, es wäre am besten, wenn wir die Polizei besuchen.«

Es war zu spät geworden, um noch am selben Tage in die Stadt zurückzufahren. Außerdem hatte er sich darauf gefreut, mal wieder direkt in der Natur zu übernachten. Und so verabredete er sich für den nächsten Tag mit Roar in Tromsø und suchte sich einen abseits des Ortes gelegenen Platz zum Biwakieren.

Als er vor seinem Zelt saß, versuchte er noch mal, bei Kirsten in Oslo anzurufen, aber da vermeldete sein Handy, dass es hier kein Netz mehr gab.

Kapitel 13. Spur ins Nichts

Einwohnermeldeamt, Tromsø

Während Jürgen sich aufgemacht hatte, den ehemaligen Postboten zu besuchen, hatte Roar einen Abstecher zum Einwohnermeldeamt gemacht. Hier wurden nicht nur die Bewohner der Stadt statistisch verwaltet, sondern auch die, welche im direkten Umland oder auch in weiter entfernten Gegenden der Provinz lebten. Er war sich sicher, dass seine Cousine, die in dieser Behörde arbeitete, ihm irgendwelche Hinweise zum damaligen oder aktuellen Aufenthaltsort von Marte Selboskaaten geben konnte.

»Na, das ist ja eine Überraschung, dass du mich hier besuchst. Da ich mich nicht erinnern kann, dass das überhaupt jemals passiert ist, muss es ja was ganz Besonderes sein, was dich hierhertreibt«, begrüßte sie ihn mit einiger Verwunderung.

»Da hast du natürlich absolut Recht«, gab Roar zu. »Mich führt tatsächlich ein Anliegen zu dir, bei dem ich hoffe, dass du weiterhelfen kannst. Du erinnerst dich, dass ich dir auf der Geburtstagsfeier meines Sohnes einen Gast aus Deutschland vorgestellt habe. Der sucht seine ehemalige Brieffreundin, die hier gelebt hat. Er selbst lebte im Osten des damals noch geteilten Deutschlands, und da gibt es einige Merkwürdigkeiten, die diesen gesamten Briefwechsel betreffen. Alle Versuche von ihm, seine damalige Freundin ausfindig zu machen, haben keinerlei Ergebnisse gebracht. Eigentlich wird die Geschichte immer mysteriöser. Ich habe versprochen, ihm bei seiner Suche, so gut es geht, behilflich zu sein, weil mich die ganze Sache inzwischen selbst irgendwie gewaltig interessiert. Zumal ich dir noch sagen muss, dass sich Kirsten ein wenig für unseren deutschen Freund interessiert …« Ein verschmitztes Lächeln lag auf seinem Gesicht.

»Dann bleibt uns ja gar nichts anderes übrig als zu helfen, obwohl ich dir bestimmt nicht sagen muss, dass es so einfach nicht geht, hier Informationen zu erfragen«, erwiderte seine Cousine mit einer sehr amtlichen Miene. »Von Datenschutz hast du sicher auch schon was gehört. Wie hieß denn das gute Mädchen? Hast du deren Geburtsdatum, und wo und wann hat sie zuletzt gelebt?«

Roar hatte all diese Informationen von Jürgen bekommen und gab sie umgehend an seine Helferin weiter. Diese wanderten sofort und blitzschnell mittels der flinken Finger der Meldeamtsbeamtin in deren Computer. Der hielt sein Wissen nicht zurück, und schon nach kurzer Zeit hatten sie die Ergebnisse der Überprüfung vorliegen.

»Laut Geburtsregister ist die Person nicht hier geboren. Das heißt, sie müsste erst später hergezogen sein. Allerdings hat sie auch später nie hier gelebt, es sei denn, sie hätte illegal hier gewohnt, was aber schlichtweg unmöglich ist, zumal in der Zeit, über die wir hier reden. Also, lange Rede, kurzer Sinn – sie war und ist nicht existent, es gibt diese Person real nicht!«

»Da es aber einen real existierenden Briefwechsel zwischen ihr und dem Deutschen gegeben hat, spricht es nun doch langsam dafür, dass ein Phantom die Feder geführt hat«, sinnierte Roar nachdenklich.

»Also, wenn ich dir mal einen Vorschlag machen darf: Stellt doch einfach bei der Polizei eine Vermisstenanzeige mit dem ganzen Material. Das ist zwar alles ganz schön lange her, und ich sehe auch keinen großen praktischen Nutzen, bei all dem Aufwand, den so eine Anzeige verursacht. Aber die haben natürlich ganz andere Mittel, so was aufzuklären.«

»Das ist wahrscheinlich gar keine schlechte Idee. Ich werde mal mit Jürgen darüber reden.«

Genau das machte Roar dann auch, nachdem dieser von seiner Tour zurück war und sie übereinstimmend festgestellt hatten, dass jede ihrer bisherigen Bemühungen, Marte zu finden, vollkommen mysteriös damit endeten, dass diese Person offenbar nie existiert, aber trotzdem einen intensiven Briefkontakt geführt hatte.

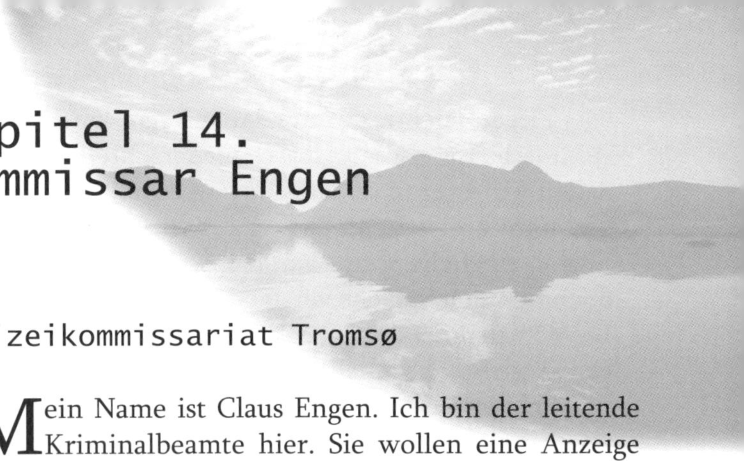

Kapitel 14. Kommissar Engen

Polizeikommissariat Tromsø

»Mein Name ist Claus Engen. Ich bin der leitende Kriminalbeamte hier. Sie wollen eine Anzeige machen?«

Kommissar Engen war etwa Mitte 40, etwas untersetzt, und sein Blick aus dunkelbraunen Augen zeigte keinerlei Reaktion, als Roar ihm das Anliegen erläuterte, weswegen sie bei ihm vor dem Schreibtisch saßen.

Nachdem der Kriminalkommissar schweigend den Ausführungen gefolgt war, wandte sich Engen an Jürgen – und dies in einem ausgezeichneten Deutsch, das nur wenig vom typisch norwegischen Akzent eingefärbt war.

»Wären Sie so freundlich und würden mir alles darüber berichten, warum Sie Ihre damalige Briefpartnerin suchen, und auch, was Sie erreicht haben, seit Sie hier sind?«

»Gern, allerdings muss ich Sie warnen, denn das ist eine ziemlich lange Geschichte, und es dauert seine Zeit, ehe alles erzählt ist«.

»Das macht gar nichts, ich nehme mir sehr gern die Zeit, die dafür notwendig ist. Anschließend sehen wir dann weiter«, antwortete Claus Engen, ohne seinen Blick von ihm zu nehmen.

Es überraschte Jürgen etwas, mit welch großer Ernsthaftigkeit diese Anzeige hier behandelt wurde, hatte das Ganze doch keinerlei dringliche oder aktuelle Bedeutung. Während er ausführlich alles erläuterte, machte sich der Kommissar Notizen in einem so winzigen Notizbuch, dass Jürgen leichte Zweifel daran hegte, ob Engen darin überhaupt etwas Lesbares niederschreiben konnte. Selten wurde er in seinem Vortrag durch Zwischenfragen unterbrochen, so dass er schon befürchtete, dass Engen möglicherweise gar nicht alles in der für ihn doch fremden Sprache verstanden hatte, was er da zum Besten gab. Eine diesbezügliche Nachfrage von ihm, ob er vielleicht zu schnell oder zu unverständlich redete, brachte nur ein Lächeln und die deutliche Ansage, dass alles perfekt sei.

So fuhr er denn fort in seinem Bericht, und als er geendet hatte, begegnete ihm wieder dieses Lächeln des Kriminalisten, verbunden mit einem Dank für die Ausführlichkeit des Vortrags.

»Darf ich Ihnen noch ein paar Fragen stellen?«

»Ja, aber natürlich.«

»Können Sie uns die Unterlagen zur Verfügung stellen, die Sie von Marte Selboskaaten bekommen haben, und damit meine ich nicht die, die Sie mir im Computer gezeigt haben, sondern die Originale?«

»Ich habe einige Originalbriefe dabei. Gerade die, in denen sie mir Adresse, Geburtsdatum und noch einige andere persönliche Daten mitgeteilt hat. Auch einige Fotografien habe ich im Original mit. Die kann ich Ihnen auch gleich hierlassen. Aber die große Mehrzahl der originalen Unterlagen, auch die meisten Briefe, befinden sich bei mir zu Hause in Deutschland. Die müsste ich erst irgendwie herschaffen.«

»Darum würde ich Sie herzlich bitten, denn vielleicht finden wir darin doch spezielle Hinweise, denen wir nachgehen könnten. Noch eine Frage zu Ihrem Besuch bei dem Postboten, Bjørn Faksen.« Er machte eine kurze Pause und blätterte in seinem Notizbuch. Offensichtlich konnte er doch lesen, was er zuvor in Miniaturbuchstaben in diesem Winzling von Notizbuch verankert hatte. »Hatten Sie noch Gelegenheit, mit ihm zu sprechen?«

»Nein, als ich in dem Ort ankam, war der Unfall schon passiert. Ich habe nur davon erfahren, weil ich mich mit seinem Nachbarn unterhalten habe.«

»Wissen Sie dessen Namen?«

»Ich denke, Stig Brenningen oder so ähnlich. Mein Norwegisch ist nicht allzu berauschend, und die Namen sind wirklich schwierig zu verstehen, wenn man so wie ich leider keine vernünftigen Sprachkenntnisse hat.«

»Ich staune trotzdem darüber, wie jemand, der die hiesige Sprache so gar nicht beherrscht, in so kurzer Zeit einen so beachtlichen Kreis von Leuten kennen gelernt hat«, antwortete ihm der Kommissar mit einem Anflug von erkennbarer Überraschung. Dass es zu Hause Leute gab, die Jürgen ob seiner ungezwungenen Art, auch auf völlig fremde Menschen zuzugehen, scherzhaft »unsere Kontaktperson« nannten, verschwieg er seinem Gegenüber lieber. Das hätte die ohnehin schwierige Konstellation in all den Erklärungen nur noch unübersichtlicher gemacht.

»Ich denke, das war's fürs Erste. Wenn Sie die gesamten originalen Unterlagen hier haben, bringen Sie mir diese bitte unverzüglich her. Und wenn Ihnen noch irgendetwas einfällt, was wir jetzt vergessen haben, rufen Sie mich einfach an.« Er gab ihm seine Visitenkarte und verabschiedete sich mit dem freundlichen Lächeln, das die ganze Zeit über ihr Gespräch begleitet hatte.

»Na, bitte. Habe ich dir nicht gesagt, dass die Geschichte schon ernst genommen wird?«, meldete sich Roar zu Wort, als sie auf dem Weg zu ihm waren.

»Ja, das überrascht mich ehrlich gesagt auch.«

Lena erwartete sie schon. »Essen auf der Terrasse muss wohl heute leider ausfallen.« Ihr Blick zeigte bedeutungsschwer in Richtung des Fjordausgangs. »In kurzer Zeit werden wir eine Menge Wasser von oben bekommen. Da werden wir uns mal gleich ins Haus zurückziehen.«

Steinar, der in seinem nachbarlichen Garten schon dabei war, die Gartengeräte wegzuräumen, nickte ihr bestätigend zu, nicht ohne noch die Prognose abzugeben, dass es weniger als 30 Minuten dauern werde, bis der Regen die Stadt erreichte.

»Na, wenn du es sagst, dann wird es mit Sicherheit so sein.« Steinar stand in dem Ruf, besser als professionelle Meteorologen Wettervorhersagen zu treffen, und im Gegensatz zu so mancher Prognose dieser Experten trafen sie auch fast immer ein.

»Wenn du Zeit und Lust hast, kannst du gerne zu uns rüberkommen. Jürgen ist zurück und hat sicher einiges zu erzählen«, lud Lena Steinar wie selbstverständlich zum Abendessen ein.

»Ich nehme deine Einladung gern an, Lena. Will bloß noch alles fertig wegräumen, denn da zieht ganz schön was auf.«

Man hätte die Uhr danach stellen können. Fast auf die Minute genau eine halbe Stunde, nachdem Steinar seine Prognose abgegeben hatte, brach ein wolkenbruchartiges Unwetter über die Stadt herein. Es schüttete dermaßen aus den tiefhängenden schwarzen Wolken, dass Jürgen ziemlich froh war, dass er hier durch ein massives Haus vor den Auswirkungen geschützt war. Wäre er in seinem Zelt davon überrascht worden, hätte er ernsthaft um den Bestand und die Haltbarkeit der synthetischen Fasern bangen müssen, die sich als zehntelmillimeterstarker Schutz zwischen ihm und den tobenden Kräften dieses Gewittersturms wohl kaum verlässlich bewährt hätten.

Seine Gastgeber ließen sich von den tobenden Elementen vor ihrer Haustür indes in keiner Weise beeinflussen und trafen in aller Ruhe die notwendigen Vorbereitungen zum Abendessen.

»Damit können wir so langsam konstatieren, dass der Sommer in diesem Jahr seinen Abgesang gibt. Hier oben vergehen die Jahreszeiten wie im Fluge, es sei denn, wir reden über den Winter. Der kommt so rasend schnell und will in manchen Jahren überhaupt nicht enden. Ich denke, in der Gegend, wo du zuletzt gewesen bist, dürfte dieses Unwetter schon massive Schneefälle mit sich bringen. Da hast du mit dem Wetter noch Glück gehabt. Die Region dort ist ohnehin schon ziemlich schwierig erreichbar, im Winter hast du praktisch keine Chance, planmäßig vorwärtszukommen.«

Jürgen hatte gar nicht gemerkt, wie Steinar neben ihn getreten war und ebenfalls durch die großen Panoramascheiben auf die niedergehenden Wassermassen blickte. »Ja. Ich hab auch gerade daran gedacht, dass ich schlechte Karten gehabt hätte, wenn ich mit meinem Zelt jetzt noch da draußen gewesen wäre. Ganz zu schweigen davon, dass die Beutelsuppe, die ich mir auf meinem Spirituskocher erwärmt hätte, durch die Regenmassen noch dünner geworden wäre, als sie es ohnehin schon war. Allerdings wäre sie auch im schönsten Sonnenschein nicht zu vergleichen gewesen mit dem, was uns Lena da gerade wieder serviert.« Sein Blick wanderte hinüber zum Tisch, auf dem sich Schüsseln mit dampfenden Speisen aufbauten. Er musste sich regelrecht darum bemühen, seinen beachtlichen Appetit nicht überdeutlich erkennen zu lassen.

»Jetzt kommt aber endlich her, die Kjøttkaker werden sonst kalt«, mahnte Lena an, was Jürgen sich nicht zweimal sagen lassen wollte.

»Kjøttkaker?«, musste er wieder einmal seine wenig ausgeprägte Kenntnis der norwegischen Küche erkennen lassen.

»Das sind Fleischbällchen, die nach dem Braten in einer braunen Sauce gekocht werden. Damit ist es hier so ähnlich wie in Irland mit dem Stew. Es gibt unendlich viele Rezeptvarianten, und natürlich ist nur diejenige die Richtige, die der Herr des Hauses aus der Küche seiner Mutter kennt und die seine Ehefrau dann später auch nur so und niemals anders kochen darf, wenn du verstehst, was ich meine«, antwortete Lena lachend.

Jürgen ließ sich nicht lange bitten, bei den Klopsen kräftig zuzugreifen, und war sehr angetan von dieser Machart. »Lena, ich bin sicher, dass ich hier bei dir tatsächlich eine der besten Kochrezepte kennen gelernt habe«, machte er aus seiner Begeisterung keinen Hehl.

»Das höre ich sehr gerne, alldieweil mein lieber Mann noch immer nicht so recht akzeptieren will, dass ich im Laufe der Jahre nun doch schon einige Änderungen am ursprünglichen Rezept vorgenommen habe«, triumphierte Lena lachend in Richtung Roar.

»Aber erzählt doch mal, wie es bei der Polizei war. Von deiner Fahrt wissen wir ja alles, da hat uns Roar immer auf dem Laufenden gehalten.«

Sie berichteten über den gemeinsamen Besuch bei Kommissar Engen, und Jürgen bestätigte, dass er recht überrascht davon war, dass man der ganzen Geschichte, obwohl sie doch reichlich mysteriös klang und keinerlei aktuelle Bedeutung zu haben schien, erstaunliche Aufmerksamkeit geschenkt und tatsächlich ernst genommen hatte, was er in dieser Selbstverständlichkeit nicht unbedingt erwartet hatte.

»Und wie soll es nun weitergehen?«, wollte Roars Frau wissen.

»Ich fliege nach Hause zurück und bringe alle bei mir noch vorhandenen Unterlagen im Original hierher, um sie Engen zu übergeben. Vielleicht finden sie irgendwas, was ich nicht erkenne. Lassen wir uns einfach überraschen.«

»Ist das nicht alles ein bisschen viel Aufwand für diese alte Geschichte?«, fragte Steinar unvermittelt in die Runde. Alle schwiegen ein wenig betreten, ob dieser erke baren Missbilligung.

»Im Prinzip hast du gar nicht so Unrecht mit deine Einwand, Steinar. Aber ich will wenigstens noch das zu Abschluss bringen, was ich nun mit Engen vereinbar habe. Wahrscheinlich wird das alles nichts ergeben, aber ich habe dann wenigstens alles versucht, was ich mir nun einmal vorgenommen habe.« Jürgen blickte zu Steinar und hoffte, dass der ihn verstehen und nicht für einen uneinsichtigen Spinner halten würde.

Dieser schien den letzten Bemerkungen aber keine Beachtung mehr zu schenken und wollte nur noch wissen, wann er denn wieder zurück sein würde. »Dann kannst du nämlich auch bei uns übernachten und musst nicht ins Hotel. Ich habe viel Platz, meine Söhne werden wohl erst Weihnachten wieder einen Besuch bei mir machen.«

»Vielen Dank, Steinar. Das ist nett von Dir, aber ich mache nicht gern Umstände. Das Hotel ist in Ordnung und liegt ja auch nicht weit von hier, das ist wirklich kein Problem.«

Es war Jürgen bewusst, dass es schon etwas Besonderes war, ausgerechnet von Steinar ein solches Angebot zu erhalten, waren ihm doch dessen vorhandene Ressentiments durchaus bekannt. Trotzdem lehnte er diese freundliche Offerte ab und konnte nur darauf hoffen, dass er Steinar damit nicht wieder verärgerte. Schließlich war ihm gerade erst wieder bewusst geworden, wie kritisch er jegliches Handeln in dieser Angelegenheit von ihm bewertete.

»Kannst es dir ja noch überlegen, wenn du wieder hier bist«, meinte Steinar leise, bevor er aus dem Fenster blickte und sehen konnte, wie tieffliegende Wolken ihre gewaltige Regenlast noch immer über Tromsø abluden.

…l 15.
…nach Hinweisen

…mmissar Engen hatte die engsten Mitarbeiter der …bteilung in seinem Zimmer um sich versammelt.

…ch habe nach dem Besuch von Roar Asgaard und …sem Deutschen hier bei uns veranlasst, umgehend eine …duktion an dem ehemaligen Postboten Bjørn Faksen …orzunehmen. Die hat ergeben, dass er nicht einem Unfall zum Opfer fiel, sondern einem Mord. Die Geschichte des Deutschen war mir so sonderbar, dass ich mit der Staatsanwaltschaft diese Überprüfung vereinbart habe, und mein Bauchgefühl hat uns nun tatsächlich einen handfesten Mordfall beschert.«

Die versammelte Runde zeigte sich darüber nicht sonderlich überrascht, war ihr Chef doch bestens dafür bekannt, dass er kriminelle Aktivitäten erspürte, bevor man überhaupt erste konkrete Anzeichen dafür entdecken konnte.

»Ich möchte euch also bitten, die üblichen Schritte zu veranlassen. Sucht mir alles zusammen, was ihr über Faksen finden könnt. Besonders interessieren mich seine gesamten sozialen Kontakte, Familie und Freunde, aber auch ob es irgendwelche Spannungen zwischen ihm und anderen gab. Also das gesamte Programm.«

Wie eingespielt sein Team war, konnte man spätestens jetzt erkennen, als der erste seiner Mitarbeiter wie selbstverständlich die Runde verließ und sich sofort daran machte, die Vorgaben des Kommissars abzuarbeiten.

»Sven«, wandte sich Engen nun an den nächsten seiner Kollegen. »Du kümmerst dich darum, alles über diese ominöse Briefpartnerin Marte herauszufinden. Ich kann mir das alles, was ich da gehört habe, nicht so recht erklären. Aber ein Phantom war sie mit Sicherheit nicht. Also, mach dich ans Werk und finde alles raus, was mit diesem Mädchen von damals zu tun hat. Klar?«

Sven verließ nach dieser Anweisung den Raum, und nun war Engen mit seiner Stellvertreterin Britt Stensrud allein im Zimmer.

»Britt, für dich habe ich einen ganz speziellen Auftrag.« Er erzählte ihr von dem, was Jürgen ihm über dessen Recherchen in den Archiven des ehemaligen ostdeutschen Geheimdienstes berichtet hatte. »Versuch doch mal herauszufinden, ob es irgendwelche relevanten Hinweise bei uns gibt, was sich dahinter verbergen könnte. Und überprüfe mir in diesem Zusammenhang auch gleich diesen Jürgen Kimmel.«

»Hast du bei ihm wieder eines deiner berühmten ›Bauchgefühle‹?«, fragte Britt ihren Vorgesetzten ernst.

»Kann ich noch nicht sagen, dazu wissen wir bis jetzt viel zu wenig. Auf jeden Fall klingt seine Geschichte tatsächlich etwas merkwürdig. Vor allem verwundert mich diese Ernsthaftigkeit, mit der er eine lang vergangene Brieffreundschaft verfolgt. Er hat mir gesagt, er habe großen Spaß daran. Das ist mir als Motivation ein bisschen sehr dünn.«

»Glaubst du, dass bei ihm mehr dahintersteckt?«, wollte Britt wissen.

»Na ja, ich weiß es wirklich noch nicht, wir werden es aber sicher bald merken. Nur, wir müssen ihn auch wirklich intensiv unter die Lupe nehmen, denn irgendwie gefällt mir das nicht so richtig mit dieser starken Verbindung zu irgendwelchen Geheimdienstaktivitäten.«

»Immerhin ist er es aber gewesen, der von sich aus hier hergekommen ist. Ohne seine Hinweise wäre der Mord an Faksen gar nicht erkannt worden. Ich finde jedenfalls, dass er sich doch sehr kooperativ zeigt, wenn er die gesamten originalen Unterlagen zur Verfügung stellt und sogar nach Deutschland zurückfliegt, um sie für uns zu holen. Findest du nicht, Claus?« Britt sahen ihren Chef fragend an.

»Bist du sicher, dass er uns wirklich alle seine Unterlagen übergibt? Und wer sagt denn, dass er nicht nur hierhergekommen ist, um seine eigene Suche nach wem oder was auch immer mit unserer Hilfe zu optimieren?«, machte Engen einige seiner schwerwiegenden Überlegungen deutlich.

»Solcherlei Zweifel habe ich ja noch gar nicht bei dir erlebt, Claus«, zeigte sich seine Kollegin recht überrascht.

»Wir haben auch selten Fälle gehabt, wo mich das Wort ›Geheimdienst‹ verunsichert hat. Und noch was, Britt. Wenn du jetzt loslegst, schau dir doch bitte auch genau an, welche Rolle dieser Roar Asgaard und seine Familie, aber auch deren sonstiges Umfeld im Zusammenhang mit diesem Deutschen spielt.«

Nachdem Britt Stensrud das Zimmer ihres Vorgesetzten verlassen hatte, vertiefte der sich wieder in die Unterlagen, die er von Jürgen bekommen hatte und die nun vor ihm auf dem Schreibtisch lagen.

Kapitel 16.
Alte Seilschaften

Berlin, Deutschland

Ansorge hatte die Zeit nach dem Besuch von Jürgen Kimmel nicht in Untätigkeit verbracht. Er hatte große Freude daran, sich mit dieser Sache zu beschäftigen. Das lag nicht nur daran, dass ansonsten seine Tage als Pensionär nach der zwangsweisen Beendigung seines Berufslebens nur noch durch Langeweile und Tristesse geprägt waren. Der ganze damalige Vorgang um diesen merkwürdigen Briefverkehr von Kimmel war von einer derartigen Brisanz und so geheimnisvoll gewesen, dass er auch heute noch einen regelrechten Drang bei ihm erzeugte, mehr darüber zu erfahren.

Allerdings war dies ungemein kompliziert. Bei denen, die dereinst in der hiesigen Bezirksstelle ihren Dienst versehen hatten, brauchte er gar nicht nachzuforschen. Schon damals wusste an dieser Stelle niemand etwas zu den Hintergründen. Außerdem waren fast alle aus der ehemaligen Behörde, die in der Stadt geblieben waren, sehr darauf bedacht, keinen allzu offenen und innigen Kontakt mit den ehemaligen Genossen zu pflegen. Allein schon aus Sorge, sie könnten damit ihre inzwischen gut etablierten Geschäfte gefährden.

Die Lösung für ihn, mehr über den damaligen Vorgang zu erfahren, konnte deshalb eigentlich nur in Berlin zu finden sein. Soweit er das einschätzte, war der gewaltige Knall, den die damalige Pleite in der Geheimdienstzentrale der grauen Chemiemetropole verursacht hatte, auf den Gängen der Lichtenberger Zentrale nicht ungehört verhallt. Und selbst wenn die Sache damals noch so geheim behandelt worden war, hatte doch sicher dieser oder jener dort, selbst wenn er nicht direkt in diese Geschichte involviert war, irgendetwas darüber gehört. Wahrscheinlich durfte man zwar keine detaillierten Informationen erwarten, aber üblicherweise kursierten in derartig brisanten Fällen meist Gerüchte durch die Abteilungen. Gerade in einer solchen Einrichtung, wo kein Kollege dem anderen traute, war ein solches Verhalten stark ausgeprägt, wie Ansorge aus eigenem Erleben bestens wusste.

Er konnte sich auch nicht vorstellen, dass man einfach den Aktendeckel dieser Aktion geschlossen hatte und zur allgemeinen Tagesordnung übergegangen war, nachdem man festgestellt hatte, durch jahrelange Schlamperei und Inkonsequenz wohl ziemlich wichtige Unterlagen verloren zu haben. Man wusste ja nunmehr ganz genau, dass diese bei Jürgen Kimmel gelandet waren. Und hatte der sie nicht weggeworfen, konnte man sie ja immer noch dort sicherstellen. Dies zu erledigen, stellte für die entsprechenden Spezialisten der Staatssicherheit überhaupt kein Problem dar. Ansorge war sich absolut sicher, dass es hier entsprechende Aktivitäten gegeben haben musste.

Dass Kimmel davon weder etwas wusste oder gar gemerkt hatte, war für Ansorge vollkommen logisch. Der hätte wahrscheinlich nicht mal im Traum daran geglaubt, dass es so was außerhalb von Kinofilmen überhaupt gab. Warum sollte er auch in solche Richtung gedacht haben? Schließlich hatte die Korrespondenz für ihn vollkommene Normalität gehabt, und es hatte für ihn keinerlei Anlass gegeben, irgendetwas Ungewöhnliches zu vermuten.

Um was es hier aber nun tatsächlich gegangen sein musste, davon hatte auch Ansorge nicht die allergeringste Ahnung. Am ehesten vermutete er, es könne sich um versteckte Hinweise zu irgendwelchen militärischen Anlagen handeln. Vom Wohnort dieser Norwegerin war es nicht weit nach Murmansk, jener geheimnisvollen, damals gesperrten Stadt, in der die Sowjets ihre Nordmeerflotte stationiert hatten. Trotzdem blieb alles, worüber Ansorge seit dem Besuch von Jürgen nachgedacht hatte, reine Spekulation, und er kam zu keiner Erkenntnis, die durch irgendeinen Hinweis hätte belegt werden können.

Deshalb hatte er einen seiner wenigen verbliebenen Freunde angerufen, mit dem er dereinst zusammen verschiedene Lehrgänge besucht und der später im Ministerium eine beachtliche Karriere hingelegt hatte. Da wohl auch sein Bekannter Fritz Obermann in der Bundeshauptstadt unter einem eher faden und langweiligen Rentnerdasein litt, willigte dieser freudig auf ein schnelles Treffen mit Ansorge ein, und nur wenige Tage später saßen die beiden in einem Café im Zentrum der Hauptstadt.

»Das ist lange her mit uns beiden. Du erinnerst dich noch an unseren gemeinsamen Lehrgang in Rostock?«, eröffnete Ansorge das Gespräch mit der fast obligatorischen Reminiszenz an die aus beider Augen doch so gute alte Zeit. Er hatte ganz bewusst auf diese Veranstaltung hingewiesen, versetzte sie seinen Gesprächspartner doch sogleich in eine weniger angenehme Erinnerung.

»Mann, dass wir da gerade noch mal die Kurve gekriegt haben, war ein echter Verdienst von dir«, durfte sich Ansorge über ein Lob aus dem Munde seines Gegenübers freuen. Und genau das hatte er mit seiner Gesprächseröffnung auch bewirken wollen – seinen ehemaligen Genossen gleich daran erinnern, dass er es gewesen war, der ihm die Aussicht auf Fortsetzung seiner Karriere überhaupt erst ermöglicht hatte!

Es war Ansorge damals gelungen, den Vorgesetzten einen Vorfall auf besagtem Lehrgang so darzustellen, dass nicht sie, sondern eine der anwesenden Genossinnen einen Eintrag in ihrer Akte erhielt, weil sie »außereheliche Beziehungen zu zwei Angehörigen ihres Dienstkollektivs« hergestellt habe. Das entsprach zwar nicht ganz der Wahrheit. Aber für Ansorge war die Tatsache, dass er seinen Genossen auch heute noch genüsslich daran erinnern konnte, eine sichere Grundlage dafür, dass sein Gesprächspartner auch die notwendige Bereitschaft zeigte, auf Ansorges Fragen überhaupt zu antworten.

»Vergessen wir jetzt mal Rostock. Ich bin gekommen, weil ich dich etwas fragen möchte, was mich schon ziemlich lange beschäftigt. Und ich hoffe sehr, dass du mir weiterhelfen kannst«, steuerte Ansorge direkt auf den Grund seines Besuchs zu.

»Dachte ich mir schon, dass du mich nicht nach so langer Zeit wegen meiner schönen blauen Augen besuchen kommst. Dann leg mal los! Klar, dass ich dir helfe, wenn ich es kann.«

Und so berichtete Ansorge in aller Ausführlichkeit von dem damaligen Vorgang und verzichtete nicht auf das kleinste Detail. Auch seine Vermutungen flossen in den Vortrag ein, allerdings immer mit dem Hinweis versehen, dass es sich hierbei um reine Spekulationen handele, da er keinerlei Belege für irgendwas habe.

Sein Freund Obermann hatte dereinst sogar einen Generalsrang im Ministerium erreicht und gehörte damit zu einer Gruppe von Mitarbeitern, die in spezielle, geheime Interna eingeweiht waren.

»Wie könnte ich das Theater vergessen, was damals losgetreten wurde?! Unser aller kleiner Minister höchstpersönlich hat doch in altbewährter Weise hinter seinem Schreibtisch getobt und festgestellt, dass wirklich was dran sei an der Aussage über deine Stadt, dass der Strom der Dummen dort niemals versiegen würde. Der hat in seiner Wut sogar kurzzeitig darüber nachgedacht, euch vor Ort den Laden zuzumachen und alles weitere aus der 30 Kilometer entfernten Nachbarstadt zu steuern. Aber dazu ist es natürlich, nachdem sich die Gemüter wieder etwas beruhigt hatten, nicht gekommen, wie du ja selbst am besten bestätigen kannst. Aber Spaß beiseite, was interessiert dich das heute noch?« Obermann wurde neugierig.

»Reine Neugier an einer Sache, die damals keiner verstanden hat, wofür es keinerlei Erklärungen gab und die heute noch so im Verborgenen schmort wie dereinst. Und wäre nicht dieser Kimmel bei mir aufgetaucht, der offensichtlich auch in dieser Sache rumstochert, hätte ich mich wohl niemals dazu aufgemacht, nach irgendwelchen Erklärungen oder Antworten zu suchen. Du weißt ja selbst, wie lang der Tag jetzt ist, und da tut es mir gut, die grauen Zellen mal wieder rotieren zu lassen.«

»Also, ich will von all dem nichts mehr wissen und grabe lieber meinen Garten um. Aber um dir einen Gefallen zu erweisen, will ich noch mal in meinem Gedächtnis graben. Die Sache war ein Auslandaufklärungsthema, war also in der Hauptabteilung angesiedelt. Die lebten, wie du dich noch erinnern kannst, in einer eigenen Welt, in die auch ich keinen Einblick hatte. Wir wurden zu diesem Fall nur hinzugezogen, weil – da vermutest du vollkommen richtig – die Unterlagen von diesem Kimmel beschafft werden sollten. In der Tat überhaupt keine große Angelegenheit! Hätten wir auf unsere Art in wenigen Stunden erledigt. Aber die Verunsicherung war offensichtlich groß. Man hatte gewaltig Angst, dass wieder etwas schiefgehen könnte, so dass mehrere Abteilungen entsprechende Ablaufpläne vorlegen mussten, die in ihrer Durchführbarkeit von ganz oben abgenickt wurden. Den Auftrag bekam dann Kowalskis Truppe. Kennst du noch Kowalski? Der hatte die Akademiker und sonstigen Intelligenzler in seiner Kolonne und war immer so ausgesucht höflich, um nicht ›schmierig‹ zu sagen. Jedenfalls hatte Kowalski einen Inoffiziellen Mitarbeiter in seiner Mannschaft, der irgendwelche persönliche Kontakte in eurer Stadt hatte. Der hat diese Unterlagen problemlos in aller Stille beschafft, ohne das dein Kimmel etwas davon bemerkt oder auch nur geahnt hätte. Die Frage war nur, ob die Unterlagen überhaupt noch komplett waren, da dein Freund Kimmel wohl nicht eben zu den ordentlichsten Archivaren gehörte. Auf alle Fälle war es ein offenes Geheimnis, dass es dann später verstärkte Aktivitäten gab und einige Kommandos Richtung Norwegen unterwegs waren. Aber eines muss ich dir sagen, egal, ob du mir das nun glaubst oder nicht – ich kann dir nicht sagen, warum und weshalb. Darüber drang rein gar nichts aus den heiligen Hallen der entsprechenden Hauptabteilung zu uns. Ich weiß nur eines aus dem Bereich der Postüberwachung: Man wartete dringend auf Briefe aus Norwegen, die aber wohl nicht kamen. Näheres weiß ich darüber leider nicht, habe nur manchmal in den Dienstberatungen am Rande davon gehört.«

Nachdenklich fragte Ansorge, ob Obermann noch irgendwelche Kontakte zu damaligen Mitarbeitern der Auslandsabteilung habe. Offensichtlich fokussierte sich alles auf diese Abteilung, und ohne die Mitwirkung eines ehemaligen Genossen aus diesem Bereich würde sich wohl das Geheimnis um die norwegische Briefgeschichte nicht lösen lassen.

»Da kann ich dir leider nicht weiterhelfen. Die, die über diesen Vorgang mit Sicherheit Bescheid wussten, waren wohl nur die ganz Großen da oben. Unterlagen darüber – da verwette ich meine ganz ansehnliche Rente – findest du mit absoluter Sicherheit nicht. Und Leute, die in dieses Projekt möglicherweise vor Ort involviert waren und dir weiterhelfen könnten, kenne ich nicht. Ich muss dir doch nicht sagen, warum ein Geheimdienst Geheimdienst heißt – weil solche Leute eben geheim sind!«

»Auch für einen General?«

»Auch für einen General!«

»In einem stimmen wir aber wohl überein, Fritz«, war Ansorge inzwischen überzeugt. »Wenn man sich all diese Abläufe und Entscheidungen anschaut, auch die daraus resultierenden Handlungen … Da wurde doch an einem ganz großen Rad gedreht, oder was ist deine Meinung?«

»Also, für mich war das damals schon völlig klar!«

»Ob dieser Kerl aus Kowalskis Truppe, der bei Kimmel die Unterlagen abgegriffen hat, Näheres weiß?«

»Ich denke mal, nicht. Der hat damals eine hohe Belobigung mit beachtlicher Geldprämie für seinen Erfolg bekommen. War dann auch kurz nach dieser Aktion hauptamtlich bei unserer Truppe. Er war es übrigens auch, der anschließend veranlasste, dass Kimmel nie eine Möglichkeit bekam, ins westliche Ausland zu fahren. Man war sich ja nicht sicher, ob der nicht doch irgendwie etwas ahnte oder gemerkt hatte. Das hat sich später allerdings alles als Quatsch herausgestellt. Es gab da wohl irgendwelche persönlichen Befindlichkeiten, aber wie gesagt, Genaues weiß ich da wirklich nicht. Ich habe nur später gehört, dass Kowalskis Mann wohl ziemlich leichtes Spiel gehabt hatte, die Unterlagen zu beschaffen. Er hat sich damit dann sehr wichtig gemacht, weil die Stimmung dafür sehr gut war – nach den Vorkommnissen bei euch. Aber irgendwas gewusst über die Hintergründe der ganzen Aktion hat der sicher nicht!«

Als Ansorge zurückfuhr, stellte er zwar fest, dass dieser Tag viel schneller vergangen war als seine sonstigen. Aber so richtig vorangebracht hatte ihn auch das Gespräch mit seinem ehemaligen Spezi Obermann nicht.

Kapitel 17.
Die Suche nach dem IM

Jürgen Kimmels Heimatort, Deutschland

Nachdem Jürgen noch zwei äußerst angenehme Tage bei Kirsten in Oslo verbracht hatte, war ihm die Einsamkeit in seinem heimatlichen Haus nach seiner Rückkehr aus Norwegen besonders unangenehm aufgefallen. Und so hatte er sich fest vorgenommen, hier umgehend alles zu erledigen, was zu erledigen war, und dann auf schnellstem Wege wieder zurück nach Oslo zu reisen.

Bei der Durchsicht der eingegangenen Post griff er mit einiger Überraschung ein Schreiben heraus, welches Ansorge ihm offensichtlich direkt in den Briefkasten gesteckt hatte. Es war nicht frankiert und ohne vollständige Anschrift versehen. Auf etlichen Seiten berichtete er ihm über seine Erkenntnisse, die er bei seinem Besuch in Berlin von seinem ehemaligen Kollegen erfahren hatte.

Jürgen setzte sich nachdenklich in seinen riesigen und sehr bequemen Ohrensessel, als er die Passagen überflog, in denen er erfuhr, dass seine Unterlagen laut Ansorge damals im Rahmen einer speziellen Operation durch die Stasi »abgegriffen« worden waren. Und das offensichtlich durch den Einsatz eines Spitzels, der diese Aufgabe hatte erfüllen können, ohne dass irgendwelche Verdachtsmomente bei Jürgen aufgetreten waren. Wie sollte das denn möglich gewesen sein? Er griff zum Telefonhörer und rief Ansorge an.

»Ich dachte mir schon, dass Sie sich melden würden, wenn Sie meinen Brief gelesen haben. Seit wann sind Sie denn aus Norwegen zurück?«

»Gerade angekommen«, erwiderte Jürgen. Er berichtete dem ehemaligen Geheimdienstler in groben Zügen von der Reise und von den bisher eigentlich ernüchternden Ergebnissen der Suche. Dass er zuletzt die Polizei eingeschaltet hatte, um über eine Vermisstenanzeige weiterzukommen, gefiel Ansorge.

»Gute Idee! Könnte tatsächlich was bringen, obwohl man die Hoffnung nach all den Jahren sicher nicht allzu hoch hängen darf. Trotzdem, kein schlechter Weg, den Sie da versuchen. Haben Sie denn auch unsere Gespräche bei denen erwähnt?«

»Ich denke, dass das, was ich da von Ihnen gehört habe, ein ganz wesentliches Element der ganzen Geschichte ist, und deshalb habe ich es logischerweise nicht verschwiegen. Aber zurück zu Ihrem Schreiben. Ich bin mir nicht ganz sicher, wie ich das verstehen soll.«

»Na, das ist doch ganz einfach. Ich möchte das nur nicht in epischer Breite am Telefon erörtern.«

»Einverstanden, dann kommen Sie morgen, sofern es bei Ihnen zeitlich geht, bei mir vorbei. Sie wissen ja, wo ich wohne.«

»Aber natürlich, was denken Sie denn? An Zeitmangel leide ich nicht, und gesundheitlich geht es mir auch schon wieder viel besser als noch bei Ihrem Besuch bei mir. Ich bin um 15 Uhr bei Ihnen. Vielleicht denken Sie inzwischen schon mal darüber nach, wen Sie in Berlin so gut kennen, dass derjenige, ohne irgendwelchen Verdacht zu erregen, in Ihrer Wohnung ein- und ausgehen konnte und dabei behaglich und ungestört in Ihrer norwegischen Korrespondenz forschen durfte. Wenn Sie da des Rätsels Lösung haben, dann wissen Sie übrigens auch, wer Sie davor geschützt hat, bereits damals mit den Widernissen der kapitalistischen Lebensart, etwa auf Dienstreisen in diese dekadente Welt, in Berührung zu kommen. Also bis morgen.«

Jürgen hatte gar nicht erwartet, dass dieser Stasimann eine solch ironische Ader hatte, um eigentlich üble Tatsachen in fast heiteres Licht zu stellen. Er kannte diesen Mann zu wenig, als dass er sich getraute, ein Urteil über solcherart Sarkasmus zu treffen. Das verunsicherte ihn nicht nur, sondern es bereitete ihm ein tiefes Unbehagen.

Noch schlimmer war allerdings das gruselige Gefühl, wenn er darüber nachdachte, was Ansorge ihm geraten hatte. Es brauchte nur Sekunden, um hier zu einem eindeutigen Ergebnis zu kommen, denn er kannte nur einen in Berlin, der überhaupt in Frage kam, mit solchen Überlegungen in Verbindung gebracht zu werden. Dann allerdings auch wirklich mit all den Freiheiten, die Ansorge beschrieben hatte.

Er merkte, wie er bei diesem Gedanken regelrecht erschrak und ihm das Blut in den Kopf schoss. Sollte wirklich etwas an dem sein, was sich hier abzeichnete, dann hatte er ein echtes Problem. Er konnte in diesem Moment nicht abschätzen, wie er sich verhalten würde, wenn aus dieser Spekulation, diesem vollkommen überraschend wie aus dem Nichts aufgetauchten Verdacht, eine unabänderliche Tatsache werden sollte.

Er versuchte sich zu beruhigen, und insgeheim war da sogar noch ein Funken Hoffnung in ihm, dass dieser Stasimensch seinen langweiligen und öden Pensionärsalltag vielleicht durch das übertrieben intensive Ausschmücken dieser Geschichte nur bunter machen wollte. Aber alles, was er selbst herausgefunden hatte, passte tatsächlich so problemlos zusammen, dass wohl kaum eine andere Interpretation möglich schien.

Ansorge stand auf die Minute pünktlich vor seiner Tür. Jürgen führte ihn am Haus vorbei und bat ihn zu einer Sitzgruppe, die im hinteren Teil seines Gartens stand. Betont höflich forderte er Ansorge auf, Platz zu nehmen, nicht ohne ihn zu fragen, was er ihm denn anbieten könne.

Er hatte bewusst diese Sitzgruppe im Freien gewählt, und nicht nur, weil das spätsommerliche Wetter dies regelrecht herausforderte. Er hatte diese Wahl getroffen, weil er den Stasimann einfach nicht in seinem Hause sitzen sehen wollte.

»Schlecht wohnen Sie hier nicht gerade. Ich denke, bei dieser Umgebung und diesem Wetter wäre mir ein Grappa, wenn Sie so was im Hause haben, nicht unsympathisch. Und wenn er von einem doppelten Espresso begleitet würde, fiele mir die Wahl noch leichter.«

Ansorge mochte offenbar solche verschnörkelten Sätze, und obwohl Jürgen innerlich sein Gesicht verzog, stellte er nur wenige Minuten später die Bestellung auf dem Tisch ab.

»Und, nachgedacht über meine gestrigen Informationen?«, wollte er wissen, während er genüsslich am Espresso schlürfte.

»Ja, und ich denke, auch eine Erklärung zu haben«, gab Jürgen preis.

»Ich vermute mal, ein ziemlich naher Verwandter?«, grinste Ansorge über den Tisch zu ihm hinüber.

»Da haben Sie wahrscheinlich Recht. In der Tat kann es sich nur um einen ziemlich nahen Verwandten handeln, der die Möglichkeit hatte, an die Unterlagen zu kommen. Ich habe sie ihm sogar mit Begeisterung selbst in die Hand gedrückt, weil ich mich darüber gefreut habe, dass jemand solch ein Interesse an meinem Hobby zeigte. Und ich habe ihm sogar alles mitgegeben, weil er sich einige Karten so vergrößern wollte, dass die Ansichten zukünftig die Wände seines Arbeitszimmers schmücken sollten. Es gab ja für mich auch nicht den allergeringsten Grund, etwas anderes zu vermuten!«, schloss Jürgen mit erkennbar emotionaler Erregung seine Ausführungen.

Ansorge war ungemein gespannt den Ausführungen gefolgt und hatte eine Menge Zwischenfragen gestellt. Nach einem weiteren Grappa war er der sicheren Überzeugung, dass der Mann gefunden und identifiziert war, von dem er bei Fritz Obermann gehört hatte und der mit Leichtigkeit in der Lage gewesen war, seine familiären Besuche bei Kimmel zu nutzen, um die Unterlagen aus Norwegen für die Berliner Geheimdienstzentrale zu beschaffen. Ein glücklicher Zufall für die Berliner Genossen war es zwar schon, gerade diese Verbindung aktivieren zu können. Aber andererseits hatte man ja nicht umsonst ein recht dichtes Netz an entsprechenden Kontakten im Laufe der Jahre gewoben, so dass es nun auch nicht ganz so ungewöhnlich war, dass man in diesem konkreten Fall schnell handeln konnte.

»Fakt ist aber, dass ich beim Durchstöbern meiner Akte bei der Stasiunterlagenbehörde keinerlei Hinweise auf eine solche Aktivität gefunden habe und somit auch nicht den allerkleinsten Beweis dafür habe, dass diese Geschichte wirklich wahr ist«, versuchte Jürgen seiner zweifelnden Hoffnung doch noch Raum zu geben.

»Ich verstehe zwar, dass Sie sich dagegen sträuben und das nicht wahr haben wollen. Aber glauben Sie mir, es besteht nicht der geringste Anlass, daran zu zweifeln, dass die Geschichte so und nicht anders abgelaufen ist. Nichts darüber gefunden zu haben, zeigt nur, dass der Mann zu einer Kategorie von Mitarbeitern gehörte, die solche Bedeutung mit ihren Aufgaben hatten, dass frühzeitige Aktenvernichtung Handlungspriorität besaß und auch perfekt funktioniert hat, wie Sie ja nun selbst erleben.«

»Habe ich noch eine Möglichkeit, die Wahrheit zu diesem persönlichen Fiasko herauszufinden?«, fragte er Ansorge.

»Wenn Sie nervenstark sind und Ihre Emotionen zurückhalten können, sehe ich durchaus die Chance, das herauszufinden«, antwortete der Angesprochene Jürgen unumwunden.

»Und wie soll das gehen?«

»Also, hören Sie genau zu. Der gute Mann ahnt nicht einmal, dass Sie durch Ihre merkwürdige Suche nach dieser Briefpartnerin auf die ganzen Vorgänge gestoßen sind, die damals solch gewaltige Aufregung verursacht haben. Wenn Sie ihn jetzt überfallartig daraufhin ansprechen, wird er aus allen Wolken fallen, da er eigentlich sicher ist, dass es nichts mehr in irgendwelchen Akten darüber zu erfahren gibt, da die komplett vernichtet worden sind. Lassen Sie ihn glauben, dass Sie trotzdem irgendwie in den Besitz entsprechender Unterlagen gekommen sind. Bluffen Sie mit dem, was wir vermuten. Er wird es nicht anzweifeln. Woher sonst sollten Sie diese Kenntnisse haben? Verunsichern Sie ihn und setzen Sie auch darauf, dass es ja trotz allem ein enges verwandtschaftliches Verhältnis zwischen ihnen gibt. Und dass einige Jahre seit damals vergangen sind, wird auch eine gewisse Rolle bei der Aktion spielen. Wenn Sie es schaffen, ihn davon zu überzeugen, dass Sie ohnehin alles über ihn wissen und er es eigentlich nur noch bestätigen muss, dann sehe ich eine gute Chance, vielleicht noch mehr zu erfahren.«

Nach einigem Nachdenken entschied Jürgen, diesen Versuch zu wagen. »Aber nicht in den nächsten Tagen. Ich muss erst zusehen, dass ich mein Verlangen, ihm gleich eine reinzuhauen, irgendwie loswerde. Im Augenblick sehe ich da wenig Chancen, das zu schaffen.«

»Ich habe Ihnen ja gesagt, dass die ganze Überlegung nur klappt, wenn Sie Ihre Emotionen im Griff haben und nur das Ziel verfolgen, erfolgreich an die Informationen zu kommen, die Sie haben wollen. Reagieren Sie aber über und tun etwas unüberlegtes, was ich ja auch irgendwie verstehen könnte, geht es Ihnen anschließend wahrscheinlich besser. Aber jede weitere Information zur

Sache können Sie sich dann endgültig und wohl für immer abschminken.«

Gelernt ist eben gelernt, dachte Jürgen verächtlich, während er sah, wie Ansorge regelrecht dabei aufblühte, als er Strategien und Pläne entwickeln konnte. Deren Umsetzung bedeutete für Jürgen aber im Moment nur ein unglaubliches Gefühlschaos und weniger erfolgversprechendes Handeln bei seiner obskuren Suche. In diesem Augenblick wäre jeglicher Erfolg ein vollkommen unwichtiger Ertrag im Vergleich zu dem Preis, der hier von ihm persönlich eingefordert wurde.

Erst als er sich langsam darüber klar wurde, dass er an den vorhandenen Fakten ohnehin nichts ändern konnte, egal, was er nun machen würde, fand er zurück zu einer rationalen Bewertung des Vorschlags.

»Okay, es bleibt dabei. Ich werde es so machen, wie von Ihnen vorgeschlagen.«

Ansorge war schon dabei, Jürgen zu verlassen, als er sich noch einmal umdrehte und wie beiläufig sagte, dass er von seinem Generalsfreund noch etwas gehört habe, was vielleicht von Interesse sein konnte.

»Ich hoffe, nicht noch mehr von solch Unerfreulichem, mit dem Sie mir nicht nur den heutigen Tag gründlich verdorben haben.«

»Nein, nein, es ist eigentlich nur eine kleine Nebensächlichkeit. Aber wenn ich es mir recht überlege, könnte es vielleicht doch eine gewisse Bedeutung in dieser Sache haben.« Ohne weitere Pause fuhr er fort. »Ich habe Ihnen doch erzählt, dass nur ganz wenige und ausschließlich ranghohe Leute in Berlin mit den damaligen Vorgängen befasst waren. Und derjenige General, der dies ganz direkt getan hat, war nach Informationen meines Freundes im Krieg oben in Norwegen stationiert gewesen. Ob das nun irgendeine Bedeutung für Ihre Suche hat, weiß ich natürlich nicht. Aber ich wollte es Ihnen wenigstens gesagt haben.«

Kapitel 18. Ermittlungen zu einem Phantom

Tromsø, Norwegen

Kommissar Engen saß mit seinem Team zusammen und diskutierte gemeinsam mit ihnen die Ergebnisse, die sie entsprechend seiner Vorgaben in den vergangenen Stunden ermittelt hatten.

»Wir haben nach den Hinweisen des Deutschen mit dem Nachbarn des Opfers, Stig Brenningen, gesprochen. Er hat die Geschichte bestätigt, dass er zu einem angeblich dringenden Termin in seine Bank bestellt wurde. Dort wusste man von einer solchen Vereinbarung nichts, wie wir inzwischen auch bestätigt bekommen haben. Brennigen war tatsächlich dort und hat sich wohl auch recht lautstark über diese Panne beschwert.«

Für Engens Ermittlungsteam war damit klar, dass Brenningen bewusst nach Tromsø gelockt worden war, um zu verhindern, dass er an diesem Tage gemeinsam mit Bjørn Faksen zum Angeln fahren konnte.

»Der Obduktionsbericht liegt jetzt auch detailliert vor und bestätigt die ersten Vermutungen zur Todesursache. Die Gerichtsmediziner haben eindeutige Belege dafür gefunden, dass sein Ertrinken durch Gewaltanwendung zwangsweise verursacht wurde! Wir kennen jetzt den ungefähren Todeszeitpunkt, und wo das Ganze passiert ist, brauche ich euch nicht zu erzählen. Man muss allerdings sagen, dass von Anfang an viele Details gegen einen Unfall sprachen. Schließlich galt Faksen als ganz erfahrener Bootsführer und fast schon fanatischer Angler, kannte den Fjord wie seine Westentasche, und auch das Wetter war an diesem Tage nahezu perfekt. Trotzdem hat tatsächlich erst der Hinweis des deutschen Touristen dazu geführt, dass wir die wahre Todesursache festgestellt haben. Auf dem ursprünglich ausgestellten Totenschein des Arztes war nämlich ein Ertrinken infolge eines Unfalls vermerkt.«

»Hast du schon was zur Person des Postboten ermitteln können?«, unterbrach Engen seine Kollegen.

»Faksen hat sein Leben lang in dem kleinen Ort gelebt, war nicht verheiratet und lebte zurückgezogen. Als Verwandte konnten wir einzig eine Nichte ermitteln, die bis vor ein paar Jahren auch in dem Ort gelebt hat, dann aber weggezogen ist. Ihren jetzigen Wohnort kennen wir noch nicht, da musst du dich noch ein wenig gedulden. Als Postbote kannte er logischerweise alle und jeden in seinem Bezirk, und alle kannten natürlich ihn. Eine enge Freundschaft gab es mit seinem Nachbarn Stig Brenningen, aber das wisst ihr ja bereits. Von Schwierigkeiten oder gar Streitigkeiten mit irgendwelchen Leuten ist nichts bekannt. Im Gegenteil, er war ein ruhiger und freundlicher älterer Herr, der überall beliebt war.«

»Danke, Sven. Was konntet ihr über die Asgaards und deren Verbindung zu dem Deutschen herausfinden?«, wollte Engen nun wissen.

Die konnten ihn nur darüber informieren, dass es nicht die allerkleinsten Auffälligkeiten gab und die Familie ein ganz normales Leben in Tromsø führte. Roar hatte als Lehrer am Gymnasium schon einigen Bekanntheitsgrad in der Stadt erlangt und sich auch außerhalb der Schulräume in einigen Vereinen und Gremien stark engagiert, was ihm allseits Sympathie und Achtung eingebracht hatte.

»Wir konnten noch nicht mit allen Nachbarn sprechen, aber soweit wir bis jetzt wissen, ist der Kontakt zu dem Deutschen ein reines Zufallsprodukt und resultiert wohl aus der Bekanntschaft Kimmels zur Schwester von

Roar Asgaard, die allerdings in Oslo lebt. Übereinstimmend bestätigen alle, dass die Suche des Deutschen nach seiner ehemaligen Briefpartnerin ursächlich der Grund dafür ist, dass die Familie Asgaard ihre Hilfe dabei angeboten hat.«

»Ja, das deckt sich alles mit dem, was die beiden mir erzählt haben, als sie hier bei uns waren. Trotzdem finde ich, dass das doch ziemlich viele Zufälle sind, meint ihr nicht auch?« Engen suchte nach Bestätigung bei seinen Kollegen.

Britt Stensrud wunderte sich etwas über ihren Chef. So misstrauisch hatte sie ihn sehr selten erlebt, wenn sie gemeinsam an einem Fall gearbeitet hatten. »Na ja, Claus, das Leben besteht nun mal recht oft aus einer geballten Menge an Zufällen. Oder bist du anderer Meinung? Ich kann jedenfalls bisher nichts sehen, was mich in unserem speziellen Fall daran zweifeln lässt, dass wir es mit unnatürlichen Zufällen zu tun haben.«

»Vergiss nicht die Geschichte mit dem Geheimdienst«, gab Engen zurück. »Hast du übrigens schon was herausgefunden über diesen Aspekt und unseren Freund aus Deutschland?«

»Da muss ich dich leider enttäuschen. Das ist nicht ganz so einfach. Bis jetzt habe ich jedenfalls nichts entdeckt, was uns stutzig machen könnte, aber natürlich bleibe ich dran. Sobald ich irgendetwas Auffälliges finde, bist du natürlich der Erste, der es erfährt. Übrigens, hast du schon Erkenntnisse aus den Unterlagen gewonnen, die dir Kimmel hiergelassen hat?«

»Bis jetzt Fehlanzeige, aber ich warte ja noch auf die restlichen aus Deutschland und hoffe, dass ich dann klarer sehe. Nun aber zur Frage, wieweit ihr bei der Suche nach dieser ehemaligen Briefpartnerin gekommen seid.«

Engen blickte in eine Runde von betretend schweigenden Mitarbeitern.

»Nun sagt nicht, ihr habt zu diesem Mädchen auch nichts finden können!«

Britt antwortete für ihre Kollegen. »Nicht den kleinsten Anhaltspunkt haben wir bis jetzt entdeckt. Wir wissen tatsächlich nicht mehr als dieser Jürgen Kimmel.«

»Na, dann aber mit Hochdruck an die Arbeit. Das kann es doch gar nicht geben!«, machte Engen keinen Hehl aus seinem Ärger über diesen Stand der Ermittlungen.

Als alle wieder gegangen waren, zückte Engen ein winzig kleines Büchlein und machte sich Notizen zu dem, was soeben besprochen worden war.

Kapitel 19. »… von solch grundsätzlicher Bedeutung für unser Land …«

Jürgen Kimmels Heimatort, Deutschland

Jürgen war auf dem Weg zu seinem Schwager. Obwohl er äußerlich ruhig wirkte, konnte er die große innere Anspannung nicht abschütteln. Die ganze Fahrt hindurch überlegte er, ob es richtig war, Ansorges Idee umzusetzen.

Auch die vergangenen Tage hatte sich sein Nachdenken einzig um diese Frage gedreht, und er war zu keiner Entscheidung gekommen, die ihn irgendwie beruhigt hätte. Einzig die Tatsache, dass er sich erhoffte, durch dieses Gespräch konkrete Hinweise zu seiner Suche nach Marte zu bekommen, hatte ihn letztlich dazu bewogen, sich auf den Weg nach Berlin zu machen.

Es war längere Zeit her, dass er den Ehemann seiner Schwester persönlich getroffen hatte, und so zeigte der sich ziemlich überrascht, als Jürgen unangemeldet bei ihm in der Tür stand. Jürgen wollte versuchen, genau so zu verfahren, wie er es sich in langen Stunden des Nachdenkens vor diesem Gespräch zurechtgelegt hatte, und entsprechend Ansorges Empfehlung den Burschen überfallartig mit den Fragen zu dessen heimlicher Vergangenheit konfrontieren.

»Du wirst es mir vielleicht nicht glauben, aber ich bin nur zu dir gekommen, um dich zu fragen, ob deine Familie Bescheid darüber weiß, was du vor der Wende so im Geheimen getrieben hast. Und dass du nicht einmal davor zurückgeschreckt bist, mich auszukundschaften!«

Er hatte die Frage betont langsam gestellt, und sein Blick ruhte dabei eisig auf seinem Gegenüber. Dem war deutlich anzusehen, wie sehr ihn diese Frage überraschte und wie er versuchte, Zeit zu gewinnen, um einer sehr deutlich erkennbaren Erschütterung Herr zu werden. Doch Jürgen ließ ihm diese Zeit nicht und setzte sofort nach.

»Du bist dir vollkommen sicher gewesen, dass alle Unterlagen vernichtet worden sind, die deine damalige ›Zusatztätigkeit‹ betreffen. Ein blöder Zufall hat sie mir nun in die Hände gespielt, und nur mal so nebenbei, ich hätte sehr gern auf diese schicksalshafte Entwicklung verzichtet.«

Sein Gegenüber hatte sich vom ersten Schock erholt und versuchte nun seinerseits, Jürgen anzugreifen. »Wovon redest du da überhaupt? Ich weiß gar nicht, was du von mir willst!«

»Na, zum Beispiel wüsste ich sehr gern, warum du meinen gesamten Briefverkehr nach Norwegen für deine Genossen geklaut hast? Und dass es nur Ablehnungen gab, wenn ich in den Westen fahren wollte, geht doch auch auf deine Kappe!«

»Du weißt das mit Norwegen …!?«, entfuhr es seinem Gesprächspartner mit erkennbarem Entsetzen.

Jürgen atmete innerlich tief durch. War bisher alles nur Vermutung gewesen und hatte er hoch gepokert – mit Karten, die eigentlich nichts wert waren –, so hatte er jetzt die Bestätigung für die geheimdienstliche Tätigkeit seines Schwagers. Seine Betroffenheit hielt sich in Grenzen, hatte er doch nichts anderes mehr erwartet. Dass ihm aber sein Bluffen doch so gut gelungen war, machte ihn auch durchaus froh.

»Ja, ich weiß es! Und ich habe das Material, was mich auf die Spur gebracht hat, mit einigem Entsetzen gelesen, nachdem ich auf dich als handelnde Person getroffen bin.

Ich bin gekommen, weil ich nun alles auch von dir hören will! Also noch mal von vorne. Weiß deine Familie, was du so Geheimnisvolles gemacht hast, oder soll ich sie direkt fragen?«

Bei seinem Gegenüber war die nassforsche Art einer resigniert wirkenden Erscheinung gewichen, die nicht glauben konnte, was sie in den vergangenen Minuten gehört hatte. »Wieso gibt es denn darüber überhaupt noch Unterlagen? Das ist doch unmöglich, kann einfach nicht sein …«

»Pass auf, ich verliere langsam die Geduld«, unterbrach er ihn unwirsch, »was war da los?«

»Meine Familie weiß nichts von meiner Tätigkeit damals. Inhaltlich hatte ich mit dieser Geschichte nie zu tun. Ja, ich bin am Rande beteiligt gewesen, aber nur durch einen komischen Zufall reingerutscht. Ich hatte davon gehört, dass in deiner Stadt die Genossen der Bezirksdienststelle einen großen Fehler gemacht hatten. Dadurch war wichtiges Material verloren gegangen und musste irgendwie wiederbeschafft werden. Ich dachte, ich höre nicht richtig, als ich mitbekam, dass ausgerechnet *du* in diese Sache involviert warst. Ich habe mich umgehend bereit erklärt, bei der Geschichte zu helfen, wusste aber zu dem Zeitpunkt noch gar nicht, um was genau es eigentlich ging. Man hat dann entschieden, dass ich auf den Fall angesetzt werde, und ich muss sagen, sonderlich kompliziert war es nicht. Die Unterlagen, um die es ging, waren als Postsendungen aus Norwegen zu dir gelangt, und genau die sollten beschafft werden. Immer wenn wir bei dir waren, hast du uns ja mit deinen Ansichtskarten genervt, deine Briefe aus aller Welt rausgeholt und dich ja regelrecht dorthin geträumt. Es war ein Leichtes für mich, dich mit irgendeiner Legende dazu zu bringen, mir all deine alten Briefe und Karten und was weiß ich nicht noch alles aus Norwegen zu leihen. Du hast mir das ja fast aufgedrängt in deiner Begeisterung, dass sich mal jemand dafür interessiert. Das alles dann zu kopieren und weiterzuleiten, war dann nur noch ein Kinderspiel.«

»Regelrecht aufgedrängt habe ich dir die Unterlagen?«, wiederholte Jürgen nachdenklich. »Ich kann mich nur nicht entsinnen, dass ich dir gesagt hätte: ›Dann fotografiere alles mal schön und bringe auch die an mich persönlich gerichteten Botschaften der Briefe zu irgendwelchen Leuten, die dann sonstwas damit machen!‹«, gab Jürgen sarkastisch zurück.

»Es war von solch grundsätzlicher Bedeutung für unser Land, da konnten diese Überlegungen keine Rolle spielen. Hast du übrigens einen persönlichen Schaden genommen?«

Jürgen empfand diese Fragestellung als frech und unverschämt. Anscheinend hatte sich sein Gegenüber vom ersten Schock des Gesprächs recht gut erholt und wollte seine Rechtfertigung nun offensiv vertreten. »Nein, überhaupt nicht. Wie ist es denn zum Beispiel mit der Geschichte, dass du damals persönlich verhindert hast, dass ich nicht zur Beisetzung unserer Oma nach Essen fahren durfte?«

»Nur zu deiner eigenen Sicherheit. Du warst ja, ohne es selbst zu wissen, in einen hochexponierten Vorgang involviert, und es war nicht auszuschließen, dass du mit der anderen Seite durchaus hättest Schwierigkeiten bekommen können.«

»Nun verrat mir doch endlich mal, was das für ein ›hochexponierter Vorgang‹ war, der dafür gesorgt hat, dass du dir solche Sorgen um mich gemacht hast«, konnte sich Jürgen einen Anfall von bitterer Ironie nicht verkneifen.

»Ich habe dir doch schon gesagt, dass ich über die inhaltlichen Dinge der Aktion wirklich nichts weiß. Hast du denn darüber nichts in den Unterlagen gefunden, die in deinen Besitz gelangt sind?«, wollte sein Schwager wissen. Ohne eine Antwort abzuwarten, erzählte er jedoch weiter, sichtlich froh darüber, dass Jürgen ihn nicht noch weiter zu der verhinderten Reise befragte. »Ich hatte mich, nachdem ich die Aufgabe bei dir schnell und erfolgreich abgeschlossen und dafür auch Anerkennung bekommen hatte, darum beworben, an dem Projekt weiter mitzuarbeiten. Nun darfst du dir das nicht so vorstellen, dass man mal einfach so nachfragt, ob man da mitmachen kann. Wenn überhaupt, wird man ausgewählt, bei einer bestimmten Sache mitmachen zu müssen, nicht etwa zu dürfen. Diese Operation wurde hinter mehrfach verriegelten Türen behandelt. Eines der ganz hohen Tiere führte die Regie, und es war allgemein bekannt, dass er im Krieg unter anderem auch in Norwegen im Einsatz war. Ich konnte also an allen fünf Fingern abzählen, dass das Projekt irgendwie mit einem Einsatz in Norwegen zu tun haben musste. Ich wurde jedenfalls nie mehr hinzugezogen, wenn es um diese Geschichte ging, gehörte ohnehin nicht zu dem Bereich, der mit Auslandseinsätzen zu tun hatte. Ich wurde noch vergattert, die von mir durchgeführte Aktion mit der Post aus Norwegen niemandem gegenüber jemals zu erwähnen, und damit war die Sache abgetan. Ich habe auch tatsächlich niemals wieder etwas darüber gehört. Als die Wende kam, erhielt ich nur noch mal eine kurze mündliche Information, dass sämtliche Materialien zu diesem damaligen Vorgang vernichtet worden seien und auch weiterhin höchste Geheimhaltung gelte. Umso mehr bin ich natürlich darüber verblüfft, dass du hier auftauchst und darüber Bescheid weißt.«

»Na, alles weiß ich ja leider nicht. Zum Beispiel wüsste ich zu gern, was da oben im Norden nun eigentlich los war. Und dann würde mich spaßeshalber noch interessieren, wie du meine Unterlagen kopiert hast.«

»Worum es in Norwegen genau ging, weiß ich wirklich nicht! Das musst du mir einfach glauben. Allgemein habe ich irgendwas Militärisches vermutet oder etwas, was noch mit der Besetzung im Krieg zusammenhing. Aber wie gesagt, alles nur reine Spekulation. Na, und die Unterlagen habe ich einfach mit einer Spezialkamera abfotografiert. Da gab es auch bei uns sehr kleine, aber hochleistungsfähige Geräte.«

»Und wie hast du das mit den Schallplatten gemacht?«

»Was für Schallplatten? Davon weiß ich nichts, hast du damals auch nie erwähnt.«

In der Tat hatte er die Schallplatten, die Marte geschickt hatte, wohlweislich nie erwähnt und sie auch abseits der sonstigen Geschenke gelagert. Es war ihm damals richtiggehend peinlich, Schallplatten mit norwegischer Volksmusik zu besitzen, wo alles nur nach den angesagten Beatgruppen aus Liverpool oder London schrie. Was wäre das für ein Entsetzen gewesen, hätte er derartige Musik im Freundeskreise angeboten. Natürlich hatte er sich damals ungemein darüber gewundert, dass Marte ihm diese Platten geschickt hatte. Er hatte schon befürchtet, in seinen Briefen ein ziemlich schräges Bild von sich gezeichnet zu haben, wenn sie ihm derartige Töne zukommen ließ. Er verbannte die ihm peinlichen Gesänge in der hintersten Schublade des Schrankes, und nachdem sie dort sicher deponiert waren, fielen sie recht schnell in Vergessenheit.

Erst jetzt waren sie ihm wieder in die Hände gefallen, als er all das Material für Engen zusammengesucht hatte, welches er mit nach Tromsø nehmen würde.

Schweigend saßen sich Jürgen und sein Schwager nunmehr gegenüber.

»Fällt dir noch was ein zu der ganzen Angelegenheit?«, fragte Jürgen nach ein paar Minuten.

»Alles, was mir bekannt ist, habe ich dir gesagt.«

»Und sonst hast du nichts mehr zu sagen?«, bohrte er nach.

»Nein.«

»Dann will ich dir noch was sagen. Ich mache es auch ganz kurz, obwohl man sehr viel mehr zu all dem sagen müsste. Ich wünsche, dass wir uns zukünftig aus dem Weg gehen, ich will dich in diesem und auch im nächsten Leben nicht wiedersehen!«

Es erstaunte Jürgen, wie er diese persönliche Tragödie ziemlich problemlos verarbeitet hatte und ohne jede emotionale Geste das Gespräch beenden konnte. Als er wieder im Auto saß, war er sich sicher, dass er alles erfahren hatte, was hier möglich gewesen war. Der Plan von Ansorge hatte tatsächlich funktioniert. Aus der bisherigen Vermutung, dass Jürgens Briefwechsel nach Norwegen im Zentrum groß angelegter geheimdienstlicher Aktivitäten gestanden hatte, war nunmehr sichere Bestätigung geworden.

Kapitel 20.
Solveig Hakonsen

Polizeikommissariat Tromsø, Norwegen

Schweigend blickten sich alle an, als Jürgen Kimmel seinen Bericht beendet hatte. Er hatte nichts ausgelassen, was er in den vergangenen Tagen in Deutschland gehört und erlebt hatte.

Engens Mannschaft, die vollzählig um dessen Tisch versammelt war, zeigte sich regelrecht verstört über diese Informationen und die damit verbundene persönliche Tragik für ihren Besucher.

Es dauerte eine geraume Zeit, ehe sich Engen zu Wort meldete und sein ehrliches Bedauern ausdrückte. »Wie geht es Ihnen denn jetzt, können wir irgendetwas für Sie tun?«, fragte er verständnisvoll.

»Nein, danke, es geht soweit ganz gut. Danke aber für Ihr freundliches Angebot.« Jürgen wollte nicht mehr diese persönliche Komponente im Mittelpunkt des Gesprächs sehen und wechselte deshalb unvermittelt dazu über, die mitgebrachten Unterlagen zu erläutern. »Also, ich habe Ihnen jetzt tatsächlich alles, was im Laufe der Jahre bei mir angekommen ist, mitgebracht.«

Vor ihnen auf dem Tisch türmten sich regelrechte Berge von Briefen, Ansichtskarten, Schallplatten und jede Menge an sonstigen Erzeugnissen der norwegischen Tourismusindustrie der damaligen Jahre. Diese Menge an Unterlagen hatten die Ermittler nicht erwartet, denn man konnte ihnen ansehen, dass sie überrascht waren.

»Mein Gott, man könnte ja glauben, die Post war komplett damit ausgelastet, ausschließlich diesen einen Briefwechsel zu transportieren«, zeigte sich Britt Stensrud erstaunt.

»Na ja, ich war, um ganz ehrlich zu sein, selbst darüber überrascht, als ich alles zusammengesucht und dann in meine Koffer gepackt habe, was da so an Material zusammengekommen ist. Ich hoffe nur, dass es Ihnen bei Ihren Ermittlungen hilft.«

»Da bin ich mir absolut sicher«, zeigte sich Engen optimistisch.

»Ich würde natürlich gern wissen, ob Ihre bisherigen Untersuchungen irgendwelche Fortschritte bei der Suche nach Marte erbracht haben«, fragte Jürgen, nachdem er mit der Übergabe der Materialien fertig war.

»Lieber Herr Kimmel, Sie wissen sicher, dass wir keine Auskunft über laufende Ermittlungen geben können. Allerdings will ich in diesem speziellen Fall davon mal abweichen, zumal Sie uns ja wirklich großartig unterstützen. Also … alle unsere Ermittlungen haben definitiv ergeben, dass es in Norwegen nirgendwo eine Marte Selboskaaten gibt oder jemals gegeben hat. Weder der Name noch das Geburtsdatum sind irgendwelchen konkreten Personen zuzuordnen. Vielleicht finden wir ja noch was in den Unterlagen, die Sie uns gerade mitgebracht haben. Aber ich denke, das wird nicht passieren.«

Man sah Jürgen die Enttäuschung deutlich an, die Engens kurzer Bericht bei ihm hervorgerufen hatte. Der fuhr aber fort.

»Warten Sie ab, ehe Sie resignieren. Denn denken Sie daran, der Briefwechsel ist ein ganz realer Fakt! Und so kommen wir wieder auf Bjørn Faksen zurück. Wir haben uns gefragt, wie der Postbote Bjørn Faksen in diesem Ort Briefe an jemanden zustellen konnte, den es nicht gab. Es musste also eine Person geben, die zwar diesen Briefwechsel führte, aber nicht unter ihrem eigentlichen Namen. Faksen musste darüber informiert gewesen sein, denn er hat die Briefe immer zielsicher in den richtigen Briefkasten gebracht. Viele Einwohner gibt es nicht in dem Ort, und obwohl der Briefträger allseits beliebt war, gab es keine tiefergehende Verbindung zu irgendjemanden. Das haben unsere Nachforschungen bestätigt. Außer – und hier wird es spannend – zu einer Solveig Hakonsen. Bisher sind wir immer davon ausgegangen, dass Faksen keine Familie hatte. Allerdings ist dies nur bedingt richtig, denn die Nachfragen haben ergeben, dass diese Frau seine Nichte ist. Sein Nachbar Brenningen hat mir berichtet, dass der Postbote, wenn überhaupt, nur bei ihr seine Tour kurz unterbrochen hat, um einen kurzen Plausch zu halten. Ich habe daraufhin Ermittlungen zu dieser Solveig Hakonsen eingeleitet. Sie ist ungefähr 20 Jahre älter, als es Ihre angebliche Briefpartnerin nach eigenen Angaben war, zwar in diesem Ort geboren, hat später aber längere Zeit im Ausland gelebt. Wir haben recht widersprüchliche Angaben dazu gefunden. Da müssen wir noch intensiv weitersuchen. Als sie nach Jahren zurückkam, lebte sie zurückgezogen in ihrem ehemaligen Elternhaus. Ihren Lebensunterhalt bestritt sie wohl davon, dass sie irgendwelche Heilkräuter sammelte, daraus besondere Tinkturen herstellte und diese dann verkaufte. Heutzutage ein weitausgebauter und sehr profitabler Wirtschaftszweig. Damals für die Mehrzahl der Leute irgendwelche Spinnereien. Trotzdem muss sich ihr Geschäft gelohnt haben, denn sie scheint finanziell gut situiert gewesen zu sein. Sie war ständig unterwegs, die Zutaten für ihre Tinkturen und Kräutertees zu suchen, und galt in der Umgebung schon als recht merkwürdig.«

Der Kommissar bat um frischen Kaffee, denn über das Erzählen war seiner inzwischen kalt geworden. Als dieser dampfend vor ihm stand, fuhr er fort zu berichten.

»Nun aber geht die Geschichte merkwürdig weiter. Ohne jede Vorankündigung verschwand Solveig wieder aus ihrer Gemeinde, und zwar, hier wird es nun interessant, genau zu dem Zeitpunkt, als auch der Briefwechsel nach Deutschland so abrupt endete. Faksen, als wohl einzige Bezugsperson, war völlig ahnungslos, wo sie hingegangen war. Es gibt ein Protokoll, welches damals von der Polizei aufgenommen wurde, doch darin befindet sich keine Vermisstenanzeige. Nein, man spekulierte nur darüber, dass Solveig wohl wieder ins Ausland gegangen sei, weil es ihr in der Heimat zu einsam geworden war. Dies ist das einzige Dokument, was sich zu dem ganzen Vorgang finden lässt. Von Solveig selber hat niemand in diesem Ort jemals wieder etwas gehört oder gesehen.«

Engen endete mit seinem ausführlichen Bericht und schaute in die Runde.

»Da haben Sie wohl tatsächlich das Rätsel um meine damalige Briefpartnerin gelöst«, hörte sich Jürgen sagen. Es war ihm fast schwindelig von dem, was der Kommissar da vorgetragen hatte. Aber anstatt, dass er diese Geschichte endlich verstand, wurde alles scheinbar immer komplizierter.

»Gehen wir mal davon aus, dass es sich bei der Person wirklich um meine damalige Briefpartnerin handelt. Dann frage ich mich, warum gibt sich eine erwachsene Frau als Teenager aus und schreibt mir Briefe, die dem auch inhaltlich gerecht werden müssen. Das Ganze unter einem Pseudonym, und als besonderes Highlight interessiert sich ein feindlicher Geheimdienst hinter dem damaligen Eisernen Vorhang in allerhöchstem Maße dafür?«

»Die Erklärung dafür haben Sie doch bei Ihren Recherchen in Deutschland selbst ermittelt«, erinnerte ihn Engen an die Ergebnisse seiner dortigen Gespräche mit Ansorge.

»Richtig, er hat mir ja zu verstehen gegeben, dass ich so eine Art Briefkasten für geheime Auslandsinformationen gewesen sein könnte …«, fiel es Jürgen wieder ein.

»Haben Sie irgendeine Ahnung, worum es da gegangen sein könnte?«

»Da tappen wir noch völlig im Dunklen und hoffen darauf, dass uns Ihr Material weiterhelfen kann.

»Und, was meinen Sie, warum wurde der Postbote ermordet?«, wollte Jürgen wissen.

»Da sollte wohl unter allen Umständen vermieden werden, dass man auf die Verbindung zu Solveig stößt. Immerhin waren Sie ja auf dem Weg zu ihm, um Fragen zu stellen.«

»Sie wollen mir jetzt aber nicht zu verstehen geben, dass meine Suche und der in diesem Zusammenhang geplante Besuch bei dem Postboten Ursache für den Mord an ihm sein kann?« Jürgen blickte Engen entsetzt an.

»Tut mir sehr leid, Herr Kimmel, aber ich kann das zum jetzigen Zeitpunkt nicht ausschließen.«

»Aber es wusste doch kaum jemand etwas von diesem geplanten Besuch …«, presste Jürgen hervor.

»Genauso ist es«, erwiderte Engen so emotionslos, wie es ihm nur möglich war.

Jürgen Kimmel verabschiedete sich von Engen und seinen Mitarbeitern und wollte nur noch so schnell wie möglich an die frische, klare Luft, die über der Stadt lag. Es war ihm so übel wie seit Langem nicht.

Kapitel 21. Forensische Kriminaltechnik

Nachdem sie in der Ermittlerrunde wieder unter sich waren, meldete sich Sven Christensen zu Wort. »Das Ganze ist doch ganz schön lange her. Wieso sollen dann heute noch Leute deswegen umgebracht werden?«

»Das werden wir später diskutieren«, antwortete der Kommissar. »Im Moment sorge ich mich ein wenig um diesen Kimmel. Der hat ja in den letzten Tagen, und auch soeben hier bei uns wieder, einiges einstecken müssen. Ich hoffe, der verkraftet das!«

Seine Stellvertreterin schaute Engen fragend an und wollte wissen, ob er Kimmel denn nun von seiner Liste der Personen gestrichen habe, die in dieser mysteriösen Geschichte irgendwie verdächtig waren.

»Komischerweise sagt mir mein Bauchgefühl diesmal nichts dazu. Also, ich denke, der ist harmlos. Aber ich kann immer noch nicht verstehen und will es auch gar nicht richtig glauben, dass jemand nach so vielen Jahren und ohne einen gewichtigen Grund nicht darin locker lässt, jemanden zu suchen, mit dem er durch nichts anderes als einer Brieffreundschaft verbunden war.«

Wenige Minuten später saß Engen wieder allein an seinem Schreibtisch und blickte auf die vor ihm liegenden Materialien. Er zog sich ein paar Latexhandschuhe über und nahm sich die Packen von Ansichtskarten zur Hand. Es waren die üblichen Motive, die Touristen als Gruß in die Heimat verschicken, und er fand keine außergewöhnlichen Dinge, weder auf der Bildseite noch auf der Rückseite, auf der Kimmels Briefpartnerin zumeist nur noch einmal die vordere Ansicht beschrieben hatte. Er legte alle diese Karten in einen riesigen Karton und machte sich auf den Weg zur Kriminaltechnik.

»Hallo Freunde, ich komme heute mal mit einem ungewöhnlichen Auftrag. Hier ist ein Schwung älterer Ansichtskarten. Versucht mal bitte euer Glück, mit den üblichen Untersuchungen nach Hinweisen auf Fingerabdrücken und so weiter.«

»Claus, willst du uns veralbern? Weißt du, durch wie viele Hände die gegangen sind?«

»Ja, ist schon richtig. Ich denke aber, ganz so viele werden es gar nicht sein, denn die Karten wurden ausschließlich in Briefumschlägen verschickt, und das reduziert die Anzahl derer, die sie in den Händen hatten, doch beträchtlich. Und dann will ich nur die Abdrücke, die immer wiederkehrend sind, das grenzt die Sache noch mal erheblich ein. Schaut mal in eure schlauen Datenbanken, ob ihr was über eine Solveig Hakonsen findet. Haben wir Vergleichsabdrücke von dieser Dame in unserer Datei und finden deren Abdrücke auch auf den Karten, gebt mir bitte gleich Bescheid. Denn dann habe ich den Beweis dafür, dass diese Frau das Gestalt gewordene Phantom der Marte Selboskaaten ist. Noch was: Hinten auf den Karten findet ihr Angaben zu den Verlagen, die die Karten herausgebracht haben. Versucht mal zu ermitteln, welche es davon heute noch gibt und ob sich irgendwelche Unstimmigkeiten erkennen lassen.«

»Welcher Art?«

»Das weiß ich selber nicht, ist nur so ein Gefühl.«

»Das ist doch mal ein ganz konkreter Untersuchungsauftrag, Herr Kommissar, ganz so, wie wir es mögen. ›Sucht mir mal was, aber was genau, das weiß ich allerdings auch nicht.‹«

»Habt euch nicht so, dafür mögen wir euch doch. Ihr findet immer was, ob man es gebrauchen kann oder auch nicht. Also frisch ans Werk, Freunde, die Zeit drängt.«

»Es würde auch an ein kleines Wunder grenzen, wenn man mal etwas Zeit hätte.«

Dass es mit dem Vorliegen erster Ergebnisse allerdings so schnell gehen sollte, hatte Engen dann wohl selbst nicht erwartet. Nur wenige Stunden, nachdem er den Untersuchungsauftrag erteilt hatte, hielt er einen ersten Bericht in seinen Händen. Durch diesen erhielt er die verbindliche Bestätigung, dass Solveig Hakonsen tatsächlich die Absenderin der Briefe gewesen war. Ihre Fingerabdrücke fanden sich auf allen Karten und Briefen, und im Archiv hatte man die passenden Vergleiche in der Kartei gefunden. Zwar ziemlich lange her, aber sie war im Zusammenhang mit einer gewalttätigen Antikriegsdemonstration einmal erkennungsdienstlich erfasst worden und deshalb in den Unterlagen aktenkundig.

Auch die Ergebnisse der sonstigen Untersuchungen der Karten kamen überraschend schnell. In der kriminaltechnischen Abteilung zeigte man Engen einige Karten aus dem Gesamtpaket.

»Der überwiegende Teil der Karten stammt vom Knut Erning Kunstforlag. Der hatte fast so was wie ein Monopol auf Karten aus der nördlichen Region, und sie zeigen die typischen Motive touristischer Attraktionen vom Nordkap bis in die Lyngenalpen. Die Materialqualität ist bei all den untersuchten Karten gleich, bis auf diese fünf Karten, die ich dir extra bereitgelegt habe. Sie zeigen vom Motiv her eine touristisch eigentlich uninteressante Gegend. Ich selbst kann dir nicht mal sagen, wo das eigentlich ist. Ich vermute mal, das Eismeerplateau in Richtung Grenze Finnland–Russland. Mein Kollege meint, es könnte auch südlicher, also Richtung schwedischer Grenze liegen. Ich denke aber, wenigstens das werdet ihr schon alleine rausbekommen, falls das wichtig sein sollte – zumal ich das geografische Institut der Universität um Mithilfe gebeten habe und ihr in Kürze von dort Bescheid bekommt. Auf jeden Fall ist im damaligen Katalog des Verlags keinerlei Hinweis zu finden, dass derartige Karten jemals im Angebot waren. Das wird übrigens durch die Materialuntersuchung dieser fünf Karten bestätigt. Äußerlich scheinen sie den anderen Karten zu gleichen, das heißt, vor allem das Format, aber auch der Rückseitenaufdruck ist identisch zu allen anderen Ansichtskarten der Firma. Im Detail analysiert ergibt sich jedoch ein völlig anders Bild. Die Karten sind Fotografien von anderer Papierqualität. Die typischen Aufdrucke der Rückseite, die ja dem Verlag zugeordnet sind, wurden nachträglich koloriert und aufgebracht, und demzufolge ist die Farbe eine andere als die der üblichen. Auf den ersten Blick fällt das absolut nicht auf, was für ein sehr sorgfältiges Arbeiten von demjenigen spricht, der das gemacht hat. Das hat mit einiger Sicherheit erhebliche Mühe bereitet. Nun will ich ja nicht deine Arbeit auch noch machen, Claus. Aber ich vermute mal, dass derjenige, der hier tätig war, durch die Karten irgendetwas mitteilen wollte, und das waren mit Sicherheit keine allgemein bekannten touristischen Sehenswürdigkeiten. Für diese These spricht übrigens außerdem, dass auf jeder dieser Karten von Hand eingetragene Markierungen zu sehen sind, die wie Hinweise wirken. Auf was allerdings – da habe ich keinerlei Ahnung. Man findet auf den ›normalen‹ Ansichtskarten zwar auch ab und zu solcherart Markierungen, aber die sind immer irgendwie touristisch erklärbar. Bei diesen fünf Karten ist mir jedoch keinerlei rationale Erklärung eingefallen, es sei denn, da wächst unter Umständen ein besonderes Moos oder eine wahnsinnig bedeutsame Flechte. Mit kriminaltechnischen Möglichkeiten kommen wir da jedenfalls nicht weiter.«

»Ich habe es doch gewusst, dass ihr uns wieder hochinteressante Anhaltspunkte liefern werdet. Ihr enttäuscht mich wirklich niemals! Damit können wir sicher was anfangen. Habt ihr euch auch schon die Schallplatten vorgenommen?«

»Wir arbeiten noch daran.«

Engen dankte seinen Kollegen für den schnellen und ausführlichen Bericht.

»Keine Ursache, Claus, bei so einer genauen Aufgabenstellung, wie du sie uns gegeben hast, ist das doch ein wahres Kinderspiel!«

Während Engen noch spaßig in Richtung des Kriminaltechnikers drohte, hatte er schon den Telefonhörer in der Hand, um sich mit der PST, der »Politiets Sikkerhetstjeneste«, jener norwegischen Sicherheitsbehörde, die sich unter anderem auch mit Spionage und deren Abwehr befasste, verbinden zu lassen. Er vereinbarte seinen Besuch in der Osloer Zentrale für den übernächsten Tag. Sein letzter Anruf für heute verband ihn mit Jürgen Kimmel.

»Ich wollte Sie nur gleich darüber informieren, dass es jetzt offiziell ist und wir Ihre damalige Briefpartnerin verbindlich identifiziert haben. Es ist in der Tat diese Solveig Hakonsen, über die wir ja schon miteinander gesprochen haben.«

»Dann zeigen wohl die Fotos, die ich immer erhalten habe, nicht meine Briefpartnerin?«

»Nein, das sind irgendwelche Bilder von einer völlig anderen, unbekannten Person. In unseren Akten haben wir allerdings ein Foto gefunden, welches Ihren tatsächlichen ›Pen Pal‹ zeigt. Sie wurde vor Jahren einmal erkennungsdienstlich behandelt, weil sie an einer mit gewalttätigen Ausschreitungen verbundenen Demonstration beteiligt war. Ich muss die nächsten Tage nach Oslo. Ich melde mich bei Ihnen, wenn ich zurück bin, und würde mich freuen, wenn Sie dann zu mir kommen könnten. Dann haben Sie auch Gelegenheit, das Foto zu sehen, und lernen Ihre tatsächliche Briefeschreiberin zumindest bildlich kennen. Ob es möglicherweise bald ein persönliches Treffen mit ihr geben wird, kann ich Ihnen dann vielleicht auch schon sagen.«

Engen ging vor seiner Abreise nach Oslo noch einmal in die kriminaltechnischen Labors, um sich zu erkundigen, ob sich inzwischen weitere Ergebnisse bei den Untersuchungen der von Kimmel aus Deutschland herbeigebrachten Unterlagen ergeben hatten. Vor allem war er gespannt darauf, inwieweit bei den alten Schallplatten etwas festgestellt werden konnte, was ihm weiterhalf. Zumindest signalisierte ihm sein allseits bewundertes Bauchgefühl, dass sich hier durchaus noch Überraschungen verbergen konnten.

Er konnte sich ein Schmunzeln nicht verkneifen, als er sah, wie die am Tisch sitzenden Mitarbeiter der Kriminaltechnik mit strahlenden Augen und regelrechter Begeisterung darüber berichteten, welche Ergebnisse sie nach all den bisherigen Analysen vorweisen konnten. Da war nichts mehr von der mürrischen Reaktion bei den Kollegen zu sehen, die Claus Engen hervorgerufen hatte, als er sie mit den Untersuchungen beauftragt hatte.

»Das ist wie eine Zeitreise, wenn du siehst, wie die damals Informationen versteckt haben. Einen solchen Aufwand zu betreiben, ist fast unglaublich!«, hörte er den Techniker zu seiner Linken schwärmen.

Der an seiner rechten Seite sitzende Leiter der Kriminaltechnik fuhr mit der gleichen Begeisterung fort. »Dabei ist das Ganze nun auch noch nicht so lange her. Aber wenn du vergleichst, was sich da technisch in einer so kurzen Zeitspanne entwickelt hat, kann man wirklich nur staunen.«

»Und trotz aller Einfachheit ist das damalige System echt hocheffektiv und einfach nur genial zu nennen! Wenn ich alleine an die Schallplatten denke … Da haben die es doch tatsächlich geschafft, mehrere Laufspuren so geschickt übereinanderzulegen, dass selbst wir mit unserer heutigen Technik beinahe einen dieser Nachrichtenkanäle übersehen hätten«, meldete sich nun der nächste der Kriminaltechniker zu Wort.

»Leute, Leute«, unterbrach Engen nun lächelnd seine Kollegen. »Bitte keine technischen Details! Ich freue mich ja sehr, dass ich euch mit diesem Arbeitsauftrag so eine Freude machen konnte, und dass der sich schon um einiges von den üblichen Untersuchungen unterscheidet, ist mir durchaus auch klar. Nur … ich brauche eure Ergebnisse und weniger die Beschreibung dessen, wie ihr die hergezaubert habt.«

»Hast ja Recht, Claus, ist eben eine wahnsinnig spannende Arbeit, die wir da von dir übertragen bekommen haben. In der Tat haben wir so was überhaupt noch nicht in unseren Labore gehabt, deshalb die Begeisterung. Zu den Ergebnissen: Es ist vollkommen unstrittig und eindeutig geklärt, dass diese gesamte Post einzig und allein dazu gedient hat, Informationen aus Norwegen nach Ostdeutschland zu transportieren! Es wird noch seine Zeit dauern, bis wir allumfassende Erläuterungen dazu geben können. Man muss nur auf die Unmenge an Material schauen, um das zu verstehen. Dazu kommt, dass das gesamte Material völlig durcheinandergewirbelt ist. Wir müssen erst mal eine genaue zeitliche Abfolge der Postsendungen herstellen, um die Zusammenhänge überhaupt zu verstehen. Eines kristallisiert sich aber schon heraus, nämlich dass es hier um Vorgänge geht, die zurückreichen in die Zeit der Besetzung im Krieg. Wir können dir ziemlich genaue Koordinaten für etwas geben, was oben in den Bergen liegt. Wir sind fast sicher, dass es sich um irgendein geheimes Depot handelt. Wir haben auch erste Hinweise darauf, dass dort Unterlagen zu zwei technischen Entwicklungen gelagert worden sind, die hier in Norwegen eingesetzt, erprobt oder weiterentwickelt werden sollten. So genau wissen wir das noch nicht richtig.«

»Schweres Wasser?«, wollte Engen wissen.

»Nein, zumindest nicht vordergründig. Soweit wir es jetzt schon sagen können, waren es zum einen Unterlagen, mittels denen ein technologisches Verfahren dazu führen sollte, Anstriche auf Oberflächen aufzubringen, die die Erkennbarkeit von Wärmequellen beseitigen oder verringern sollten.«

Engens Zwischenfrage verriet, dass es ihm schwerfiel, diese technischen Erklärungen einzuordnen. »Und was ist das Besondere daran?«

»Ganz einfach, Claus. Jeder Verbrennungsmotor gibt Wärme ab. Und egal, in welchem Waffensystem der eingebaut ist, ist er durch die abgegebene Strahlung dadurch auch erkennbar. Die Alliierten waren zu dem damaligen Zeitpunkt nicht nur mit der ganz neuen Technik des Radars befasst. Man arbeitete auch daran, über Erfassung durch Infrarotstrahlen eine frühestmögliche Erkennbarkeit von feindlichen Objekten zu schaffen.«

»Und waren die Unterlagen, die ihr da jetzt analysiert habt, auch wirklich so wichtig, dass man damit konkret etwas anfangen konnte?«, wollte Engen wissen.

»Soweit wir zum jetzigen Zeitpunkt aus den Unterlagen ermitteln konnten, hatten die Deutschen Farbanstriche entwickelt, denen Bestandteile von Keramik in unterschiedlicher Körnung beigegeben wurden. Dadurch hatte man Einfluss auf entsprechende Frequenzwellen gewonnen. Aber mehr wissen wir tatsächlich noch nicht, lass uns da noch etwas dran arbeiten.«

»Und was ist mit dem zweiten Objekt?«, hakte Engen nach.

»Das ist fast noch spannender. Es muss sich hier offensichtlich um Unterlagen handeln, die sich damit beschäftigen, wie man große Mengen an elektrischer Energie über einen langen Zeitraum verlustfrei speichern kann. Und es hört sich unglaublich an, aber es soll sogar einen Prototypen gegeben haben, der das benannte Depot jahrelang mit Strom für die Beleuchtung versorgt haben soll.«

»Wie ernst kann man das denn nehmen? Also, ich höre immer nur, wie kompliziert es ist, Elektroautos zu entwickeln, weil die Leistungsfähigkeit der Speicherbatterien ziemlich unzureichend ist«, warf Engen ein.

»Da lege ich mich keinesfalls fest. Wir werden weiter in der Post suchen und hoffen, dass wir noch mehr Anhaltspunkte finden. Fakt ist, alles was wir bis jetzt ansehen konnten, zeichnet das Bild von einem Berichterstatter, der sehr sorgfältig und technisch nachvollziehbar berichtet. Ob das nun aber heißt, dass wir tatsächlich über konkrete Fakten reden, da darfst du mich nicht fragen. Diese Solveig Hakonsen berichtet in ihren Briefen ja über Informationen, die sie auch nur ›aus zweiter Hand‹ von irgendjemandem bekommen haben muss. Dabei war sie bei dem, was auch immer dort oben getrieben wurde, nämlich nicht. Aber eines kann ich dir versprechen, Claus. Wenn da etwas dran ist, an dieser Speichertechnologie, dann haben wir es mit einem Fall zu tun, wie wir ihn bisher noch nicht hatten und wahrscheinlich auch nie wieder haben werden … darauf kannst du dich verlassen!«

Nach diesen Erklärungen war Schweigen in die Runde getreten, und jeder hing seinen eigenen Gedanken nach, die aber in der Konsequenz alle wieder zu der gemeinsamen Frage führten: Wie wahrscheinlich war es, dass diese Erkenntnisse, die sie gewonnen hatten, technischer Realität entsprach? Und falls dem so war, welche Konsequenzen würde das für die weitere Arbeit an diesem Fall haben?

»Noch was, Claus«, meldete sich der Kriminaltechniker erneut, »außer diesen technischen Sachen müssen auch Edelmetalle dort eingelagert gewesen sein. Wahrscheinlich nicht allzu viel. Diese Solveig schreibt, dass dies wahrscheinlich für den weiteren Verlauf der Arbeiten eingesetzt werden sollte, aber genauere Erkenntnisse hatte sie wohl nicht. Aber vielleicht finden wir in den noch zu untersuchenden Briefen mehr darüber.«

»Prima, Jungs, tolle Arbeit von euch! Sobald ihr neue Erkenntnisse habt, meldet euch bitte sofort bei mir«, bat Engen.

»Danke für den Hinweis, Claus. Eigentlich wollten wir dir ja nichts mehr verraten von dem, was wir noch so finden werden, aber wenn du uns so nett darum bittest …«

Engen war sich nicht sicher, ob diese Bemerkung spaßig gemeint oder ob er seinen Kollegen von der Technik wieder einmal zu nahe getreten war.

»Ihr Kriminaltechniker seid manchmal rechte Sensibelchen! Erwartet man gar nicht bei eurem Job. Trotzdem, ganz prima, was ihr bis jetzt so rausgefunden habt. Was würde ich nur ohne euch machen?«, sorgte der Kommissar flugs für gute Stimmung und hatte mit diesen Worten letztlich doch ein Lächeln in die Gesichter seiner Mitarbeiter gezaubert.

»Ach, noch was. Hier ist eine Liste mit 14 Namen, die auf vier Karten versteckt waren. Kann also sein, dass sie nicht vollständig ist und wir in den nächsten Tagen noch mehr finden. Zuordnung war noch nicht möglich, aber vielleicht findest du ja schon was.«

Engen dankte auch für dieses Ermittlungsergebnis der Technik und verließ danach den Raum.

Kapitel 22. Kompetenzgerangel

Zentrale des Nachrichtendienstes PST

Bjørn Ole Soederstroem leitete seit Jahren den Bereich, der sich innerhalb der PST mit allen Ermittlungen befasste, die in die Zeit der Besetzung des Landes im Zweiten Weltkrieg zurückreichten. Kommissar Engen kannte den Mann nicht persönlich, aber immer dann, wenn in seinen Fällen rechtspolitische Verstrickungen möglich erschienen, hatte er mit dem sportlich wirkenden Mittfünfziger aus Oslo telefonisch Kontakt aufgenommen und ihn dabei als sehr sachlich agierenden Kollegen schätzen gelernt. Die oft beschriebenen Spannungen oder Streitereien um irgendwelche Kompetenzen zwischen dem PST und den regionalen Ermittlern hatte Engen nie erlebt.

»Kommissar Engen, ich freue mich sehr, Sie endlich persönlich kennen zu lernen«, begrüßte ihn Soederstroem fast schon überschwänglich. »Ich hoffe, Sie hatten einen guten Flug. Was darf ich Ihnen anbieten?«

Nachdem sich die beiden Männer mit Kaffeetassen versorgt und an einem viel zu großen Beratungstisch im hinteren Teil des Raumes niedergelassen hatten, berichtete Engen in epischer Ausführlichkeit über all seine bisherigen Ermittlungen und die daraus resultierenden Ergebnisse, die letztlich der Grund und die Ursache für seinen Besuch bei Soederstroem waren. Der hatte den Ausführungen des Kommissars konzentriert zugehört, allerdings ohne eine einzige Frage zu stellen oder sich auch nur die geringste Notiz zu machen.

»Herr Engen, ich bin Ihnen ungemein dankbar für Ihren Vortrag. Ich werde alles veranlassen, was notwendig ist, um all das mit dem vergleichen zu lassen, was an Erkenntnissen möglicherweise bei uns vorliegt. Es ist Ihnen ja sicher bekannt, dass die gesetzlichen Vorschriften besagen, dass unsere Abteilung einen derartigen Fall offiziell bearbeiten muss und alle Ermittlungen an uns übertragen werden müssen.«

Engen hatte nichts anderes erwartet, waren die Abläufe in einer solchen Situation doch tatsächlich klar definiert. Trotzdem ärgerte ihn die Selbstverständlichkeit, mit der Soederstroem agierte. Der PST-Mann schien dies zu bemerken.

»Ich werde in diesem speziellen Fall allerdings dafür plädieren, dass Sie mit Ihrer Mannschaft in der Sache weiterermitteln … natürlich mit unserer Unterstützung und in ganz enger Verbindung zu meinen Mitarbeitern. Ich denke, wir sind uns auch darüber einig, dass wir das höchste Maß an Diskretion bei jeglicher Aktivität von Ihnen und Ihren Leuten erwarten. Ich schlage vor, Sie kümmern sich jetzt erst mal gemeinsam mit meinen Kollegen um dieses Depot in den Bergen, schließlich ist das ja Ihr Terrain. Dann sprechen Sie mit dieser Solveig Hakonsen. Wie weit sind Sie da übrigens?«, wollte Soederstroem wissen.

»Wir suchen sie noch. Aber bislang leider ohne Erfolg«, antwortete Engen beinahe zerknirscht. »Seit uns dieser Deutsche auf die Suche nach seiner Briefpartnerin geschickt hat, suchen wir pausenlos nach Phantomen oder Verschollenen«, versuchte Engen einen Scherz.

»Diesen Kimmel behalten Sie mir aber besonders im Auge!« Offensichtlich war auch dem PST-Mann die Hartnäckigkeit von Jürgen Kimmels Suche irgendwie suspekt, zumindest aber ungewöhnlich. »Um die Liste mit den ominösen 14 Namen kümmern wir uns hier in Oslo. Mal sehen, ob unsere Spezialisten da irgendetwas entdecken können. Ich bin sicher, dass wir für einen derartigen Namensabgleich in unserem Hause über die besseren Voraussetzungen verfügen, als Sie das in Tromsø könnten.«

»Das will ich gerne glauben«, war sich Engen ziemlich sicher. Stattdessen wollte er endlich von Soederstroem wissen, ob der sich irgendwie vorstellen könnte, dass es eine geheimdienstliche Aktivität der ostdeutschen Staatssicherheit zum damaligen Zeitpunkt gegeben habe und ob dies hier bekannt gewesen sei. – Es war Engen aufgefallen, dass im Laufe ihres bisherigen Gesprächs nur er Informationen an Soederstroem gegeben hatte, während dieser sich zu keinerlei eigenen Erkenntnissen geäußert hatte und dies mit eleganter Liebenswürdigkeit überspielte.

»Lieber Herr Kommissar, vorstellen kann ich mir alles Mögliche. Nun haben Sie mich gerade mal vor ein paar Stunden mit all Ihrem Wissen konfrontiert. Lassen Sie mir doch einfach die Zeit, das alles sehr genau und sorgfältig zu prüfen. Dazu kommt, dass die Geschichte in eine Zeit zurückreicht, als es den PST in seiner heutigen Form noch gar nicht gab. Sie wissen ja sicher um die Umgestaltung des damaligen POT in seine heutige Struktur.«

Natürlich wusste Engen um die recht häufigen Umstrukturierungen in dieser Behörde. Anlass war dabei immer wieder die nicht gerade leise öffentliche Kritik an deren Arbeit gewesen. Allerdings hatte Engen sich nie ernsthaft mit derartigen Vorgängen beschäftigt, da seine eigene Arbeit insgesamt doch eher selten mit der des PST tangiert worden war. Vorerst konnte er also nur abwarten, wie sich die weitere Zusammenarbeit gestalten würde.

»Sie haben völlig Recht, Herr Soederstroem. Natürlich müssen Sie sich selbst zunächst ein Bild von der Angelegenheit machen. Ich halte Sie auf dem Laufenden, was wir in Tromsø in der Sache weiterhin ermitteln, und Sie geben mir bitte Bescheid, sobald Sie Näheres aus Ihren Untersuchungen wissen«, verabschiedete sich Engen.

»Machen wir genauso, Herr Kommissar. Und grüßen Sie mir Tromsø. Habe in meiner Jugend mal ein paar Jahre da oben gearbeitet. Waren richtig gute Jahre für mich! Denke gerne daran zurück! Ich muss wirklich mal wieder hochkommen zu Ihnen. Vielleicht bringt mich dieser Fall ja schneller wieder in den Norden, als ich denke«, lachte er beim Verabschieden.

Engen verließ das Gebäude nicht einmal unzufrieden. Zwar hatte er überhaupt nichts erfahren, was ihm bei der Klärung des Falles weiterhelfen konnte, aber zumindest hatte man ihm die Untersuchung nicht abgenommen. Er hatte im Gegenteil das Gefühl, dass ihre Mitwirkung bei der Lösung dieses Rätsels von Seiten des PST ernsthaft gewollt war.

Nicht ganz so zuversichtlich zeigte sich sein Gefühl allerdings, als er darüber nachdachte, ob er denn tatsächlich alle der Informationen erhalten würde, über die Soederstroem mit einiger Sicherheit verfügte.

Diese Gedanken beschäftigten Engen jedoch schon nicht mehr, als sein Flieger wieder in Richtung Norden vom Osloer Flughafen abhob.

Zu dieser Zeit saß Soederstroem noch immer in seinem Büro. Nachdem Engen ihn verlassen hatte, wurde seine Sekretärin von ihm beauftragt, sämtliche nachfolgenden Termine abzusagen. Auch seine Mitarbeiter, die ansonsten mit ihren Anliegen jederzeit zu ihm kommen konnten, wurden bereits im Vorzimmer abgewiesen, was doch einige Verwunderung hervorrief.

Soederstroem gehörte zu den Leuten im Hause, die in dem Ruf standen, niemals den Überblick über ein Projekt oder ganz und gar die Fassung über dabei auftretende Schwierigkeiten zu verlieren. Er wusste blitzschnell, wie er zu reagieren hatte, wenn sich irgendwelche Probleme auftaten.

Doch nach dem Besuch des Kommissars aus Tromsø war er nicht nur fassungslos, er war auch irgendwie ratlos, was da oben gerade passierte. Während des Gesprächs mit Engen hatte er in keiner Weise erkennen lassen, wie sehr ihn dessen Informationen innerlich regelrecht erschütterten. Natürlich hatte er in seiner bekannten ruhigen und jovialen Art Engen ganz klar das Gefühl vermittelt, einen mehr oder weniger bedeutungslosen Fall mit seinen zur Verfügung stehenden Möglichkeiten bei der Aufklärung zu unterstützen. Engen hatte nicht mal im Ansatz gespürt, welche Brisanz sich in diesem gesamten Vorgang verbarg, und Soederstroem war sich absolut sicher, dass der Kommissar nichts von der inneren Erregung seines Gesprächspartners gemerkt hatte.

Er war eben ein absoluter Profi auf diesem Gebiet! Nur änderte das eben nichts an dem Fakt, dass hier plötzlich und wie aus dem nichts Leute auf der Bildfläche erschienen, die genau in dem Terrain recherchierten, welches er unter allen Umständen geheimzuhalten hatte!

Und mit welchen Mitteln das passierte, setzte dem Ganzen aus seiner Sicht noch die Krone auf! Während seine Leute mit hochtechnologischen Möglichkeiten eine Sicherheitskuppel errichtet hatten, die nicht mal eine Mücke durchdringen konnte, kamen völlige Außenstehende mit uralten Materialien ganz nahe an dieses Schutzgut heran – natürlich ohne es zu ahnen.

Trotzdem war Soederstroem entsetzt und fassungslos darüber. Er dachte intensiv darüber nach, wie er jetzt reagieren musste, und gestand sich ein, dass er einfach keine passende Idee fand. Er war sich auch sicher, dass er sein Team mit dieser Fragestellung kaum konfrontieren konnte, alldieweil er keinen Mitarbeiter benennen konnte, der mit einer derartigen Situation umgehen konnte. Nein, er war sich sicher: Die Lösung dieser Schwierigkeit konnte und durfte nur Chefsache sein!

Trotzdem wollte er den Vorstandsvorsitzenden Mortensen informieren, um mit ihm das weitere Vorgehen zumindest abzustimmen. Zu weiteren Maßnahmen konnte er sich auch nach stundenlangem Nachdenken heute nicht durchringen. Zumindest war er ungemein froh, dass sich dieser Kommissar bei ihm gemeldet hatte. Ohne dessen Besuch hätte er nicht einmal Kenntnis von diesen Aktivitäten im Norden. Er würde den Kontakt zu Engen vertiefen und könnte so aus erster Hand hören, was da alles so ablief, und im Bedarfsfall auch eingreifen. Den Kommissar würde er allerdings keinen Einblick in das Projekt geben und weiterhin nur in seine eigene Richtung ermitteln lassen.

Durch die ihm zugesagte Unterstützung war es für Soederstroem relativ einfach, den Kontakt mit Engen – ohne auffällig zu werden – zu intensivieren. Auf diese Weise konnte er Informationen bekommen und dann entscheiden, welche Maßnahmen er einleiten musste, um die Sicherheit des Projektes nicht zu gefährden.

»Verdammt noch mal«, seufzte er vor sich hin, »unverhofft kommt leider viel zu oft!«

Trotzdem war er erst mal zufrieden mit dem, was er sich in den letzten Stunden überlegt hatte.

»Ich fahre jetzt zu Mortensen. Unabhängig davon, dass ich nicht weiß, wie lange das dauern wird, bleibt es dabei, dass heute alle geplanten Termine abgesagt bleiben«, rief er seiner Sekretärin beim Verlassen seines Büros zu.

Kapitel 23. Unbedingtes Stillschweigen

Haus der Familie Asgaard, Tromsø

Die Zusammenarbeit mit den Kollegen der Küstenwache klappte wie immer perfekt, wenn Engen um deren Unterstützung bat. Er war kaum damit fertig, sein Anliegen zu erläutern, da hielt er schon die schriftliche Bestätigung in seinen Händen, dass der größte Transporthubschrauber, welcher in deren Hangar stand, am morgigen Tag ausschließlich für die Polizei von Tromsø unterwegs sein würde.

Und diese benötigte in der Tat ein solch großes Fluggerät, hatte doch die Kriminaltechnik in einem beachtlichen Umfang Geräte bereitgestellt, von denen man sicher war, sie zur Suche und anschließenden Untersuchung dieser geheimnisvollen Stätte unbedingt zu benötigen.

Engen hatte sich dazu entschlossen, einen der Plätze im Hubschrauber für Jürgen Kimmel zu reservieren, und war mit dieser Entscheidung bei seiner Kollegin Britt Stensrud auf völliges Unverständnis gestoßen.

»Bist du wirklich sicher, dass es richtig ist, den Deutschen mit hochzunehmen? Es ist noch gar nicht so lange her, da hat dein berühmtes Bauchgefühl noch gegrummelt, wenn wir darüber nachgedacht haben, welche Rolle dieser Kimmel in dem ganzen Stück wirklich spielt.«

»Ich bin davon überzeugt«, erwiderte Engen, »dass er nicht in diese ganzen Abläufe involviert ist. Denk mal an diese persönliche Geschichte mit seinem Schwager, über die er uns informiert hat. Die Bereitschaft, uns mit seinem komplett vorhandenen Material zu versorgen, ohne dass wir gar nichts in den Händen hätten, war ja mit einigem Aufwand für ihn verbunden. Und wenn du schon meinen Bauch ansprichst, er müsste schon ein wahnsinnig guter Schauspieler sein, wenn er das alles nur nutzt, um seinen wie auch immer gearteten Vorteil aus der Sache zu ziehen.«

»Aber du denkst auch daran, dass Soederstroem dich dazu angehalten hat, keinerlei Öffentlichkeit bei all unseren Ermittlungen zuzulassen?«, konnte sich Britt eine weitere Bemerkung nicht verkneifen. »Die sollen ganz schön unangenehm werden können, wenn man sich nicht an getroffene Absprachen hält. Zumindest habe ich das gehört.«

»Und ich kann unangenehm werden, wenn man mir vorschreiben will, wie ich meine Ermittlungen zu führen habe. Ohne Kimmel wüssten wir von nichts. Und außerdem, wenn es dich beruhigt: Ich will natürlich die Reaktionen des Deutschen hautnah erleben, wenn wir dort oben wirklich irgendetwas finden sollten.«

Selten hatte Britt erlebt, dass ihr Chef einmal laut geworden wäre. In diesem Moment allerdings war ihr vollkommen klar, dass allein Tonfall und Lautstärke seiner Antwort die Diskussion lieber enden lassen sollte.

»Ich treffe mich jetzt übrigens mit Kimmel. Er ist bei den Asgaards. Wenn also noch was sein sollte, erreichst du mich dort. Alles klar?« Er lächelte seiner Mitarbeiterin schon wieder zu. Alle in der Abteilung wussten, dass Engen nie lange böse sein konnte, hatte er sich auch noch so sehr über irgendetwas oder jemanden geärgert.

»Natürlich, Claus«, lächelte Britt zurück, »dann bis morgen.«

Auf sein Klingeln hin öffnete eine ihm unbekannte Frau. »Kommissar Engen?«

»In voller Größe«, antwortete der Angesprochene.

Die Frau lachte. »Kommen Sie rein. Ich bin Kirsten, die Schwester von Roar Asgaard, und seit heute Morgen hier in Tromsø.«

»Dann sind Sie die Dame, der wir die Bekanntschaft mit Herrn Kimmel verdanken. Jetzt verstehe ich natürlich, warum er mich gebeten hat, dass wir uns hier treffen. Ich wusste ja nicht, dass Sie hier sind. Aber umso mehr freue ich mich, Sie persönlich kennen zu lernen.«

»Ja, Sie haben vollkommen Recht, es war in der Tat ein großer Zufall, dass ich Jürgen Kimmel in Oslo kennen gelernt habe.«

»Wissen Sie, mit dem Zufall ist das so eine Sache«, erwiderte Engen. »Immer wenn ich in meinen Überlegungen den Zufall bemühe, kontert meine engste Mitarbeiterin mit der Feststellung, dass das ganze Leben doch nichts anderes sei als die ununterbrochene Aneinanderkettung von Zufällen.«

»Wusste gar nicht, dass in unserer Polizei auch so tiefgründige philosophische Fragestellungen untersucht werden«, ließ Kirsten wieder ihr Lachen hören.

»Wir werden eben von der Öffentlichkeit leider noch immer unterschätzt«, wurde auch der Kommissar von Kirstens Fröhlichkeit angesteckt. »Darf ich fragen, was der Grund Ihres Besuches in Tromsø ist?«

»Ist das jetzt wichtig für Ihre Ermittlungen?« In Kirstens erstaunter Rückfrage war nun erheblich weniger ihrer bisher so sprühenden Fröhlichkeit zu hören.

»Nein, um Gottes Willen, natürlich nicht. Das ist leider berufsbedingt, dass sich meine Neugier immer wieder meldet. Entschuldigen Sie!«

»Sie müssen sich nicht entschuldigen. Es ist doch kein Geheimnis, warum ich hier bin. Ich betreibe in Oslo ein kleines Café mit angeschlossener Galerie, die ausschließlich Werke von Künstlern aus Nordnorwegen ausstellt. Ich treffe mich in den nächsten Tagen mit einigen von denen, die hier in der Nähe leben und arbeiten. Sie wissen sicher, dass ich von hier stamme, meine Familie hier lebt und ich zurzeit auch einen gewissen Deutschen hier antreffen kann. So verbinde ich das Nützliche mit dem Angenehmen. Reicht das als Erklärung?«

Engen vermied eine ausführliche Erwiderung, spürte er doch, dass durch seine Frage eine gewisse Verärgerung bei seiner Gesprächspartnerin verursacht worden war, und das hatte er überhaupt nicht beabsichtigt.

Im Wohnzimmer waren einige Gäste um den Tisch versammelt, und Engen war froh, dass er der Peinlichkeit der letzten paar Minuten dadurch entkommen konnte, dass er diese alle begrüßte. Die Familie Asgaard war ihm inzwischen gut bekannt, und außer Jürgen Kimmel waren noch zwei weitere Personen da, die er bislang noch nicht getroffen hatte.

»Das sind nicht nur unsere Nachbarn, sondern auch gute Freunde von uns, Gunnar Mörk und Steinar Brendboe«, stellte Roar die beiden anwesenden Personen vor.

»Es tut mir wirklich leid, Ihre Runde zu stören, aber ich muss mit Herrn Kimmel einige dringende Dinge besprechen. Er hat mich extra gebeten, hierherzukommen. Ich wusste ja nicht, dass ich Ihre gemütliche Zusammenkunft damit gehörig durcheinanderwirbele«, versuchte sich Engen an einer Erklärung. »Nun entschuldigen Sie sich doch nicht schon wieder«, fiel ihm Kirsten resolut ins Wort. »Besprechen Sie mit Jürgen, was Sie besprechen müssen. Das bedarf doch keinerlei Erklärung.«

»Vielen Dank für Ihr Verständnis. Kann ich irgendwo allein mit ihm reden? Sie verstehen sicher diese Bitte, wir befinden uns schließlich mitten in laufenden Ermittlungen.«

Roar brachte die beiden Männer in sein Arbeitszimmer. »Hier sind Sie vollkommen ungestört. Aber machen Sie nicht zu lange. Meine Frau hat bereits frischen Kaffee angesetzt.«

»Vielen Dank, Herr Asgaard, die Aussicht auf den Kaffee wird unser Gespräch ungemein beschleunigen.«

Gleich zu Beginn verpflichtete Engen Kimmel sehr nachdrücklich, über alles, was sie miteinander beredeten und in den nächsten Tagen auch gemeinsam unternehmen würden, strengstes Stillschweigen zu wahren. »Sie spielen ansonsten mit meiner beruflichen Karriere.«

Als er dem Deutschen darüber berichtete, was seine Leute bisher alles aus dessen alten postalischen Unterlagen ermittelt hatten, stockte dem fast der Atem.

»Wenn das alles so ist, verstehe ich natürlich, warum es solch einen Eklat in der Zentrale der Staatssicherheit gegeben hat. Da liegen unglaubliche Informationen unerkannt in meinen Kisten, und die, die verzweifelt darauf warten, ahnen nicht einmal was davon. Und als man endlich unter tätiger Mithilfe meines Schwagers an die Unterlagen kommt, bricht der Kontakt nach Norwegen einfach ab. Was ich aber nicht so richtig verstehe, ist, wieso wussten die überhaupt von all dem und hatten jemanden in Norwegen, der das alles untersucht und anschließend ausführlich nach Ostdeutschland berichtet hat?«

»Eine sehr gute Frage, und ich kann sie Ihnen sogar beantworten. Auch darüber konnten wir einiges aus Ihren Unterlagen entnehmen. Die deutsche Wachmannschaft, die man hochrangig dazu vergattert hatte, dieses Depot zu bewachen, kam bei der Erfüllung des Auftrags in ganz erhebliche Schwierigkeiten. Die Soldaten hatten unglaubliche Probleme, mit den äußeren Bedingungen klarzukommen. Die Einsamkeit, monatelang anhaltende Dunkelheit, das raue Klima und auch unüberwindbar scheinende Hindernisse, sich bei der einheimischen Bevölkerung zu integrieren, führten immer wieder zu Ausfällen. Nur wenigen gelang es, sich wirklich in dieser Situation zu behaupten. Oftmals war es Alkoholmissbrauch der Soldaten, der das Projekt immer wieder gefährdete. Bei ganz groben Verstößen gegen die Befehle soll es sogar zu Exekutionen gekommen sein. Es gab aber auch Strafversetzungen, vor allem an die Ostfront, die zu diesem Zeitpunkt schon jeden zusätzlichen Soldaten gut gebrauchen konnte. Bei Kursk kam dann einer von ihnen in russische Gefangenschaft, wandelte sich dort zum glühenden Vertreter der kommunistischen Idee und machte nach Kriegsende eine ganz steile Karriere im ostdeutschen Geheimdienst. Und wenn ich von Karriere rede, dann meine ich eine, die auf dieser imaginären Leiter ganz, ganz weit nach oben führte. Er war über die damaligen Vorgänge in Norwegen gut informiert, und er kannte auch ziemlich genau den Ort der Handlung, wusste wohl auch einiges über die Dinge, die in diesem Depot lagerten. Natürlich wollte er sein spezielles Wissen später dazu nutzen, diese Dinge für sein Land zu besorgen und der entsprechenden Nutzung zugänglich zu machen. Der Vorteil, dass nur wenige über das damalige Geschehen Bescheid wussten, war sein großer Trumpf. Allerdings war es nun nicht ganz so einfach, in dieser Angelegenheit Erfolge zu erzielen. Der Eiserne Vorhang hatte sich inzwischen fest verankert und trennte unseren Mann nun ganz massiv von seinem Zielort und den dort lagernden Dingen. Also blieb ihm nichts anderes übrig, als mit einer zuverlässigen Person vor Ort die notwendigen Voraussetzungen zu schaffen, dass sein geheimdienstliches Wirken zu dem gewünschten Erfolg führen würde. Diese Person hat er dann auch gefunden, und sie war bei all ihren Erkundungen und Untersuchungen unglaublich erfolgreich.«

»Und sie hieß Solveig Hakonsen«, unterbrach Jürgen den Vortrag des Kommissars, »und hat als Marte Selboskaaten mit mir korrespondiert.«

»Ich hätte es nicht besser formulieren können, Herr Kimmel«, lächelte ihn Engen an.

»Haben Sie meine ›Pen Pal‹ gefunden und mit ihr auch schon gesprochen?«, wollte Jürgen wissen.

»Nein, wir suchen sie noch. Das Merkwürdige an diesem Fall ist auch, dass es uns einfach nicht gelingen will, handelnde Akteure aus dieser Zeit ausfindig zu machen, so dass wir endlich mal einen materialisierten Kontakt haben. Aber wir arbeiten daran und, ich bin mir sicher, auch hier bald Ergebnisse erzielen zu können.«

Nachdem er Jürgen darüber informiert hatte, dass dieser am morgigen Tag mitfliegen würde, um in den Bergen nach diesem geheimnisvollen Depot zu suchen, sah er an dessen freudiger Reaktion, dass seine Entscheidung, Kimmel mitzunehmen, vollkommen richtig gewesen war.

»So, jetzt wollen wir uns aber wieder zu den anderen begeben und die Einladung zum Kaffee wahrnehmen.«

»Ja, den kann ich jetzt gut gebrauchen.«

»Denken Sie aber bitte unbedingt immer daran, über all das, was wir bereden, unbedingt Stillschweigen zu bewahren!«, mahnte der Kommissar noch einmal in aller Eindringlichkeit.

Die Nachbarn hatten sich schon verabschiedet, als sie ins Wohnzimmer zurückkamen, und ihre Tischrunde bestand nur noch aus Roar, dessen Frau Lena, Kirsten, Engen und Jürgen.

Das Gespräch kam etwas stockend in Gang. Man spürte deutlich, dass die einen gern etwas von den Ermittlungen hören wollten, die anderen aber alles vermieden, was das Gespräch in eine solche Richtung geführt hätte.

Kirsten erkannte sehr schnell diese peinlich wirkende Schwierigkeit, und mit der ihr eigenen Fröhlichkeit berichtete sie ungezwungen und heiter über einen Künstler, der in einem kleinen Ort bei Tromsø lebte und dessen farbenfrohe Karikaturen Mittelpunkt ihrer neuen Ausstellung in Oslo werden sollten. Sie holte einige der Bilder zur Ansicht auf den Tisch, und augenblicklich schien sich niemand mehr in der Runde für anderes zu interessieren.

Kapitel 24. Ungereimtheiten

Tundra-Landschaft in der Nähe des Polarkreises

Der Blick aus dem kleinen Fenster des Transporthubschraubers war faszinierend. Kurz nachdem sie in Tromsø losgeflogen waren, befanden sie sich auch schon inmitten einer beeindruckenden Bergwelt.

Jürgen entdeckte noch ab und zu ein einsam gelegenes Gehöft und fragte seinen Nachbarn, der zur Gruppe der Kriminaltechniker gehörte, ob denn da überhaupt noch Leute wohnten.

Der blickte ihn nur verständnislos an und nickte mit dem Kopf. »Ja, sicher. Was dachtest du denn, warum da ein Haus steht?«

Bald jedoch blickte Jürgen nur noch auf baum- und strauchlose Bergriesen, die schon in Schnee gehüllt waren. Das Panorama war einfach nur großartig, aber er empfand auch, dass diese Szenerie beklemmend auf ihn wirkte und die Berge ihn regelrecht erdrückten.

Das ganze unter ihm liegende, endlos wirkende Felsgebilde hatte durchaus etwas Angsteinflößendes, und er dachte daran, dass ihn seine Briefpartnerin damals mit der Legende von lustigen Schulklassenausflügen in diese Region unglaublich veralbert hatte. Er kannte zwar inzwischen die wahren Hintergründe all dieser Geschichten, aber beim Blick auf die Landschaft musste er sich allerdings eingestehen, wie naiv auch er hier aufgetreten war. Die Vorstellung, dass er mit seinem Zelt, Karte und Kompass losziehen wollte, um nach irgendwelchen

Spuren zu suchen, war an Lächerlichkeit kaum zu überbieten.

Sah er jetzt in die Runde seiner Begleiter und auf den enormen Aufwand, der hier betrieben wurde, konnte er nur hoffen, dass die seinen ursprünglichen Plan, alleine in diese Berge zu ziehen, als nicht ernst gemeinten Scherz abgetan hatten. Überhaupt schienen sich seine Mitflieger gar nicht um das zu kümmern, was sich da an Landschaft unter ihnen aufbaute. Obwohl sie sicher auch nicht häufig bis in diese Region kamen, interessierte sie das nicht allzu sehr. Auch das zwiespältige Gefühl, das er mit dieser Szenerie verband, war den Norwegern anscheinend fremd, denn sie kümmerten sich um ganz andere Sachen.

Während die Kriminaltechniker an irgendwelchen Geräten arbeiteten, war Engen mit seiner Kollegin offensichtlich so sehr in ein Gespräch vertieft, dass er nicht einen einzigen Blick aus dem Fenster warf.

»Claus, darf ich dich mal etwas fragen«, wandte sich Britt an ihren Chef.

»Ja, natürlich, was willst du wissen?«

»Du bist ja viel länger bei unserer Truppe als ich. Hattest du in deiner ganzen Dienstzeit schon mal so einen merkwürdigen, aber irgendwie auch spektakulären Fall wie diesen?«

»Nein, kann ich nicht sagen. Wobei, du weißt es selbst, Fälle in ihrer Substanz miteinander zu vergleichen, ist schwierig und eigentlich gar nicht möglich. Aber noch mal, solch einen Fall hatte ich tatsächlich noch nicht.«

»Und glaubst du, wir finden wirklich so etwas Spektakuläres, wie in dieser Post übermittelt worden ist, oder haben wir es mit der wilden Fantasie einer überdrehten Person zu tun? Du hast doch immer so ein untrügliches Bauchgefühl …«

»Ich weiß auch nicht mehr als du, was uns da oben erwarten wird. Fakt ist, dass wir Dinge ermittelt haben, die zumindest nicht ausschließen, dass wir etwas finden könnten, was uns überrascht. Und wenn du meinen Bauch schon wieder ansprichst, der sieht das genauso.«

»Nun verrate mir aber mal, wenn wir schon so eine spannende Ungewissheit haben und an möglichen Überraschungen nichts ausschließen können, wieso das den PST scheinbar überhaupt nicht interessiert? Kein einziger seiner Mitarbeiter hat sich unserer Exkursion angeschlossen, wo sie doch ansonsten über jeden Schritt Bescheid wissen wollen«, kam Britt nun zum eigentlichen Kern ihrer Frage.

»Das frage ich mich allerdings auch. Denn ich glaube Soederstroem nicht, dass er so uninteressiert ist, wie er tut, und dass es ihm völlig ausreicht, wenn wir ihn über unsere Ermittlungsergebnisse informieren. Ich kann im Augenblick weder dir noch mir selbst diese allerdings hochinteressante Frage beantworten.«

Sie konnten ihr Gespräch nicht fortführen, denn in ihren Kopfhörern meldete sich der Pilot. »Kommissar Engen, wir haben das Zielgebiet erreicht. Ich überfliege jetzt exakt die Position, die Sie mir mit den Koordinaten vorgegeben haben. Das Problem ist, dass ich hier weit und breit keine Landemöglichkeit finde. Es gibt zwei Möglichkeiten: Entweder wir seilen Sie hier mit allen Ihren Geräten ab, oder wir suchen uns einen entfernteren Landeplatz, von dem aus Sie dann bis ins eigentliche Zielgebiet laufen dürfen. Ich schätze mal, dass Sie dann einen zirka zweistündigen Fußmarsch einplanen müssen.«

»Und wie funktioniert dann die Rückreise?«, wollte Engen vom Piloten wissen.

»Na, genauso, nur eben umgekehrt. Entweder wir kommen wieder hierher zurück und ziehen Sie alle wieder zu uns hoch, oder Sie marschieren zum Landeplatz, und wir sammeln Sie dort wieder ein.«

Sonderlich begeistert war der Kommissar nicht über die Aussicht, am Seil hängend das Einsatzgebiet zu erobern, aber noch weniger begeisterte ihn die Vorstellung, einige Stunden zusätzlich unterwegs zu sein, nur weil der Hubschrauber in diesem unwegsamen Gelände nicht direkt im Ziel landen konnte.

Er entschied sich für das Abseilen und war zuversichtlich, dass dies auch problemlos erfolgen würde. Immerhin gehörte diese Prozedur zur täglichen Routine der Besatzung und war auf stürmisch bewegter See sicher noch komplizierter als hier oben in den Bergen, wo im Augenblick beste Wetterbedingungen für ein solches Manöver herrschten.

»Hauptsache, das ist dann auch noch so, wenn wir wieder nach Hause wollen«, dachte Engen im Stillen, als die ersten seiner Mitarbeiter schon den Boden berührten.

Engen und Kimmel waren die letzten, die von der Crew sicher nach unten geschickt wurden. Seine Mitarbeiter kamen da schon von der ersten Erkundung des Gebiets zurück.

»Claus, die Angaben der Koordinaten, die wir in der Post an Kimmel gefunden haben, sind von einer solchen Genauigkeit, dass man nur den Hut vor demjenigen ziehen kann, der sie beschrieben hat«, machte der Kriminaltechniker aus seiner Begeisterung keinen Hehl. »Wir haben ja bereits beim Überfliegen des Geländes hier unsere Messungen gemacht, den Standort ermittelt und verraten dir schon mal, dass wir in wenigen Minuten den Eingang zu diesem Depot öffnen werden.«

»Prima, Jungs, wir warten hier, bis ihr soweit seid. Gebt uns Bescheid, wann wir da rein können.«

»Machen wir!«

Ungefähr 30 Minuten später betraten der Kommissar und seine engsten Mitarbeiter das Lagersystem. Auch Jürgen war es erlaubt worden, gleich mitzukommen, nicht jedoch, ohne ihn strikt darauf hinzuweisen, ja nichts zu berühren und sich generell im Hintergrund zu halten.

»Also, eine erste Enttäuschung muss ich euch gleich bereiten«, hörten sie einen der Techniker sagen. »Nichts da, von wegen ständiger Beleuchtung dank langzeitgespeicherter Elektroenergie. Stattdessen Dunkelheit allerorten. Aber wir bringen gleich einen Generator in Stellung, dann haben wir etwas Licht für die weiteren Arbeiten.«

Tatsächlich dauert es nur wenige Minuten, und einige Arbeitslampen erhellten die Räume. Die Anlage war zwar durchaus weitläufig, aber bei Weitem nicht so groß, wie Jürgen das nach den Schilderungen in seinen Briefen erwartet hätte. Die Einrichtung bestand im Wesentlichen aus einigen Schränken, Regalen, Werkbänken und Tischen. Diverse Stühle vervollständigten das spartanisch wirkende Mobiliar. Die ganzen Einrichtungsgegenstände waren über verschiedene Kammern verteilt, die zur Anlage gehörten, und bildeten gemeinsam mit herumliegenden Werkzeugen ein chaotisch wirkendes Durcheinander. Der Eindruck wurde durch Dinge verstärkt, die offensichtlich zur persönlichen Ausrüstung der hier stationierten Soldaten gehört hatten und die im wirren Chaos überall verstreut herumlagen. Irgendwelche bedeutungsvollen technischen Gerätschaften oder auch nur Hinweise auf solche, wie etwa Zeichnungen oder Projektmappen, konnte Jürgen nirgends entdecken. Die ganze Anlage wirkte auf ihn wie eine vor langer Zeit eiligst und überstürzt aufgegebene Liegenschaft, deren Bedeutung in all den Interpretationen seiner Post maßlos überschätzt worden war.

Enttäuschung machte sich in ihm breit, und er musste sich eingestehen, dass wohl all die Zweifel zu Recht bestanden hatten, die in den Angaben und Hinweisen seiner Briefpartnerin nur das paranoide Agieren einer überdrehten Person vermutet hatten.

Als er dies später Engen gegenüber aussprach, schaute der ihn verwundert an. »Warum denn so resigniert, Jürgen?«

Erstaunt registrierte dieser, dass ihn der Kommissar mit dem Vornamen ansprach. Es war zwar durchaus üblich, dass man gerade hier oben im Norden diese vertrauliche Form der Ansprache wählte, aber bislang hatte Engen dies dem Deutschen gegenüber strikt vermieden.

Natürlich bemerkte der Norweger die Überraschung im Gesicht seines Gegenübers, als er ihn so vertraulich angesprochen hatte. »Also, natürlich nur, wenn Sie beziehungsweise du mit dem ›Du‹ einverstanden bist.«

»Ja, klar, keine Frage, natürlich bin ich damit einverstanden«, stammelte Jürgen beinahe. »Ich bin nur überrascht gewesen, dass du gerade jetzt darauf kommst. Immerhin ist das ja ein blöder Zeitpunkt.«

»Warum?«

»Na, bist du nicht genauso enttäuscht wie ich über das, was wir hier gefunden, oder besser gesagt, nicht gefunden haben? Und das nach all dem Aufwand …«

»Hattest du denn ernsthaft damit gerechnet, ominöse Goldbarren hier oben zu finden?«, lachte Engen.

»Wäre gar nicht schlecht gewesen, wenn ich so an die hiesigen Bierpreise denke«, gab Jürgen schlagfertig zurück.

»Gute Antwort«, feixte der Kommissar, »aber nun mal im Ernst. Ist dir denn überhaupt nicht aufgefallen, dass das ganze Objekt wie ein sorgfältig drapiertes Stillleben wirkt? Da hat sich jemand ganz große Mühe gegeben, jegliche Art von Spuren zu verwischen. Nur ein Beispiel: Im gesamten Objekt keinerlei Beleuchtung, aber die Techniker haben Stellen entdeckt, wo dereinst Stromleitungen verliefen. Glaubst du, die haben Unmengen an Diesel in diese Einöde transportiert, um einen Generator zu betreiben? Es gibt keinerlei Hinweise darauf. Oder mal ganz was anderes: Deine Briefpartnerin schickt die Koordinaten dieser Anlage an dich, die auf den Meter genau stimmen. Alle anderen Informationen erweisen sich dann aber als hirnrissige Spinnereien? Klingt doch irgendwie unlogisch, oder? Ich könnte dir noch einiges an Ungereimtheiten aufzählen, die uns bereits jetzt aufgefallen sind. Ich denke aber, da lassen wir die Technik erst mal in Ruhe ihre Arbeit machen. Glaube mir, wir sind nicht die Ersten, die nach dem Krieg in diese Anlage gekommen sind, und irgendjemand hat sich ganz große Mühe gemacht, genau das zu verschleiern! Wir könnten aber wieder zurückfliegen, oder möchtest du noch ein wenig die Landschaft genießen?«

»Ich bin zwar von dieser Gegend begeistert und regelrecht überwältigt, fühle mich aber auch irgendwie erdrückt und fast ein bisschen bedroht. Also freue ich mich auf den Hubschrauber, der uns wieder nach Tromsø bringt!«

Leicht verwirrt über diese Empfindungen des Deutschen funkte Engen die Leitstelle an, und bis auf die Techniker, die noch eine ganze Weile in der Anlage mit ihren Untersuchungen zu tun hatten und erst später zurückfliegen würden, machte sich das Ermittlungsteam um Engen gemeinsam mit ihrem Begleiter aus Deutschland auf den Rückflug in die Stadt.

Kapitel 25. Der geheimnisvolle Nachbar

Polizeikommissariat Tromsø

Zurück in seinem Büro informierte Engen umgehend Soederstroem telefonisch über die Erkenntnisse, die er bei dem Besuch der Anlage in den Bergen bisher gewonnen hatte.

Der hatte schon voller Spannung auf diesen Anruf gewartet und schien enttäuscht über das Ergebnis. »Also, Herr Engen, das ist ja praktisch gar nichts, was Sie da mitgebracht haben!«, zeigte er sich sichtlich verärgert.

»Es tut mir sehr leid, dass die Ergebnisse nicht Ihren Erwartungen entsprechen, aber ich kann es leider auch nicht ändern. Auf alle Fälle haben wir versucht, was möglich ist, und vielleicht findet die Kriminaltechnik ja doch noch irgendwas. Dann melde ich mich natürlich sofort bei Ihnen. Aber zu einer anderen Frage: Wie weit sind Sie mit der Personenliste, die ich Ihnen gegeben habe und die Sie analysieren lassen wollten? Liegen da schon Erkenntnisse vor?«

»Da ist bereits ein Fax an Sie geschickt worden. Ich vermute mal, über diese Ergebnisse werden Sie ähnlich enttäuscht sein wie ich über Ihre Exkursion. Aber schauen Sie sich das selbst in aller Ruhe an.«

Kaum hatte der Kommissar den Telefonhörer aufgelegt, rief er seine Kollegin: »Britt, ich brauche das Fax vom PST wegen der Personenliste. Kannst du mal schauen, bei wem das liegt?«

Als Sven daraufhin das Papier vor ihn hinlegte, erkannte Engen mit dem ersten Blick, dass ihm nicht nur die Ergebnisse dieser Ermittlung nicht gefielen, sondern auch die ganze Zusammenfassung und Darstellung seinen heftigen Unwillen erregten.

»Das kann doch wohl nicht wahr sein, die müssen doch wohl spinnen!«, schoss es ihm durch den Kopf.

Auf der Liste standen die Namen, die seine Leute mühsam aus der Post des Deutschen herausgefiltert hatten. Rechts daneben hatte Soederstroem wenige Vermerke hinzugefügt, die einzig vermeldeten, dass diese Personen entweder verstorben waren oder Norwegen verlassen hatten, um irgendwo im Ausland zu leben. Keinerlei Hinweise zu aktuellen oder ehemaligen Wohnadressen, Berufen oder sonstigen Tätigkeiten, nichts zu eventuell noch vorhandenen Kontaktpersonen oder sonstiges an Hinweisen, die irgendwie hilfreich für die Ermittlungen der Tromsøer Polizei hätten sein können.

Im ersten Moment seiner Verärgerung wollte der Kommissar sofort zum Telefon greifen, um diesem Kollegen in Oslo gehörig den Marsch zu blasen. Doch dann überlegte er sich, lieber davon Abstand zu nehmen. Einerseits führte eine solche Beschwerde wahrscheinlich nicht dazu, dass er umfangreichere Informationen bekommen würde, zum anderen wollte er eine offene Konfrontation mit Soederstroem zu diesem Zeitpunkt eigentlich vermeiden.

Er beriet sich mit seiner Mannschaft, wie es ihnen selbst gelingen könnte, mehr über diese Leute auf der Liste herauszufinden, als der PST offensichtlich bereit war, ihnen zur Verfügung zu stellen. Dass dort mehr bekannt war als das, was in dem Fax stand, war Engen sofort klar, und umso mehr ärgerte er sich über diesen Soederstroem.

»Her mit der Liste«, meldeten sich Sven und Britt gleichzeitig, »wir werden mal unser Glück versuchen, nur ein wenig Geduld werden wir sicher brauchen.«

Nachdem die beiden gegangen waren, überflog Engen

wiederholt das Fax aus Oslo, das ihn so maßlos verärgert hatte. Bei einem der Namen stutzte er. Bislang hatte er sich mit dieser Namensliste überhaupt noch nicht befassen können. Trotzdem war ihm einer dieser Namen kürzlich irgendwo begegnet, da war er sich relativ sicher. Nur konnte er sich nicht erinnern, wo und in welchem Zusammenhang das gewesen war.

Zu diesem Zeitpunkt saß Jürgen mit Kirsten im Hotelrestaurant, und während er ihr von seinen Eindrücken und Erlebnissen oben in den Bergen erzählte, blickten sie aus den großen Panoramafenstern über den Hafen und den Fjord hinüber ans andere Ufer, wo die Eismeerkathedrale ihre dominierende Position im Strahlen der langsam untergehenden Sonne problemlos zu behaupten wusste.

Geschickt vermied er es, Genaues von dem zu berichten, was sie in diesem Depot vorgefunden hatten, und ließ Kirsten mehr an dem teilhaben, was er an persönlichen Empfindungen in dieser Einsamkeit der gewaltigen Bergformationen verspürt hatte. Deutlich waren ihm noch Engens mahnende Worte in Erinnerung geblieben, niemanden über ihre Untersuchungen und vor allem die dabei gefundenen Ergebnisse zu informieren.

So richtig verstand Jürgen diese Forderung zwar nicht, denn nach seinem Empfinden hatten sie überhaupt nichts vorgefunden, was irgendeine Bedeutung in diesen Ermittlungen haben konnte. Trotzdem hielt er sich konsequent an sein Versprechen, welches er dem Kommissar gegeben hatte, und schwieg selbst Kirsten gegenüber zu den Vorgängen in diesem merkwürdigen Depot.

Er musste sich insgeheim allerdings auch eingestehen, dass es ihm Kirsten leicht machte, nicht in Versuchung zu kommen, über diese komische Geschichte da oben zu reden. Es schien sie überhaupt nicht zu interessieren, und nicht eine einzige ihrer Fragen zielte in die Richtung, etwas darüber zu erfahren. Er war sich sicher, dass sie spürte, dass ein Gespräch über diesen Flug und die Untersuchungen dieses ominösen Depots ihn in Verlegenheit bringen würde, und deshalb redete sie mit ihm über alles Mögliche, nur nicht darüber.

Er war ihr ungemein dankbar dafür, denn er war fast sicher, dass er auf eine konkrete Anfrage in diese Richtung ihr gegenüber sicher nicht geschwiegen hätte. Als sein Handy klingelte, konnte dies wohl nur Engen sein.

»Hallo, Jürgen, sagt dir der Name Steinar Brendboe etwas?«

Er hatte sich noch immer nicht so recht daran gewöhnt, dass ihn der Kommissar mit dem vertrauten »Du« ansprach, und so dauerte es einen kleinen Moment länger, als es ansonsten bei ihm üblich war, ehe er antwortete. »In welchem Zusammenhang? Steht der Name etwa in einem der Briefe?«

»Nein, ich frage nur einfach ganz allgemein danach.«

Nach einigem Nachdenken fiel Jürgen etwas dazu ein. »Also, den Namen habe ich tatsächlich schon mal gehört. Allerdings immer mit der Einschränkung, dass ich nie sicher bin, ihn richtig verstanden zu haben. Du weißt ja, mein Norwegisch … Steinar Brendboe ist einer der Nachbarn von Roar und Lena Asgaard.«

»Verdammt noch mal, du hast Recht! Ich habe ihn auch schon mal bei den Asgaards getroffen, aber nur ganz kurz. Und nun habe ich mich nicht mehr daran erinnern können. Du hast mir sehr geholfen. Danke!«

Jürgen blickte verwundert auf das Telefon. Engen hatte das Gespräch so schnell beendet, dass er gar nicht fragen konnte, wobei genau er ihm geholfen hatte. Denn nur den Nachbarn ausfindig zu machen, war sicher nicht das ganze Anliegen gewesen.

»Kommissar Engen wollte wissen, ob ich einen Steinar Brendboe kenne«, blickte er verwundert zu Kirsten.

»Unseren Nachbarn Steinar?«, fragte sie nicht weniger verwundert zurück.

»Keine Ahnung. Aber wer sollte es denn sonst sein? Kennst du noch mehr an Leuten hier mit diesem Namen?«

»Nein. Ist ja komisch! Und der Kommissar hat überhaupt nichts gesagt, was er von Steinar will?«

»Hast ja selbst mitbekommen, wie abrupt er aufgelegt hat. Ich habe euern Nachbarn ja auch nur kurz kennen gelernt.« Jürgen wollte es aber genauer wissen und bat Kirsten um Informationen. »Was weißt du über ihn?«

»Roars Wohnhaus ist unser beider Geburtshaus, und wir kennen Steinar seit unserer Kindheit. Er hat anfangs sehr zurückgezogen gelebt, und nach dem frühen Tod seiner Frau war er kaum noch zu sehen. Allerdings hat er sich rührend um seine beiden Söhne gekümmert, zumindest so lange, bis er die beiden in ein Internat geschickt hat. Als er ganz alleine war, hat er mehr Kontakt zu den Nachbarn, auch zu uns, aufgenommen. Er ist unglaublich nett und freundlich, und obwohl wir Kinder ihn damals zuerst ziemlich schlecht verstanden haben, sind wir oft bei ihm gewesen.«

»Was heißt, ihr habt ihn schlecht verstanden, hat er so leise gesprochen?«, lächelte Jürgen Kirsten an.

»Nein, Steinar kommt ursprünglich von einer kleinen Insel weit vor der Küste. Und die Leute dort sprechen einen merkwürdigen Dialekt, den wir ›normalen‹ Norweger fast nicht verstehen. Stell dir das so ähnlich vor wie bei euch Plattdeutsch.«

»Oder Hochalmbayerisch …«, warf Jürgen lachend ein.

»Wir waren auch deshalb so gern bei Steinar, weil es keinen anderen gab, der sich so gut in der Natur auskannte und vor allem auch so spannend darüber berichten konnte. Er war als junger Mann bei etlichen Expeditionen dabei, die nach Spitzbergen, Grönland oder gar in die Arktis gingen. Und er hatte Abenteuer erlebt, die uns Kinder natürlich unheimlich interessierten und manchmal fast sprachlos machten. Übrigens, ganz in der Nähe von deinem Hotel, wenn du Richtung Tromsø-Brücke gehst, kommt man zu einem kleinem Polar-Museum mit Amundsens Büste am Eingang, und in diesem Haus findest du nach etwas geduldigem Suchen eine Fotografie an der Wand, die Steinar zusammen mit einem erlegten Eisbären zeigt. Für uns Kinder war dieses Bild der Inbegriff von Abenteuer und Mut, und wir waren richtig stolz darauf, dass wir einen solchen Mann kannten und in der Schule darüber berichten konnten.«

»Und für seine Söhne auch?«, wollte Jürgen wissen.

»Wie ich dir schon gesagt habe, waren die auf einem Internat in der Schweiz und selten hier bei ihrem Vater. Höchstens mal für ein paar Tage in den Schulferien, und selbst da haben wir recht wenig Kontakt gehabt.«

»Internatsplätze in der Schweiz hören sich aber nicht gerade billig an.«

»Steinar ist wohl ziemlich vermögend, obwohl wir darüber natürlich nie geredet haben. Ich weiß aber, dass er sich immer sehr großzügig zeigt, wenn Roar finanzielle Unterstützung bei irgendwelchen Schulprojekten benötigt. Er selbst lebt eher bescheiden. Sein größter Luxus ist es wohl, seinen Enkeln jeden Wunsch von den Augen abzulesen und dann auch zu erfüllen. Wie ich gehört habe, oftmals zum Ärger seiner Söhne. Der jüngere Sohn lebt mit seiner Familie in Australien, besucht seinen Vater aber regelmäßig. Der ältere lebt übrigens in Oslo, ist Technikvorstand von einem der großen Energieriesen und besucht mich tatsächlich ein-, zweimal im Jahr in der Galerie zu Eröffnungsvernissagen. Er ist auch sehr nett, nur eben durch seinen Job ziemlich gestresst, und deshalb sprechen wir selten über mehr als ein paar alte Kindheitserinnerungen.« Kirsten unterbrach ihre Ausführungen. »Möchtest du noch mehr wissen, Herr Detektiv, oder reicht dir das fürs Erste?«

»Eigentlich möchte ich, um ganz ehrlich zu sein, von all dem Kram gar nichts mehr wissen. Aber komischerweise kommt immer wieder etwas Neues daher, und nahtlos schiebt sich eine Aktion über die andere, und ich werde – ob ich will oder nicht – in diesem Ermittlungsablauf einfach weitergeschoben. Seit ich davon erfahren habe, dass der Tod von diesem Postboten damit im Zusammenhang stehen könnte, dass ich nach einem ›Pen Pal‹ suche, mache ich mir ernsthafte Vorwürfe und will eigentlich nichts mehr in dieser Angelegenheit unternehmen. Und was passiert? Ich bin immer noch dabei, mit Engen diese seltsamen Vorgänge zu untersuchen.«

»... und du wirst erst dann zur Ruhe kommen, wenn ihr es tatsächlich aufgeklärt habt, da bin ich mir absolut sicher«, prognostizierte Kirsten lächelnd Jürgens nähere Zukunft.

Kapitel 26.
Die Liste

Nachdem Engen das Gespräch mit Kimmel so abrupt beendet hatte, bat er seine Kollegin Britt Stensrud, bei der Bearbeitung der Namensliste den Namen Brendboe unbedingt vorzuziehen und ihm so schnell wie möglich Informationen zu diesem Mann zu besorgen.

»Weißt du, Britt, an deiner Theorie über die Zufälle ist durchaus etwas dran. Aber in unserem speziellen Fall feiern die Zufälle ja wahre Orgien«, rief er ihr zu.

»Falsch, Claus, alles, was sich in dieser Geschichte auch noch so spektakulär zusammenfügt, ist nichts anderes als der ganz normale Ablauf eines komplexen Vorgangs aus einzelnen Zufälligkeiten«, verbesserte ihn seine Stellvertreterin.

»Na, wenn du meinst …«, murmelte der Kommissar leise vor sich hin.

Sven, der schweigend diesen Dialog verfolgt hatte, mischte sich in ihr Gespräch ein. »Schon ein paar Informationen zu der Namensliste gefällig, Claus?«

»Aber nichts wie her damit!«, konnte der seine hoffnungsvolle Erwartung auf Ergebnisse, die ihn in der Ermittlung weiterbrachten, nicht verbergen.

»Also, ich wähle mal einen Vergleich aus der Mathematik. Wir haben hier eine Aufgabe mit mehreren Unbekannten zu lösen. Die Anzahl dieser Unbekannten ist größer als die Hilfsgleichungen, die wir bilden können, und damit findet man eigentlich keinen Lösungsansatz, der irgendwelche sinnvollen Ergebnisse verspricht. Also haben wir gewaltig improvisiert. Wir haben nichts als ein paar Namen von einer alten Liste, und das sind auch noch richtige Allerweltsnamen, die du in jedem norwegischen Telefonbuch im Dutzend finden kannst. Fehlende Angaben zu Geburtsdaten verhindern, dass wir über die Melderegister weiterkommen. Wir hatten nur zwei halbwegs konkrete Ansatzpunkt: zum einen den Namen ›Steinar Brendboe‹. Da habe ich einfach vorausgesetzt, dass er mit der Person identisch ist, die wir hier bei den Asgaards kennen gelernt haben, und diese Person tatsächlich diejenige ist, dessen Name in der Liste auftaucht. Das also vorausgesetzt, habe ich anschließend festgelegt, dass alle anderen Personen auf der Liste in einem ähnlichen Alter wie Brendboe sein sollten. Weiterhin haben wir dann noch die Hinweise von Soederstroem als verbindlich angenommen und sind bei unserer Recherche davon ausgegangen, dass einige der Personen verstorben sind oder aber irgendwann das Land verlassen haben. Und unter diesen beiden Prämissen haben wir anschließend die Computer gefüttert und eine Liste erhalten, die wir zielgerichtet danach abgeklopft haben, ob wir irgendwelche Verbindungen zu unserem Fall herstellen können. Dabei haben wir etwas entdeckt, was uns ungemein seltsam vorkommt und möglicherweise der Nachweis dafür sein könnte, dass wir zumindest einige der Leute ausfindig machen konnten. Also, zuerst einmal müssen wir dir sagen, dass Soederstroem uns wahrheitsgemäß informiert hat und in der Tat etliche dieser Personen verstorben sind. Seltsamerweise jedoch passierte das nur innerhalb von wenigen Wochen! Ein weiteres, unsere These stützendes Kriterium glauben wir darin gefunden zu haben, dass sie alle dereinst Seeleute waren – zuletzt auf Schiffen, die im Krieg die Konvois nach Russland fuhren, um die damalige Blockade durch die deutsche Wehrmacht zu brechen. Viele von ihnen haben es wohl auch erlebt, torpediert zu werden. Diese Ereignisse konnten einige offensichtlich nie verarbeiten. Sie lebten danach durchweg sehr zurückgezogen, waren regelrecht traumatisiert. Und nachdem wir die von uns erstellte Liste nun mit diesen Erkenntnissen verfeinert hatten, haben die weiteren Untersuchungen noch etwas an Gemeinsamkeiten ergeben: Alle diese Leute verfügten über ein ganz beträchtliches Vermögen. Anhand der Steuern, die damals für deren Erben fällig geworden sind, war dies schnell herauszufinden. Und, lieber Herr Kommissar, wir sind uns nunmehr ganz sicher, dass alle Personen, die wir bisher ermittelt haben, identisch mit den Namen auf der Liste dieser Solveig Hakonsen sind!«, schloss Sven seine Ausführungen ab.

Engen war kein Mann der großen Worte. Dass aber seine Mitarbeiter hier in unglaublich kurzer Zeit eine meisterhafte Ermittlungsarbeit geleistet hatten, nahm er dann doch zum Anlass, ein für seine Begriffe überproportionales Lob auszusprechen. »Ihr seid wirklich die Größten, Sven! Da muss man erst mal drauf kommen, solche Ansätze zu entwickeln!«

Engens Kollege Christensen nahm dieses Lob mit einem gewissen Erstaunen auf, war sein Chef doch absolut nicht der Typ, der meinte, selbstverständliche Arbeit besonders würdigen zu müssen. Andererseits war ihm selbst aber auch klar, dass sie da etwas nicht Alltägliches geleistet hatten.

»Danke, Claus, aber du hast auch mitbekommen, dass wir mit all diesen Untersuchungen noch nicht fertig sind, oder?! Uns fehlen noch konkrete Hinweise zu dem Personenkreis, die Norwegen verlassen haben. Und auch von zwei, drei anderen Namen haben wir noch keine vollständige Identifikation.«

»Habt ihr schon Gelegenheit gehabt, euch mit den Todesursachen der Verstorbenen zu beschäftigen? Dann würde mich noch interessieren, warum damals diese Häufung von Todesfällen in so kurzer Zeit nicht aufgefallen ist, oder habe ich da was überhört?«

Sven musste innerlich lächeln. Typisch sein Chef! Das Lob war noch nicht einmal verhallt, da ging es mit seinen Fragestellungen schon wieder eilig weiter, ohne überhaupt darüber nachzudenken, ob sie für all diese Untersuchungen auch nur halbwegs die Zeit gehabt hatten!

»Warum sollten diese Todesfälle in ihrer Häufigkeit auffallen? Die Leute lebten nicht konzentriert an einem Ort, sondern in den unterschiedlichsten Gegenden. Kirkenes, Vadsø, Nesna oder Bodø, um dir nur einige zu nennen. Das hat ja auch unsere Untersuchungen nicht gerade leichter gemacht! Und was die Todesursachen betrifft: Die Totenscheine, die uns bislang vorliegen, zeigen ausschließlich natürliche wie Herzinfarkte, Kreislaufzusammenbrüche und solche Sachen auf. Ich habe sie aber noch mal zu unserem Pathologen gegeben. Der wird dir das besser beantworten können als ich.«

»Sven, noch eine letzte Frage: Bei all euren Untersuchungen, seid ihr da nie auf eine lebende Person gestoßen, die man konkret zu den ganzen Vorgängen befragen könnte?«

»Nein, außer diesem Steinar Brendboe, niemanden.«

Sven hatte kaum das Zimmer des Kommissars verlassen, da stand schon Britt in der Tür. »Ich sollte dir ein paar Informationen zu Asgaards Nachbarn besorgen.«

Engen hörte gespannt zu, fokussierten sich doch im Augenblick alle Fragen des Ermittlungsteams in dessen Richtung. Erstmals, seit er sich mit all diesen Geschehnissen beschäftigen musste, schien es möglich, mit jemandem zu reden, der irgendwie in all die Geschehnisse involviert war und ihm vielleicht direkt weiterhelfen konnte. Noch im Beisein seiner Kollegin griff er zum Telefon.

»Hallo, Herr Brendboe. Hier ist Claus Engen von der Polizei in Tromsø. Wir haben uns schon mal bei den Asgaards getroffen, wenn Sie sich erinnern. Ich würde Sie gern einmal besuchen, um mit Ihnen zu sprechen, da ich einige Fragen an Sie hätte. Wäre es Ihnen recht, wenn ich heute Nachmittag bei Ihnen vorbeikomme?«

Er musste einige Zeit warten, ehe am anderen Ende der Leitung eine Antwort erfolgte. »Heute geht es nicht. Ich habe einen wichtigen Arzttermin in der Stadt. Kommen Sie morgen Mittag, um 13 Uhr. Da habe ich Zeit für Sie.«

Ehe Engen diesen Termin bestätigen konnte, hatte sein Gesprächspartner den Hörer auch schon aufgelegt. Engen ging ins Nachbarzimmer.

»Einer von euch hängt sich bitte sofort an die Strippe und klappert alle hiesigen Ärzte ab. Ich will wissen, bei wem Steinar Brendboe heute einen Termin hat.«

Britt Stensrud, die mitbekommen hatte, dass Engens Misstrauen durch dieses Telefonat geweckt war, fragte nach, ob sie ihn beim morgigen Treffen mit Brendboe begleiten solle.«

»Mir ist es wichtiger, wenn ihr weiter die Leute von der Liste sucht, die Norwegen offensichtlich verlassen haben, Vielleicht leben die ja noch, und wir kommen da weiter.«

»Okay, aber vergiss morgen ja nicht, dein kleines Notizbuch zu Brendboe mitzunehmen, Claus. Diesmal habe ich so ein Bauchgefühl, das mir sagt, dass du eine Menge aufschreiben wirst.«

»Hey, Britt, ich wusste bisher nicht einmal, dass du überhaupt einen Bauch hast, und dann auch noch einen mit Gefühl?«, kalauerte Engen herum – und das, obwohl er sicher war, dass Britt mit ihrer Vermutung nicht unbedingt falsch lag.

Kapitel 27. Erschreckendes Geständnis

Haus von Steinar Brendboe, Tromsø

Auf die Minute pünktlich drückte Engen auf den Klingelknopf neben der rustikalen Tür zu Brendboes Haus. Der Hausherr öffnete und begrüßte ihn freundlich.

»Herr Kommissar, kommen Sie herein. Ich habe Sie schon erwartet.«

Natürlich, dachte der im Stillen, wir sind schließlich verabredet. Ein seitlicher Blick auf den älteren Herren zeigte ihm aber, dass der das wohl erheblich umfänglicher gemeint hatte.

Sie gingen gemeinsam zum Wohnzimmer, und Brendboe ließ Engen höflich den Vortritt.

»Soederstroem!« Dem Kommissar war seine Überraschung nicht nur sehr deutlich anzusehen, er hatte diese auch laut herausgerufen.

Der saß lässig im Sessel, lächelte ihm entgegen und meinte, dass er sich sehr freue, wieder persönlich mit ihm zusammenzutreffen.

»Wirklich nett, Engen, dass wir uns so schnell wiedersehen. Hätte ich nicht für möglich gehalten.«

Engen hatte sich von seiner Überraschung, den PST-Mann hier zu treffen, wieder einigermaßen erholt. »Dann waren *Sie* wohl der gestrige Arzttermin, denn niemand sonst von den Ärzten hier in Tromsø hatte einen Patienten namens Brendboe auf seiner Behandlungsliste.«

»Sie sind wirklich ein exzellenter Polizist, Engen. Aber natürlich bedurfte es etwas Zeit, damit ich von Oslo hochkommen konnte, um an dem heutigen Gespräch hier teilzunehmen.«

»Ich wüsste nicht, warum ich das zulassen sollte. Soweit ich mich erinnern kann, haben wir bei meinem Besuch bei Ihnen in Oslo vereinbart, dass ich hier die Ermittlungen durchführe und Sie dann über alle Ergebnisse informiere, die Relevanz für Sie haben. Und ich verstehe nicht so recht, warum Sie auf einmal hier sitzen. Es geht einzig um ein paar Fragen, die ich in einer hiesigen Ermittlungssache an Herrn Brendboe habe, und ich weiß ehrlich gesagt nicht, was das Ihre Behörde angeht oder auch nur interessieren könnte. Und um noch deutlicher zu werden: Ihre bisherige Unterstützung für uns bezeichne ich schlicht als Unverschämtheit, wenn ich an Ihre ›Zuarbeit‹ bei dieser Namensliste denke …!«

Engen fühlte sich ausnehmend gut, dass er seiner Verärgerung über die bisherige Zusammenarbeit mit dem PST endlich Luft verschaffen konnte. Soederstroem nahm die wütende Attacke und die massive Kritik des Kommissars erst lächelnd zur Kenntnis, doch dann verfinsterte sich sein Blick zunehmend.

»Lassen Sie es mich so sagen, Herr Engen: Dass Sie ein wirklich großartiger Ermittler sind, habe ich Ihnen ja bereits schon mehrfach gesagt, und Ihre Arbeit an diesem Fall beweist dies wieder einmal in aller Deutlichkeit. Aber …«, Soederstroem machte eine längere Pause, und der Blick, den er auf den Kommissar richtete, wirkte regelrecht eisig, »allein die Tatsache, dass ich hier in diesem Zimmer sitze, zeigt Ihnen doch wohl sehr deutlich, dass es dafür einen guten Grund geben wird. Und ohne Ihnen nahetreten zu wollen, liegt es nicht in Ihrem Ermessen, darüber zu entscheiden, ob ich an diesem Gespräch teilnehme oder nicht. Nehmen Sie zur Kenntnis, dass es manchmal größere und bedeutungsvollere Projekte gibt, als Sie es sich überhaupt vorstellen können, und die es speziell in diesem Falle erforderlich machen, Ihre Arbeit in gewisser Weise einzuschränken. Bitte nehmen Sie mir diese Formulierung nicht übel. Ich habe Ihnen bereits mehrfach gesagt, wie sehr ich Sie persönlich und auch Ihre Ermittlungsfähigkeiten schätze, aber manchmal gibt es eben Interessenslagen, die ein solches Herangehen erforderlich machen!«

Engen hatte erstaunt und mit wachsender Verärgerung diesen Ausführungen zugehört, ohne etwas zu erwidern. Jetzt hielt er den Zeitpunkt aber für dringend gekommen, diesem Soederstroem in die Parade zu fahren.

»Das wir hier in einem Mordfall ermitteln, ist Ihnen aber nicht verborgen geblieben, Herr Kollege? Darf ich mal fragen, wie Sie sich vorstellen, dabei unsere Arbeit ›einzuschränken?‹« Engen war gespannt, wie Soederstroem darauf reagieren würde.

»Indem wir Ihnen helfen, den Fall zu verstehen, und ihn gemeinsam zu einem guten Ende bringen.«

Engen wollte eigentlich hinterfragen, ob Soederstroem unter »einem guten Ende« das Gleiche verstand wie er, doch wollte er nicht noch mehr provozierend auf den Besucher aus Oslo einreden. Er besann sich darauf, dass er eigentlich hier war, um Steinar Brendboe zu befragen – und dass dies nun nur im Beisein dieses PST-Mannes möglich war, musste er wohl zwangsläufig akzeptieren.

Ein kurzer Blick auf die Uhr zeigte dem Kommissar, dass er fast zehn Minuten mit diesem gestritten und diskutiert hatte, ohne dass Brendboe die allergeringste Reaktion darauf gezeigt hatte. Nun wandte sich Engen seinem Gastgeber zu.

»Herr Brendboe, Sie wissen ja, dass wir den Mord an dem Postboten Bjørn Faksen untersuchen …«

»Ja, ich bin es gewesen! Es tut mir leid! Es war eine Kurzschlussreaktion. Aber als ich mitbekommen habe, dass dieser Deutsche hier auftaucht und angeblich nach seiner Briefpartnerin sucht, habe ich einfach die Nerven verloren und gedacht, dass alles wieder von vorn losgeht. Und hätte der Deutsche Faksen sprechen können, wäre es nur eine Frage der Zeit gewesen, dass man alles herausgefunden hätte … umso mehr, als ich dann mitbekommen habe, dass auch Sie begonnen hatten, sich mit diesem Thema zu befassen.«

Engen war sprachlos. Er blickte von Brendboe zu Soederstroem und wieder zurück. »Ist das wirklich wahr, und haben Sie das etwa gewusst, Soederstroem?« Der Kommissar wirkte noch immer fassungslos.

»Hören Sie erst mal weiter zu, Engen, dann reden wir.«

»Es ist alles wahr, Herr Engen. Herr Soederstroem meint, dass ich Ihnen die Hintergründe dazu erläutern soll, damit wir die Sache so bald wie möglich beenden können.«

Brendboe schwieg eine Zeitlang und zündete sich seine Pfeife an.

»Ich bin gebürtiger Deutscher. War im Krieg hier stationiert und hatte mit meinen Kameraden den speziellen Auftrag, ein geheimes Depot zu bewachen und zu betreuen. Dieses Depot war ursprünglich eine natürliche Kaverne, die wir gleich auf unserem ersten Erkundungsmarsch zufällig gefunden hatten. Nachdem das Depot entsprechend hergerichtet war, wurden dort einige Dinge eingelagert. Sonderlich groß war die Anlage nicht, trotzdem kamen einige Kisten mit Edelmetallen an, die man wohl nicht nur für die Finanzierung zukünftiger Maßnahmen benötigen würde, sondern auch für irgendwelche Bauteile. Es waren nämlich auch zwei technische Sachen eingelagert. Wir kannten damals nicht die detaillierten Hintergründe dieser Projekte. Aber im Laufe der Zeit haben wir schon begriffen, worum es sich da handelte. Es kamen immer wieder Spezialisten aus der Heimat, die sich mit der Wartung und Weiterentwicklung dieser Dinge befassten.

Bei einem dieser Projekte ging es darum, dass man durch spezielle Anstriche die Erkennbarkeit von Wärmequellen oder diese neu entwickelten Radarstrahlen ausschließen wollte. Man hatte tatsächlich vor, alle entsprechende Waffentechnik hier oben mit diesem Anstrich zu behandeln, um die ständigen Luftangriffe der Alliierten zu erschweren. Allerdings ist das Tarnsystem damals nicht mehr zum Einsatz gekommen. Wir selbst haben auch zu wenig davon verstanden, um einschätzen zu können, inwieweit das alles so funktionierte. Dazu komme ich aber später noch einmal.

Anders verhielt es sich mit der zweiten eingelagerten technischen Unterlage, da haben sogar wir Wachsoldaten verstanden, worum es ging. Ich hatte ja schon erzählt, dass man die Anlage baulich als Lager hergerichtet hatte. Dazu gehörte natürlich auch die Schaffung von Beleuchtung und Steckdosen in den Räumlichkeiten. Die Stromversorgung erfolgte über eine Art von Batterie, denn Versorgungsleitungen da hoch konnte man ja schlecht legen, wenn man das Geheimnis um diese Anlage wahren wollte. Das Erstaunliche an diesem Versorgungssystem war, dass die Bereitstellung von Strom immer funktionierte, ohne dass diese Batterie je gewechselt wurde. Manchmal kamen Ingenieure aus Deutschland, nahmen irgendwelche Messungen vor, regelten was an den Geräten, schrieben lange Protokolle und verschwanden wieder.«

Brendboe unterbrach seine Erzählung, um sich die Pfeife neu mit Tabak zu stopfen.

»Ja, und dann war der Krieg zu Ende. Über die schlimmen Zustände, die er hier oben hinterlassen hatte, muss ich Ihnen nichts erzählen. Ein Teil meiner Männer hatte sich entschieden, nicht nach Deutschland zurückzugehen, sondern wollte hier bleiben. Wir hatten uns im Laufe der Zeit gut integriert, und für uns war es von Vorteil, dass der Norden recht lange vergessen war und es kaum Hilfe aus Oslo gab. Die Bevölkerung wurde fast ausschließlich von den Russen versorgt, und in diesen Wirren war es leicht für uns, die sich entschieden hatten, zukünftig hier zu leben, eine entsprechende Identität aufzubauen.«

»Waren Sie eventuell alles norwegische Seeleute, die die Versorgungskonvois nach Russland gefahren haben?«, warf Engen eine Frage ein.

Brendboe stutzte und schaute fragend zu Soederstroem. Der antwortete an dessen Stelle.

»Ich habe doch gesagt, dass der Engen ein vorzüglicher Ermittler ist. Und ja, es stimmt. Diese Legende wurde tatsächlich gewählt, um eine logische Erklärung dafür zu haben, was die Leute in den Kriegsjahren gemacht haben. Und bevor Sie weiterfragen, Herr Kommissar, ja, alle sind von kleinen Eilanden gebürtig, wo man seltsame Dialekte spricht. Irgendwie brauchte man ja auch eine nachvollziehbare Erklärung dafür, wenn es mit der Sprache im Umgang mit den Einheimischen nicht so richtig funktionierte. Das hat sich zwar schnell gebessert, weil alle der hiergebliebenen ehemaligen Wachsoldaten recht bald eine Familie gründeten und damit endgültig in der Gesellschaft ankamen. Nur bei wenigen dieser Leute gab es immer mal wieder Probleme im Umgang mit der norwegischen Bevölkerung. Aber die lebten in der Regel sehr zurückgezogen und wurden von ihrem Umfeld höchstens als etwas skurrile Zeitgenossen zur Kenntnis genommen.«

Brendboe ergriff wieder das Wort. »Ja, diese Legende, als Seeleute hier aufzutauchen, war schon fast witzig. Wir waren alle aus dem Süden Deutschlands, als Gebirgsjäger ausgebildet und sind fast vor Übelkeit gestorben, als man uns auf den Zerstörern nach Norwegen brachte. Aber die Geschichte war vollkommen glaubwürdig und ist auch nie von irgendjemandem angezweifelt worden. Aber zurück zum eigentlichen Thema: Im Laufe der Jahre normalisierte sich das Leben, und wir waren alle froh und zufrieden mit unserem Dasein hier. Obwohl wir inzwischen in verschiedenen Orten lebten, hatten wir recht guten Kontakt untereinander, und eines Tages beschlossen wir, hoch in die Berge zu gehen, nach dem Depot zu schauen und darüber zu entscheiden, was wir mit den Sachen machen wollten, die wir dort noch vorfinden würden. Vor allem wollten wir sicherstellen, dass bei einem zufälligen Entdecken der Anlage durch irgendwelche Dritte nichts mehr vorgefunden werden konnte, was Aufschlüsse über unsere eigentlichen Identität hätte geben können. Immerhin hatten wir damals das Objekt so überstürzt verlassen, dass keiner von uns sicher sein konnte, nicht irgendetwas dort gelassen zu haben, was Hinweise auf unsere Person hätte geben können. Wir sind also hoch und haben zuerst das noch vorhandene Edelmetall, welches in kleinen Goldbarren in drei Transportkisten aufbewahrt war, zwischen uns aufgeteilt. Das erklärt auch, warum wir alle nicht ganz unvermögend sind, Herr Engen. Übrigens war es gar nicht so einfach, dieses Material für uns nutzbar zu machen. Die Barren waren mit allen damals notwendigen Symbolen und Kennnummern des Dritten Reichs versehen. Wir konnten damit praktisch nicht einfach in eine Bank marschieren und darum bitten, den aktuell gültigen Gegenwert in Kronen auf unseren Konten gutzuschreiben. Also haben wir insgeheim mit dem Umschmelzen des Materials begonnen und dieses in kleinen Chargen auf den Markt gebracht. Es war eine sehr aufwändige und langwierige Aktion, bis wir alles abgeschlossen hatten. Es ist uns aber tatsächlich gelungen, keinerlei Aufmerksamkeit bei unseren Umtauschaktionen zu erregen, und wir waren sehr zufrieden damit, unser lang geplantes Ziel so gut erreicht zu haben.

Was wir allerdings zu diesem Zeitpunkt noch nicht einmal ahnten, war, dass einer unserer ehemaligen Kameraden aus vergangenen Kriegstagen nunmehr als ranghoher Offizier des ostdeutschen Geheimdienstes all sein Wissen und seine Kenntnisse über die damalige Situation in den Bergen einsetzte, um an die Dinge zu gelangen, von deren Existenz er noch erfahren hatte, bevor man ihn versetzt hatte. Es war ihm gelungen, eine Norwegerin dafür zu begeistern, die eingelagerten Materialien ausfindig zu machen und dann einen Weg zu organisieren, wie man diese nach Ostdeutschland bringen konnte. Bei einem Besuch in Ostberlin wurde sie mit allen notwendigen Informationen ausgestattet, und dort wurden auch alle Verfahrensschritte festgelegt, wie man die Aktion durchführen wollte. Man war sich in den Reihen des ostdeutschen Geheimdienstes vollkommen klar darüber, dass die Durchführung von all dem, was man da geplant hatte, schwierige und auch zeitaufwändige Maßnahmen sein würden. Allerdings schien man sich darüber nicht allzu sehr zu sorgen, ging man doch in deren Zentrale davon aus, dass sich niemand sonst mit diesem Thema beschäftigen würde.«

Brendboe unterbrach seinen Bericht und holte aus der Küche für jeden seiner Besucher einen Kaffee. Während er dort draußen mit den Tassen hantierte, fragte Engen Soederstroem, ob der all das, was er bisher gehört hatte, bestätigen könnte.

»Jedes Wort. Aber warten Sie ab, Sie werden noch einiges mehr an Interessantem zu hören bekommen.«

Nachdem Steinar Brendboe den Kaffee abgestellt hatte, erzählte er weiter.

»Aber nun noch einmal zurück zu unserem letzten Besuch im Depot. Im Zusammenhang mit den dort noch befindlichen technischen Unterlagen und Mustern beschlossen wir, dass zwei Kameraden dieses Erbe sorgsam in Verwahrung nehmen sollten und wir zu einem späteren Zeitpunkt gemeinsam entscheiden würden, wie wir damit weiterverfahren. Die Ordner mit den technischen

Beschreibungen und Mustern zur Oberflächenbeschichtung nahm ein Kamerad mit hoch nach Kirkenes, und ich habe alles mitgenommen, was mit der Energiespeicherung zusammenhing.

Im Laufe der Zeit war es dieser aus Ostberlin eingesetzten Solveig Hakonsen immer mehr gelungen, sich uns zu nähern. Dieser zwar durchaus hübschen, aber dann auch wieder unscheinbar wirkenden Frau war es gelungen, das Versteck in den Bergen ausfindig zu machen. Dass wir dort schon alles geräumt hatten, war keinerlei Hindernis für sie, weiterhin intensiv nach uns zu suchen, denn nur so konnte sie ja erfahren, wo sich die Dinge aus dem Depot jetzt befanden. Auch die Tatsache, dass wir über den ganzen Norden verstreut unser neues Zuhause gefunden hatten, stellte kein Problem bei ihrer Jagd nach uns dar. Einen nach dem anderen aus unserer Gruppe machte sie ausfindig, nahm freundlichen Kontakt auf und suchte intensiv nach den Informationen, die für sie wichtig waren. Für sie war es von großem Vorteil, dass wir zu diesem Zeitpunkt ganz bewusst beschlossen hatten, möglichst wenig miteinander zu kommunizieren und nur den allernotwendigsten Kontakt untereinander pflegten. Auf diese Art und Weise erfuhr niemand, dass diese Frau mit jedem von uns bekannt war.

Dass wir dann doch noch, und zwar auf das Übelste, mit dieser Lage konfrontiert wurden, war einer unerwartet aufgetretenen Situation geschuldet, die wir in ihrem gesamten Ausmaß bis zum heutigen Tage nicht bewerten können. Von einem Tag auf den anderen war unser Freund aus Kirkenes verschwunden und mit ihm natürlich auch diese Unterlagen zur Oberflächenbeschichtung. Das einzige, was wir in Erfahrung bringen konnten, war, dass er in die USA gereist ist. Komisch war nur, dass er uns zuvor nicht informiert hatte. Als er nicht mehr zurückkam, wunderten wir uns schon sehr. Wir haben uns zu diesem Zeitpunkt nicht die allergeringsten Gedanken um diese Unterlagen gemacht. Erst als wir später über die militärischen Entwicklungen von Tarnkappentechnologien hörten, vermuteten wir irgendwelche Zusammenhänge.«

»Und gab es die tatsächlich, Herr Soederstroem?«

Engen musste einfach den PST-Mann dazu befragen.

»Dafür gibt es keinerlei Hinweise oder gar Beweise, nur ausschließen kann man es tatsächlich auch nicht. Wahrscheinlich können Sie sich vorstellen, dass Nachfragen dazu bei unseren amerikanischen Freunden wenig Erhellendes erbracht haben«, lächelte Soederstroem sanft in Richtung des Kommissars.

Steinar hatte die kurze Unterbrechung seines Vortrags dazu genutzt, um an dem inzwischen schon wieder erkalteten Kaffee zu nippen, und fuhr nun fort.

»Als Solveig Hakonsen erfuhr, dass alle Projektunterlagen zur Oberflächenbeschichtung unwiederbringlich in die Vereinigten Staaten verschwunden waren, war ihr klar, dass eines der beiden großen Projekte für sie definitiv verloren war. Sie entwickelte sich zu einer regelrechten Furie, der jedes Mittel recht war, nun wenigstens das Projekt der Energiespeicherung für ihre Auftraggeber zu retten. Mit einem regelrecht fanatischen Enthusiasmus wollte sie dieses Ziel so schnell wie möglich erreichen. Dazu müssen Sie nun Folgendes wissen: Einer meiner Söhne hatte sein Studium abgeschlossen und sich recht intensiv mit den Unterlagen beschäftigt, die ich, nachdem wir alles aus den Bergen abgeholt hatten, in meinem Keller deponiert hatten und die da ein unbeachtetes und fast schon vergessenes Dasein fristeten. Im Rahmen seiner beruflichen Tätigkeit bei einem großen Energiekonzern haben sie dann später eine gewisse Rolle gespielt. Doch dazu, Herr Kommissar, werden Sie ja morgen etwas mehr hören, stimmt doch, Herr Soederstroem?«

Er blickte zu dem Mann aus Oslo. Der nickte nur

leicht, und sein fast gehauchtes »Das wird er!« war akustisch kaum wahrnehmbar.

»Jedenfalls ist diese Solveig regelrecht durchgedreht und hat jeden unserer Kameraden offen und massiv nach dem Verbleib der Unterlagen befragt. Und dabei war ihr auch jedes Mittel recht, um an ihr Ziel zu gelangen. Dass keiner unserer Freunde ihr verraten hat, dass ich derjenige war, der sie hatte, ist die eine Seite. Die andere ist, dass es keiner überlebt hat, ihr gegenüber standhaft zu bleiben!«

Emotional übermannt schwieg Brendboe jetzt. Soederstroem übernahm die Gesprächsführung.

»Der PST ist seit diesem Zeitpunkt in die Geschichte involviert. Warum genau, werden Sie morgen sehen. Ersparen Sie mir also jetzt Details. Und bevor Sie fragen oder etwa auf die Idee kommen, selbst nachträgliche Obduktionen beim Staatsanwalt zu beantragen – ja, all diese Männer sind eines unnatürlichen Todes gestorben, auch wenn die Totenscheine, die ja auch Sie inzwischen überprüft haben, etwas anderes aussagen. Und ich verrate Ihnen auch gleich, wie das passiert ist. Die Leute wurden durchweg vergiftet, und zwar wurde ihnen das Gift in handgemachter Moltebeerenmarmelade verabreicht! Und bekommen haben sie diese Marmeladengläser als Gastgeschenk ihrer Besucherin Solveig Hakonsen, die ja für ihre alternative Zubereitung von Kräutermischungen und ähnlichem bekannt war!«

Engen, der die herb-würzige Moltebeere über alles liebte, verzog sein Gesicht bei dem Gedanken an solch perfide Anschläge, richtete seine Aufmerksamkeit aber wieder auf Brendboe, der seine kurze Schwäche überwunden hatte.

»Als Solveig dann bei mir erschien und fordernd Aufklärung zum Verbleib der Unterlagen haben wollte, war mir klar, um was es hier ging. Ich dachte an all die Entwicklungen, die mein Sohn in dieser Sache auf den Weg gebracht hatte, war mir fast auch sicher, dass die Häufung der Todesfälle unter meinen Freunden unnatürlich war und irgendwie mit dieser Solveig zusammenhing. Auch mich hatte sie ja deutlich bedroht, wenn ich zu ihren Fragen schweigen würde. Ich verabredete mich deshalb mit ihr unter dem Vorwand, ihr alles zu berichten. Als Ort des Treffens wählte ich Andøya, und dies aus zwei Gründen. Zum einen kannte ich mich in der Einsamkeit der nördlichen Spitze dieser Insel recht gut aus, und zum zweiten wählte ich diesen Standort für meinen Plan, weil die dortige Raketenabschussstation irgendwie genau die Aura hatte, die zu dieser geheimnisumwobenen Frau passen würde. Ich hoffte darauf, dass, wenn es Nachforschungen geben sollte, man glaubte, hier wäre an spektakulären Raketenprojekten spioniert worden.«

Engen erwartete nichts Gutes, als er Brendboe fragte: »Und was war Ihr Plan?«

»Als sie kam, habe ich sie erschossen und anschließend dort begraben!«, antwortete Brendboe lapidar.

Engens Ahnung hatte sich in eine unumstößliche und unglaubliche Tatsache verwandelt! »Sie gestehen mir hier innerhalb von einer Stunde zwei Morde. Ich muss schon sagen, das passiert mir wahrlich nicht alle Tage! Haben Sie das auch alles gewusst, Soederstroem?« Engen rang um innere Fassung, als er zu ihm blickte.

Der nickte nur leicht mit dem Kopf. »Versuchen Sie einfach, ruhig zu bleiben, Herr Kommissar. Ich verstehe Ihre Erregung, aber ich bitte Sie noch um etwas Geduld. Morgen werden Sie noch einige Informationen zu diesem Fall bekommen, die für Ihr Verständnis der ganzen Umstände nicht unwichtig sind. Ich muss Sie nur bitten, mich dazu nach Hammerfest zu begleiten. Und noch was, bringen Sie auch den Deutschen mit.«

Brendboe meldete sich nochmals zu Wort. »Nachdem diese Solveig begraben war, ist endlich Ruhe eingekehrt in unser Leben und auch alle anderen Abläufe. Ich wollte nicht, dass so was passiert, aber bei dieser Frau gab es kein anderes Entrinnen. Und als jetzt dieser verrückte Deutsche aufgetaucht ist und angefangen hat, nach ihr zu suchen, da musste ich doch glauben, dass wieder alles von vorne losgeht! Ich war sicher, dass der ein verspäteter Abgesandter von irgendwelchen Geheimdiensten ist. Mir tut es unendlich leid um den Postboten.«

Vor der Tür gerieten sich Engen und Soederstroem mächtig in die Haare. »Da hat mir eben jemand zwei Morde gestanden, da kann ich doch nicht einfach gehen, als wüsste ich von nichts!«

»Lieber Herr Kommissar, dann packen Sie doch Ihre Beweismittel zusammen und beantragen einen Haftbefehl!«

Das hatte gesessen. Engen musste sich eingestehen, dass er überhaupt nichts in der Hand hatte, womit er einem Richter gegenüber das nachweisen konnte, was er soeben gehört hatte! Soederstroem versuchte sofort, die angespannte Situation zu deeskalieren.

»Brendboe läuft Ihnen doch nicht weg, oder haben Sie das Gefühl, der verschwindet gleich mit dem nächsten Flieger? Ich bitte Sie noch mal herzlichst darum, den morgigen Besuch in Hammerfest abzuwarten.«

»Okay, nur noch eine Frage: Wann genau hat Brendboe die Hakonsen erschossen?«

Soederstroem kannte nicht nur das genaue Datum, sondern wusste sogar die Uhrzeit.

»Das ist natürlich die Erklärung, warum ab genau diesem Zeitpunkt keine Post mehr nach Ostdeutschland kam und die dort vergeblich auf weitere Informationen gewartet haben. Kannten Sie eigentlich diesen Kanal der Nachrichtenübermittlung, Soederstroem?«

»Im Detail erst, seit ich von Ihnen diese Unterlagen einsehen konnte.«

»Na, das ist ja nun auch kein richtiges Ruhmesblatt, oder?« Engen brauchte einfach das Gefühl, nach all diesen Erschütterungen des Nachmittags wenigstens einen kleinen Triumpf gegenüber dem Geheimdienstler zu erzielen.

Doch der verabschiedete sich vollkommen unbeeindruckt von dieser kleinen Spitze, nicht ohne ihn noch einmal daran zu erinnern, dass er morgen auch Jürgen Kimmel mitbringen solle.

»Noch eine Frage, Soederstroem: Haben Sie sich damals mit dem Leichnam der Hakonsen beschäftigt, nachdem Sie das alles erfahren haben?«

»Ja, natürlich. Wir haben sie exhumiert, und unsere Spezialisten haben alles akribisch untersucht.«

»Haben Sie auch ihre DNA genommen?«

»Selbstverständlich, warum fragen Sie?«

»Ich schicke Ihnen umgehend eine Vergleichsprobe. Die haben meine Leute genommen, und zwar von den Originalbriefen, die zu Kimmel nach Ostdeutschland geschickt wurden. Die mussten ja nicht nur mit Marken frankiert, sondern auch zugeklebt werden. Selbstklebendes Material gab es damals noch nicht, also half nur Geduld und Spucke. Und genau aus letzterer haben wir dann unsere Probe genommen und die DNA abgeleitet.«

»Schicken Sie diese Unterlagen gleich nach Oslo. Man wird sich sofort darum kümmern und Sie dann informieren.«

Nur wenige Stunden später hielt Engen den endgültigen Beweis in seinen Händen, dass Kimmels Briefpartnerin Marte Selboskaaten niemand anderes als Solveig Hakonsen gewesen war.

Kapitel 28. Zukunftstechnologie aus der Vergangenheit

Hammerfest, Norwegen

Der recht kurze Flug von Tromsø nach Hammerfest verlief ruhig. Der Hubschrauber kam dieses Mal nicht von der Küstenwache, sondern gehörte zu einer ganzen Flotte von Fluggeräten, die der große Energiekonzern benötigte, seine überall an Land und auf See verteilten Objekte zu versorgen.

Die Männer hatten während des gesamten Fluges geschwiegen, nur anfangs hatte Soederstroem sie nochmals auf die Besonderheiten ihres bevorstehenden Besuches hingewiesen.

»Wir haben wirklich lange darüber nachgedacht, ob wir Ihnen diesen Einblick gewähren sollen. Aber dann sind wir doch zu der Meinung gekommen, im Interesse eines zügigen Abschlusses Ihrer Untersuchungen, Herr Engen, ist es von Vorteil, es so zu handhaben. Ich muss Sie beide trotzdem noch einmal darauf hinweisen, dass Sie verpflichtet sind, über alles, was Sie heute sehen und hören werden, strengstes Stillschweigen zu bewahren.«

Soederstroem hatte in Abstimmung mit dem Konzernchef lange darüber nachgedacht, wie sie nun weiter verfahren sollten, nachdem sie von diesen unliebsamen Nachforschungen des deutschen Besuchers, seiner norwegischen Freunde und der Polizei von Tromsø erfahren hatten. Schlussendlich waren sie zu der Entscheidung gekommen, in die Offensive zu gehen. Die Hauptakteure sollten, soweit das möglich und notwendig war, in das

Projekt Einsicht nehmen und zur Verschwiegenheit vergattert werden. Nur so konnte die notwendige Zeit gewonnen werden, um das Projekt in Ruhe und ohne weitere äußere Störung schnellstmöglich zu Ende zu bringen. Über das Danach konnte man anschließend nachdenken, wenn die Technik öffentlich gemacht worden war.

»Soederstroem, Sie haben uns das nun schon ein paar Mal gesagt. Wir haben es langsam verstanden«, gab der Kommissar genervt zurück.

Sein Verhältnis zu dem PST-Mann hatte sich seit dem gestrigen Tag derartig verschlechtert, dass es ihm kaum gelang, seine Antipathie über dessen selbstgefälliges Verhalten zu verbergen. »Ich weiß nur nicht so recht, wie das gehen soll, dass Sie mir zwar Informationen zukommen lassen wollen, die einen zügigen Abschluss der Untersuchungen ermöglichen sollen, ich diese dann aber von vornherein als Geheimnis behandeln muss.«

»Seien Sie doch nicht so ungeduldig. Warten Sie es ab, ich bin mir sicher, dass Sie es verstehen werden.«

Zwischen den Norwegern hatte sich eine erhebliche Spannung aufgebaut, und selbst Jürgen bemerkte, ohne dass er das Gespräch inhaltlich verstehen konnte, dass zwischen den beiden nur noch wenig Verbindendes festzustellen war.

Nach der Landung auf einer Insel, die nur einen Steinwurf von der Stadt entfernt zu liegen schien, wurden Sie von Lasse Brendboe, dem Sohn von Steinar, begrüßt. Jürgen war überrascht, hatte er doch nicht im Traum erwartet, dass einer der einflussreichsten Männer im Vorstand dieses Energieriesen sie in Jeans, leuchtend orangefarbener Sicherheitsjacke und Arbeitsschuhen empfangen würde.

»Willkommen in Hammerfest. Ich hoffe, Sie hatten einen angenehmen Flug.«

Brendboe junior war seinem Vater äußerlich verblüffend ähnlich. Nur war schon im ersten Moment ihres

Zusammentreffens festzustellen, dass er im Gegensatz zu diesem eine erfrischend offene und freundliche Art im Umgang mit seinen Besuchern zeigte.

Mit Blick auf Jürgen fragte er gleich, ob es in Ordnung sei, wenn er seine Erklärungen auf Englisch mache, denn obwohl er auch etwas Deutsch spreche, reichten seine Fähigkeiten wohl nicht aus, all die technischen Abläufe damit zu erläutern.

»Zuvor muss ich Sie aber noch bitten, sich umzuziehen. Wir haben Ihnen schon die entsprechende Sicherheitskleidung bereitgelegt. Ich muss Sie gleich darauf aufmerksam machen, dass wir überall, wo wir heute hinkommen werden, höchste arbeitssicherheitstechnische Anforderungen zu beachten haben. Ich bitte Sie in Ihrem eigenen Interesse, diese Vorgaben auch unbedingt zu beachten, denn die Arbeitsplätze hier sind nicht ganz ungefährlich.«

Jürgen hatte zwischenzeitlich seine Blicke über die Industrieanlage schweifen lassen. Sie erinnerte ihn durchaus an die Anlagen der chemischen Betriebe aus seiner heimatlichen Region. Obwohl die Insel gar nicht so groß erschien, bedeckten die Anlagen doch ein weitläufiges Areal und wirkten mit ihren riesigen Tanks, die durch eine Unmenge von Rohrleitungen miteinander verbunden waren, endlosen Behältern, die an Destillationsgefäße erinnerten, und jeder Menge an sonstigen technischen Ausrüstungen wie die große Raffinerie, die vor den Toren von Jürgens Heimatstadt die Silhouette dominierte. Vielleicht war es aber auch nur der am Ende der Insel erkennbare Schornstein, aus dem, so wie in der heimischen Anlage, ununterbrochen der Feuerschein von abgefackeltem Gasgemisch genau diese Assoziation bei ihm hervorrief.

Obwohl tatsächlich in unmittelbarer Nähe zur Stadt gelegen und von allen Seiten zu sehen, war es die Insellage, die diese Fabrik wie einen einsamen und unzugänglich wirkenden industriellen Moloch wirken ließ. Irgendwie wurde Jürgen an das Gefängnis von Alcatraz erinnert – war diese Insel doch auch in Sichtweite von San Francisco scheinbar zum Greifen nahe. Aber während man dereinst dort Interesse daran hatte, dass niemand ohne Zustimmung das Eiland vorzeitig verließ, war die hiesige Lage wohl wie geschaffen dafür, dass man niemanden auf der Insel begrüßen musste, der nicht eine entsprechende Einladung vorweisen konnte.

Die sonore Stimme des technischen Vorstands holte Jürgen zurück aus seinen Betrachtungen. »Meine Herren. Wir beginnen unsere im Detail mit Herrn Soederstroem abgestimmten Erläuterungen ganz bewusst hier in der Gasverflüssigungsanlage von Hammerfest, obwohl die überhaupt nichts mit dem zu tun hat, womit Sie sich derzeitig befassen. Aber wir denken, es wird Ihnen helfen zu verstehen, was Sie anschließend hören werden.«

Die kleine Gruppe begann ihren Rundgang durch die beeindruckende Anlage.

»Also, Sie befinden sich hier in der modernsten Anlage der Welt, die gefördertes Erdgas verflüssigt, damit eigentlich komprimier- und auf eine besondere Art transportierbar mach, was mittels anderer Technologien nicht möglich wäre. Ich werde Ihnen die technischen Details zu diesen Vorgängen ersparen. Diese sind viel zu komplex und für Ihre Untersuchungen auch vollkommen uninteressant. Nur so viel; Das Rohgas fördern wir in der Barentssee und transportieren es über Pipelines anschließend her. Im Augenblick liegen zwischen dem Förderfeld und der Anlage hier so etwa 140 Kilometer. Übrigens wird dieser gesamte Prozess der Förderung und des Transports über die Pipeline von hier aus gesteuert.«

Ihre Besichtigung war in einem Leitstand angekommen, wo auf riesigen Bildschirmen blinkende Lämpchen Abläufe anzeigten, die auf Außenstehende, wie Engen und Kimmel es waren, verwirrend und undurchschaubar wirkten.

»Das ankommende Rohgas wird nun hier verflüssigt und anschließend auf Tankschiffe verladen.«

Sie standen inzwischen an einem Terminal, wo ein futuristisch wirkendes Schiff angelegt hatte. Die Aufbauten wurden dominiert von vier riesigen kugelförmigen Druckbehältern, die in ihren Ausmaßen regelrecht gigantisch waren.

»Diese Tanker transportieren nun das verflüssigte Gas an seinen Bestimmungsort, wo der ganze Prozess wiederholt wird, nur eben umgekehrt. Wir beschäftigen eine ganze Flotte derartiger Schiffe, und sie sind weltweit unterwegs.«

In dem Besprechungsraum, den sie nun betraten, warteten schon Kannen mit dampfendem Kaffee auf sie. Jürgen war dankbar für das wärmende Getränk, hatte sich doch das Wetter in der kurzen Zeit des Rundgangs wieder erheblich verschlechtert.

»Ja, so schnell geht das hier oben mit dem Wetterumschlag«, zeigte sich Lasse Brendboe verständnisvoll. »Sie haben jetzt das modernste, beste und nebenbei gesagt auch sicherste technische Equipment gesehen, was es weltweit derzeit auf diesem Gebiet gibt. Aber natürlich bestehen auch ein paar Einschränkungen. Zuerst einmal die Kosten. Ich verrate Ihnen kein Geheimnis, wenn ich Ihnen sage, dass wir einige Milliarden Kronen in diese Anlagen investiert haben. Auch der Betrieb an sich ist nicht billig – Verflüssigung von Rohgas ist sehr aufwändig und damit teuer. Natürlich können wir den gesamten Prozess wirtschaftlich darstellen, sonst würde es diese Anlage ja nicht geben. Unsere eigenen Förderungen sichern dies noch auf viele Jahre ab, und außerdem verhandeln wir intensiv mit den Russen über mögliche Zusammenarbeiten und Kooperationen. Deren potenzielle Lagerstätten auf ihrem Hoheitsgebiet in der Barentssee übersteigen unsere noch vorhandenen Kapazitäten bei Weitem und sichern die Auslastung und Wirtschaftlichkeit unserer Anlage in Hammerfest auf Jahrzehnte. Trotzdem, haben Sie die Fackel am nördlichen Ende der Insel gesehen? Wir können nicht alles verflüssigen, was wir hier an Gas bekommen. Es gibt einige erhebliche Einschränkungen, die sich dann darin ausdrücken, dass wir keinen hundertprozentigen Wirkungsgrad in der Verarbeitung erreichen. Und vor allem, meine Herren ... wir verschicken ›nur‹ einen Energieträger, der an seinem Zielort in entsprechenden Kraftwerken erst zu seiner eigentlichen Bestimmung – Strom oder Wärme – wieder umgewandelt werden muss!«

Hier unterbrach Lasse Brendboe seine Ausführungen und blickte zu Soederstroem. Der nickte ihm unmerklich zu, und als Brendboes Sohn weitersprach, wechselte der ohne jede vorherige Erklärung das Thema.

»Während meines Studiums habe ich von meinem Vater irgendwelche alten technischen Unterlagen bekommen, die bei uns einfach im Keller lagen. Ich hatte nicht die geringste Ahnung, woher er sie hatte und in welchem Zusammenhang sie überhaupt zu ihm standen. Ich war nur überrascht, denn mein Vater hatte beruflich eigentlich gar keinen Bezug zu solcherlei technischen Abläufen. Ich habe mich dann interessehalber näher mit diesen Projektmappen beschäftigt und war anfangs sehr skeptisch über das, was ich da lesen konnte. Andererseits fand ich diese Ideen und Anregungen so spannend, dass ich erst mal im Stillen ein paar Versuche und Testabläufe durchführte, die mich sehr überrascht und verblüfft haben. Mein damaliger Professor an der Universität hat mir dann die Empfehlung gegeben, mich in meiner anstehenden Diplomarbeit näher mit diesem Thema zu befassen. Danach wollte ich eigentlich darüber promovieren, bekam aber ein unglaublich lukratives Angebot von dem Unternehmen, dessen Technikvorstand ich heute bin. Die Arbeit an diesen Unterlagen hat mein gesamtes Berufsleben bestimmt.

Zu Ihrem Verständnis: Diese Unterlagen waren keine fertige Lösung für eine Aufgabe. Sie waren aber die genialen Vorgaben von technischen Grundlagen, um eine Entwicklung einzuleiten, die bis dahin eigentlich unvorstellbar erschien. Dadurch, dass mein Vater diese Unterlagen für uns gesichert hatte, haben wir einen solchen technologischen Vorlauf gegenüber allen, die sich auf diesem Planeten durchaus auch mit diesem Thema befassen, der nicht mehr einzuholen ist. Das hat uns allerdings einige Jahre weiterer Forschungsarbeit und viele Milliarden Kronen gekostet.«

Brendboe schwieg, und Soederstroem meldete sich zu Wort. »Und seit dieser Zeit schützt nicht nur das Unternehmen seine Forschungen mit allen notwendigen Mitteln, sondern auch wir sichern unsere damit verbundenen nationalen Interessen. Sie wissen ja, Engen, dass meine Abteilung vorrangig mit derartigen Aufgaben befasst ist.«

»Ich verstehe aber ehrlich gesagt noch immer nicht, worum es denn nun genau geht, Soederstroem«, wollte Engen wissen. Er zeigte auf Brendboe junior, und der beantwortete nun endlich diese zentrale Frage.

»Wir speichern gigantische Mengen an elektrischer Energie in relativ kleinteiligen Behältnissen! Und nur *wir* haben dafür Lösungen, die kurz davor stehen, marktreif zu sein! Wir beladen unsere Tanker nicht mehr mit einem Zwischenprodukt namens Flüssiggas, sondern verschiffen das Endprodukt ›Strom‹ an jeden beliebigen Ort auf dieser Welt. Sie kennen unsere enormen Kapazitäten an Wasserkraftanlagen in Norwegen. Das Angebot aus dieser ganz umweltfreundlichen Erzeugung übersteigt bei Weitem die Nachfrage in unserem Land. Nirgendwo gibt es billigeren Strom als bei uns. Wir heizen sogar unsere Häuser damit.«

Jürgen dachte daran, dass er in seinem Hotel verwundert zur Kenntnis genommen hatte, dass man die Zimmer mittels Elektroheizkörpern auf angenehme Temperaturen gebracht hatte, was in Deutschland einfach unvorstellbar war, wenn man an die geltenden Stromtarife dachte.

»Stellen Sie sich nun vor, ein entsprechender Tanker ankert in der Nähe eines solchen Wasserkraftwerks, übernimmt dessen vorhandene überschüssige elektrische Leistung in großem Umfang und vor allem recht zügig, um sich anschließend auf den Weg nach, sagen wir einfach mal, New York zu machen. Dort geht der Tanker für ein halbes Jahr vor Anker und versorgt die Stadt ganz allein mit Strom, ohne dass der Broadway sein glitzerndes Leuchten verliert. Und sechs Monate später kommt dann die Ablösung, die Tanker wechseln ihren Liegeplatz, und alles geht problemlos weiter. Der zentrale Punkt all dieser Strategie dreht sich also ausschließlich nur um diese Speicherschiffe. Überall auf der Welt, wo sie Energie aufnehmen können, werden sie präsent sein. Das müssen logischerweise nicht nur unsere Wasserkraftwerke sein. Wenn man heute darüber nachdenkt, die Sonne der Sahara zur Energieversorgung zu nutzen, kommen sogleich die berechtigten Bedenken, wie man denn diese gigantischen Mengen ohne gravierende Verluste zu den industriellen Zentren liefern soll, Und über ökologische Einwendungen oder Kosten von Errichtung und Betrieb der notwendigen infrastrukturellen Leitungssysteme brauche ich Ihnen sicher auch nichts zu erzählen. Mit dem von uns entwickelten System haben wie keinerlei Probleme damit, wie wir diese Aufgabe lösen können. Es geht ganz einfach: Die Energietanker übernehmen an den nordafrikanischen Küsten die gewonnene Energie und bringen sie zu jedem gewünschten Punkt dieser Erde. Oder, Herr Kimmel, wie ist das mit den Diskussionen in Ihrem Land über die Windparks in der Nordsee, denen die Zuleitungen in die industriellen Ballungszentren im Süden fehlen? Die Investitionen in den Ausbau derartiger Überlandleitungen werden mit unserer Technologie nicht mehr gebraucht, und damit gibt es auch keinerlei Eingriffe in den ansonsten dafür benötigten Naturraum. Unsere ›Flussspeichertanker‹ bringen den Strom vom Ort der Gewinnung hin zum Ort des Verbrauchens. Und denken Sie auch einmal über den Aspekt nach, der umwelttechnisch dabei eine Rolle spielt. Sie haben sicher an meinen Ausführungen gemerkt, dass ich immer Energieerzeugungen angesprochen habe, die die Belastungen für unsere Atmosphäre weitestgehend ausschließen, weil die Flexibilität unseres Energietransportsystems alles in den Schatten stellt, was wir bisher kannten. Wir bauen zukünftig nicht mehr auf Verbrennungskraftwerke, sondern nur noch auf weitestgehend emissionsfreie Erzeugung. Und weil wir über den Aspekt der Umwelt reden, meine Herren ... sollte einer unserer Tanker zukünftig tatsächlich einmal in eine Seenotsituation geraten, werden wir nie wieder über die furchtbaren Auswirkungen einer Ölpest reden müssen. Kein Fisch, kein Vogel und keine Küste werden je wieder so verheerend betroffen sein, wie wir das bisher kennen. Unsere Schiffssysteme sichern, dass der Strom problemlos durch Ersatztanker übernommen wird, und es werden keinerlei Schäden im jeweiligen Ökosystem auftreten.«

»Ich denke, Herr Brendboe hat für das Erste sehr ausführlich darüber informiert, was notwendig war, damit Sie einiges von dem verstehen, was Ihnen in den vergangenen Wochen Ihrer Ermittlungen unverständlich bleiben musste. Haben Sie noch irgendwelche Fragen dazu, Herr Kommissar?«, mischte sich Soederstroem unvermittelt in den Vortrag ein.

Engen schwieg ziemlich lange, ehe er antwortete. »All diese Schilderungen und dargestellten Entwicklungen basieren wirklich auf den Unterlagen, die damals in diesem Bergdepot eingelagert waren?«

»Ja.«

»Entschuldigen Sie, aber ich kann das alles gar nicht glauben, was Sie uns hier erzählt haben. Wie geht das nun genau?«

Lasse Brendboe lachte laut auf. »Bei allem Verständnis für Ihre Neugier, lieber Herr Kommissar, aber darauf erwarten Sie doch sicherlich keine ernsthafte Antwort! Vielleicht nur so viel: Die genialsten technischen Lösungen basieren zumeist auf den einfachsten Lösungsansätzen.«

»Das glaube ich Ihnen gern, und Sie können für sich in Anspruch nehmen, dass Sie es als einer von ganz wenigen geschafft haben, mich vollkommen zu verunsichern«, klagte Engen vor sich hin.

»Ich habe keine andere Reaktion von Ihnen erwartet, Engen. Und deshalb fliegen wir jetzt noch ein kleines Stück weiter in den Norden, und Herr Brendboe wird Ihnen etwas zeigen, was Ihre Skepsis vielleicht etwas eindämmt.«

Der konzerneigene Hubschrauber hatte auf sie gewartet. Als sie losflogen, wurde der von einer so heftigen Windböe erfasst, dass Jürgen fast in den Armen von Soederstroem gelandet wäre.

Während er sich bei diesem kurz entschuldigte, sah er aus seinen Augenwinkeln, dass Engen ganz erhebliche Schwierigkeiten hatte, sich an dieses turbulente Flugwetter zu gewöhnen. Er wusste spätestens seit ihrem gemeinsamen Flug in die Berge, dass Engen keinen allzu großen Spaß an Hubschrauberflügen hatte, und es tat ihm regelrecht leid, als er erleben musste, wie sehr dieser unter der Belastung litt. Umso mehr war er froh, dass der Flug nur eine kurze Zeit dauerte und sie schon recht bald wieder landeten.

Sie befanden sich inmitten des Betriebsgeländes einer Werft, die dereinst für die Produktion von eisbrechenden Schiffen bekannt gewesen war, die in den polaren Gewässern die Schifffahrtswege freigehalten hatten. Im Zuge der allgemeinen Werftenkrise war allerdings selbst dieses hochspezialisierte Unternehmen nicht davon verschont geblieben, in Konkurs zu gehen – hatte doch die Konkurrenz aus Südostasien mit ihren Billigangeboten auch in dieser Technik den Markt erobert. Nach ihrem Niedergang hatte diese Produktionsstätte aber eine beachtliche Renaissance erlebt und gehörte nunmehr zum Unternehmensverbund des Energieriesen.

Die Werft lag zwar recht einsam, war aber außerdem zusätzlich massiv davor geschützt, dass Unbefugte sich ihr nähern konnten. Fast hatte Jürgen den Eindruck, als wäre die Gasverflüssigungsanlage in Hammerfest regelrecht frei zugänglich im Vergleich zu den für ihn offen erkennbaren Sicherungsmaßnahmen, die in diesem Objekt vorhanden waren.

Brendboe zeigte auf den gewaltigen Schiffskörper, der da am Ausrüstungskai lag und der tatsächlich irgendwie an die Gastanker von Hammerfest erinnerte.

»Das ist der Prototyp unserer zukünftigen Stromtankerflotte. In etwa einem Jahr wird er zu seiner Jungfernfahrt starten. Mit seiner Kapazität könnte er zum Beispiel die Stadt Hamburg für zirka drei Monate komplett mit Elektroenergie versorgen.«

Soederstroem sorgte dafür, dass sich Engen und Kimmel in diesem Bereich umsehen konnten, allerdings ohne dass für sie irgendwelche Detailinformationen erkennbar waren.

Nachdem sie sich so ausführlich, wie es eben zulässig war, auf dem geheimen Superschiff umgesehen hatten, erfuhren sie vom Technikchef des Konzerns, dass sie nunmehr noch die Gelegenheit haben würden, das Speichersystem in seiner Funktion tatsächlich zu erleben. Dazu war es allerdings wieder erforderlich, den Hubschrauber zu besteigen, der sie zu einer der Bohrplattformen im offenen Meer hinausbringen würde.

Während Engen wieder über der inzwischen in Sturm und Schneefall tobenden Barentssee leiden musste, lauschte Jürgen interessiert den Ausführungen von Lasse Brendboe, die trotz der widrigen äußeren Bedingungen sehr gut über die Kopfhörer zu verstehen waren.

»Unsere Förderfelder, egal ob für Öl oder Gas, werden in der Zukunft immer weiter in Richtung der Arktis wandern. Das heißt für uns, dass wir nicht nur Obacht darauf geben müssen, die Pipelines so tief im Untergrund zu verlegen, dass sie nicht von den Kielen der driftenden Eisberge beschädigt werden. Vor allem müssen wir uns auch auf die viel niedrigeren Temperaturen einstellen, denn vom Golfstrom spüren wir dort oben logischerweise nichts mehr. Konkret bedeutet das für unser Geschäft: Um die optimale Fließfähigkeit gerade vom Öl zu erhalten, müssen wir den Mantel der Rohrleitung beheizen. Dies vom Festland her zu sichern, ist wahnsinnig aufwändig, verlustreich und enorm teuer. Auf unserer Plattform, die wir jetzt besuchen werden, arbeitet seit fast zwei Jahren ein Energiespeicher, der, losgelöst von allen bekannten konventionellen Versorgungen, diese Aufgabe perfekt erfüllt. Lassen Sie sich also überraschen.«

Es war eigentlich kaum noch eine Überraschung. Nachdem sie sich intensiv in allen Leitständen davon überzeugen konnten, war klar, dass alle Erklärungen von Brendboe den Tatsachen entsprachen. Der gesamte Eigenbedarf der Bohrplattform an elektrischer Energie und die komplette Beheizung der Pipeline bis zum nächsten Übergabepunkt wurde ausschließlich hier vor Ort bereitgestellt. Es gab keinerlei Verbindungen zu Anlagen auf dem Festland. Und diese Energiebereitstellung erfolgte tatsächlich ohne jede Erzeugung, sondern nur durch die Abgabe von elektrischer Leistung aus einer sogenannten »Black Box«, die auf der Plattform stand und die an eine überproportional große Batterie erinnerte.

Später, im eher schmucklosen Aufenthaltsraum für die Besatzung der auf der Bohrplattform beschäftigten Mitarbeiter, hatten Engen und Jürgen noch einmal die Gelegenheit, Fragen an Brendboe loszuwerden.

»Diese Speichersysteme gibt es dann zukünftig in unterschiedlichsten Größen?«

»Natürlich. Da spielen jede Menge Faktoren eine Rolle, wie zum Beispiel die Frage, ob man ständig oder nur vorübergehend mit Energie versorgen muss. Auch welche Energiemengen in die vorhandenen Leitungen eingespeist werden können oder müssen, wie man die Versorgungsgebiete überhaupt erreichen kann und so weiter und so fort. Da gibt es fast keine Grenzen, aber noch jede Menge an Fragen. Wir werden noch lange in der Forschung damit beschäftigt sein, die entsprechenden Lösungen und Angebote zu entwickeln.«

»Haben Sie eine ungefähre Vorstellung, wann der Alltag der Energieversorgung von dieser Technologie weitestgehend dominiert wird?«

»Na ja, Sie haben gesehen, dass wir erste Anlagen probeweise in Betrieb haben, wir werden im nächsten Jahr das erste Speicherschiff auf dem Wasser sehen, und natürlich sind das nicht die einzigen der Projekte, die in Kürze abgeschlossen sein werden. Wir werden aber auch noch für viele Jahre den Aufwand betreiben müssen, Öl und Gas zu fördern und diese Trägermedien in den energetischen Kreislauf einzuspeisen. Natürlich wird sich dabei die Wichtigkeit der jeweiligen Anwendung langsam auf der Bedeutungsskala verschieben, aber noch lange Jahre Bestand haben. Stellen Sie sich doch einfach nur mal vor, wenn dem nicht so wäre und man schlagartig auf Öl und Gas verzichten würde. Haben Sie eine ungefähre Vorstellung davon, wie viele Arbeitsplätze weltweit mit Förderung und Verarbeitung von Öl und Gas verbunden sind? Oder, stellen Sie sich nur mal die geopolitischen Auswirkungen vor, wenn die Lieferungen aus Arabien oder Südamerika schlagartig nicht mehr benötigt würden! Und warum wollen wir die vorhandenen Ressourcen nicht noch nutzen, solange sie nutzbar sind?«, versuchte sich Brendboe in einem Wortspiel. »Nur ein paar Zahlen dazu, um Ihnen verständlich zu machen, worüber wir hier eigentlich reden. Gegenwärtig verbrauchen wir weltweit und jährlich ungefähr so viel Öl, dass man bei Zugrundelegung aller zurzeit erkundeten und mit heute bekannten Technologien der wirtschaftlich förderbaren Lagerstättenreserven alles gut und gerne 40, 50 Jahre störungsfrei versorgen kann. Dazu kommen aber noch Lagerstätten, die wir heute zwar bereits kennen, wo wir aber noch nicht über die notwendige Technik verfügen, diese Schätze wirtschaftlich an die Oberfläche zu holen. Es ist aber nur eine Frage der Zeit, bis uns auch das gelingen wird. Und dann reden wir über einen sicheren Versorgungszeitraum von mehr als 100 Jahren. Sie sehen also, die neue Technik, die Sie bei uns kennen gelernt haben, ist fraglos die Zukunft; Sie ist wirtschaftlich hocheffizient, ökologisch von enormem Potenzial und macht uns bereits heute unabhängig von immer mal wieder auftretenden Krisensituationen auf dem derzeitigen Rohstoffhandelsmarkt. Trotzdem werden wir mit dem Öl noch lange leben und haben genug Zeit, diese neue Technik so zu entwickeln und zu optimieren, dass sie absolut zukunftssicher sein wird!«

»Und außerdem kann man ja dann auch noch längere Zeit mit dem Öl- und Gasgeschäft ganz gutes Geld verdienen!« Jürgen war regelrecht erschrocken über seine spontan in die Runde geworfene Bemerkung zu den Ausführungen des Gastgebers.

Der hob zwar ein wenig seine Augenbrauen, lächelte Jürgen aber an und erwiderte trocken: »Selbstverständlich! Sie haben Recht, Herr Kimmel. Wir müssen ja die Mittel erwirtschaften, die wir für die Forschung brauchen, um diese Zukunftstechnologien verfügbar zu machen.«

»Und mit deren Ergebnissen Sie dann später auch wieder ein paar Einnahmen generieren werden …«, wollte Jürgen in dieser Diskussion nicht so ohne weiteres klein beigeben.

»… mit denen unsere Nachfolgegeneration dann an den nächsten Zukunftslösungen der Energieversorgung forschen muss.«

Soederstroem spürte die aufkommende Verstimmung bei Brendboe junior und wechselte umgehend das Thema. »Also, ich möchte auch langsam zum Abschluss unseres Besuchs kommen. Wir sind Ihnen sehr dankbar, Herr Brendboe, dass Sie so ausführlich und offen über all diese Zusammenhänge informiert haben. Ich glaube, es war sehr hilfreich für den Kommissar und unseren deutschen Freund, dies aus berufenem Munde zu hören. Letztlich ist es ja wirklich Ihrem Vater zu verdanken, dass wir eine solche enorme Forschungsleistung Ihres Unternehmens bestaunen können.«

»Na ja, und wohl auch ein bisschen denen, die diese geheimnisvolle Lösung dereinst entwickelt haben!«

Diesmal war es Engen, der mit seiner Bemerkung erkennbares Missfallen bei Brendboe und Soederstroem auslöste. Allerdings gab es keinerlei Erwiderung seitens der beiden darauf, stattdessen erinnerte der PST-Mann noch einmal an die getroffene Vereinbarung, dass alles heute hier Erlebte einem absoluten Stillschweigen unterlag. Er empfahl, sich auch dringend daran zu halten, da jedes andere Verhalten zu größten Ärgernissen führen könne.

»Soederstroem, ist ja gut, wir haben Sie schon verstanden!«, knurrte Engen ihn an.

Als Brendboe sie verabschiedete, nachdem der Hubschrauber sie wieder in Hammerfest abgesetzt hatte, war bei ihm von der Missstimmung der letzten Stunde nichts mehr zu spüren.

»Wir werden in absehbarer Zeit die Öffentlichkeit über unsere Entwicklungen informieren. Spätestens dann, wenn unser erster Energietanker in Betrieb gehen wird, ist dieser Zeitpunkt gekommen, und der ist bereits heute terminiert. Ich lade Sie beide herzlich ein, dabei zu sein, wenn wir dieses Schiff feierlich auf seine erste Fahrt schicken. Denn einen solch historisch bedeutenden Tag wird es nicht allzu oft in unser aller Leben geben, da bin ich mir ziemlich sicher.«

Engen und Kimmel flogen nicht mit dem Hubschrauber zurück nach Tromsø. Jürgen war dem Angebot gern gefolgt, die Rückreise dorthin mit einem der Postschiffe zu machen. Nach all dem, was er in den letzten Stunden erlebt hatte, freute er sich darauf, in Ruhe gemeinsam mit dem Kommissar alles aufzuarbeiten.

Sie hatten darauf verzichtet, Schlafkabinen zu buchen. Zum einen würde das Schiff nur elf Stunden brauchen und kurz vor Mitternacht im Hafen von Tromsø festmachen, zum anderen waren sie innerlich noch so aufgeregt von den Ereignissen des vergangenen Tages, dass an Schlaf ohnehin nicht zu denken gewesen wäre.

Als das südwärts gehende Schiff der Postroute die Anlegestelle von Hammerfest verlassen hatte, standen beide Männer auf dem obersten Deck des Hecks und blickten direkt auf die an Steuerbord liegende Insel mit der darauf befindlichen Gasverflüssigungsanlage. Eines dieser gewaltigen Tankschiffe mit den skurrilen kugelförmigen Aufbauten wurde gerade befüllt.

»Komm, wir gehen erst mal was essen. Ich verspreche dir, dass das Essen hier auf diesem Schiff so gut ist, dass du es genauso wenig vergessen wirst wie all das, was heute so auf uns eingestürmt ist«, beendete Engen ihr gemeinsames Schweigen.

Kapitel 29. Nordlichter

Europäisches Nordmeer

Engen hatte nicht übertrieben. Das Essen auf diesem Schiff war in der Tat auserlesen.

»Ich bin eigentlich kein begeisterter Fischesser, aber dieser Eismeer-Saibling war schon fantastisch.«

»Ja, er war wirklich gut.«

Engen wusste aber noch mehr darüber zu sagen. »Das ist übrigens der nördlichste Süßwasserfisch der Welt, und eigentlich war er etwas in Vergessenheit geraten, weil ein jeder nur noch nach Lachs schreit. Es gibt ihn jetzt wieder häufiger im Angebot, aber so gut wie hier auf dem Postschiff wirst du ihn selten vorgesetzt bekommen.«

»Das Dessert war übrigens auch nicht übel, obwohl ich schon überlegt habe, ob ich es überhaupt probiere.«

Engen lachte. »Du hast wohl beim norwegischen Moltebeeren-Parfait an deine ›Pen Pal‹ gedacht, was?«

»In der Tat, und vor allem natürlich daran, dass die von ihr hergestellte Marmelade aus diesen Früchten offensichtlich zu viel von diesem Eisenkraut enthalten hat! Aber Spaß beiseite, wisst Ihr nun eigentlich verbindlich, ob sie diese Männer tatsächlich mit der Konfitüre umgebracht hat, und wenn ja, wie viele es denn nun waren?« Voller Spannung blickte Jürgen auf den Kommissar.

»Ich kann dir nur sagen, was der PST in dieser Angelegenheit ermittelt hat, wir sind da gar nicht aktiv geworden. Ich habe die Akten aus Oslo aber sehr sorgfältig studiert und keinerlei Grund, nicht zu glauben, was die Kollegen da ermittelt haben. Solveig war sehr vertraut mit den Pflanzen und Kräutern der Natur. Sie hat diesen Aufstrich definitiv selbst hergestellt, mit dieser hochgiftigen Pflanze versetzt und war nachweislich bei all den Männern zu Gast, die kurz danach das Zeitliche gesegnet haben, ohne dass ein Arzt vordergründig Verdacht auf eine absichtliche oder vorsätzliche Tötung gefasst hat. Verbindlich konnten die Kollegen dies bei sieben Männern nachweisen, man vermutet aber, dass es noch zwei weitere Fälle gegeben hat. Nur gab es da keine Zeugen, die den Besuch von Solveig bei den späteren Opfern hätten bestätigen können.«

»Man kann also sagen, dass ich einen Briefwechsel mit einer Massenmörderin hatte …«, sinnierte Jürgen. »… ich weiß nicht, was ich dazu sagen soll. Als ich losgefahren bin und einfach mal so versuchen wollte, eine unbekannte Bekannte in einem fremden Land zu suchen …«

»… hast du nicht einmal andeutungsweise geahnt, was du für eine Lawine lostreten und mit welch unglaublichen Geschichten du konfrontiert würdest!«, vollendete Engen Jürgens angefangenen Satz. »Ich habe übrigens am Anfang auch nicht so richtig geglaubt, dass du so harmlos bist, wie du getan hast.«

»Was heißt denn ›getan hast‹ – ich *bin* harmlos!«

»Ja, natürlich! Entschuldige, jetzt weiß ich es ja – du warst und *bist* harmlos.«

Beide mussten lachen, verließen das Bordrestaurant und gingen wieder zurück auf das Außendeck, um die klare Seeluft zu genießen. Es dunkelte bereits, und eine empfindliche Kühle war aufgekommen. Ein sternenklarer Himmel schien andeuten zu wollen, dass sich die Temperaturen wohl noch weiter in Richtung der Null-Grad-Grenze bewegen würden.

»Es ist gar nicht lange her, dass ich vor ein paar Tagen aus Deutschland nach Oslo zurückgekommen bin und im T-Shirt auf der Straße vor meinem Kaffee gesessen habe. Jetzt habe ich das Gefühl, es schneit gleich und ich bräuchte eine dicke Jacke und einen Glühwein.«

»Ja, das geht schnell, vor allem natürlich hier oben bei uns im Norden.«

»Du, Claus, wie wirst du denn in Tromsø mit den Ermittlungen zu Steinar Brendboe weitermachen?« Leise und fast schüchtern hatte Jürgen den Kommissar darauf angesprochen.

»Da ist ja nichts mehr zu ermitteln! Alles, was ich in diesem Fall wissen musste, hat man mir unter der tätigen Mithilfe des PST mitgeteilt. Und man hat mir auch gesagt, dass ich nichts an konkreten Beweismaterialien gegen irgendjemanden in meinen Händen hätte, um die Staatsanwaltschaft einzuschalten. Überleg dir mal, da bleiben Leute nach dem Krieg hier im Lande, auch, um sich an Gold zu bereichern, was ihnen definitiv nicht gehört. Irgendwelche Unterlagen landen auf verschlungenen Wegen an Stellen und bei Leuten, die eigentlich auch keinerlei Recht haben, damit zu arbeiten. Ein zweifacher Mörder ist die zentrale Figur in diesem Spiel, und man wird nicht müde, mich immer wieder darauf hinzuweisen, dass gerade er es ist, der all die großartigen Entwicklungen überhaupt erst ermöglicht hat. Soederstroem hat mir bei der Verabschiedung in Hammerfest noch einmal ganz deutlich zu verstehen gegeben, dass er sehr darauf hofft, dass ich die Prioritäten in diesem Fall nach unserer ›Informationstour‹ nunmehr erkenne, die Ermittlungen einstelle und die Akten schließe. Er hat mir eiskalt erklärt, dass deine Suche und meine bisherige Arbeit leider schon zu viele Wellen geschlagen haben. Sollte uns beiden nämlich jetzt etwas zustoßen, würden meine Kollegen natürlich mit potenzierter Kraft an den Untersuchungen weiterarbeiten. Dann würde aus seiner Sicht genau das passieren, was auch der alte Brendboe verhindern wollte, als er den Postboten umgebracht hat, nachdem er mitgekriegt hatte, dass du diesem störende Fragen stellen wolltest. Jedenfalls hat man uns das alles nur gezeigt, um mir klarzumachen, dass die nationalen und internationalen Interessen dieser sensationellen technischen Entwicklungen eine so überragende Bedeutung hätten, dass meine Ermittlungen vollkommen unbedeutend seien, dabei nur stören und der ›Fall‹ sofort zu schließen sei. Und du fragst mich, was ich machen werde …!«

Jürgen Kimmel sah den Kommissar an, wie sehr er unter seinen Feststellungen litt und dass die Hilflosigkeit, mit der er nunmehr diesem Fall gegenüberstand, in ihm eine fast greifbare innere Verzweiflung erzeugte.

Er hielt plötzlich das kleine Notizbuch in seiner rechten Hand und warf es unvermittelt in hohem Bogen in die Gischt, die hinter dem Heck in breiter Spur den Weg des Schiffes beschrieb, den dieses in den letzten Minuten zurückgelegt hatte.

Im Lautsprecher meldete sich die Stimme eines Schiffsoffiziers, der den Passagieren die Information gab, dass sich am Himmel über der Küstenlinie »Nordlysene« bildeten.

Engen hatte sich wieder beruhigt. Sein Blick suchte den Horizont ab. Er fragte Jürgen, ob er schon mal Nordlichter gesehen habe, und als dieser verneinte, gab er ihm genaue Anweisungen, in welche Richtung er schauen sollte.

Tatsächlich baute sich dort ein Schauspiel auf, das Jürgen Kimmel bisher nur aus Beschreibungen kannte. Erst erschienen kleine, kaum wahrnehmbare grüngelbe Lichtlinien, die schnell immer größer wurden. Plötzlich fielen daraus dichtgewobene Vorhänge von Lichtkaskaden in Richtung des Bodens, die ihn aber nicht erreichten, weil sie schon im nächsten Moment vollkommen verschwunden waren. Jedoch erschienen diese flackernden Bilder gleich wieder, doch nun an einer anderen Stelle der dunklen Nacht und setzten dort ihr unstetes Spiel fort.

Inzwischen war der gesamte Himmel mit diesen Lichtspielen überzogen, die in einer wahren Symphonie von fortwährendem Entstehen und Vergehen unterschiedlichster Farbbilder alle in den Bann zogen, die da auf den Planken des Postschiffs standen und voller Faszination in den kalten Himmel blickten.

Doch so plötzlich, wie dieses Schauspiel aufgezogen war, so plötzlich hatten die himmlischen Akteure ihren Auftritt auch wieder beendet, und die Nacht lag dunkel und bleiern über der Landschaft, als hätte es dieses Spektakel nie gegeben.

»Hat es dir gefallen, Jürgen?«, wollte Engen wissen.

»Ja, das war wirklich großartig! Weißt du was, Claus, das war eine perfekte zusammenfassende Darstellung all der Gefühle, die ich hier bei euch erlebt habe: großartig, sensationell, unglaublich, faszinierend, unfassbar, spektakulär, aber auch einschüchternd, furchteinflößend und angstmachend!«

Nachdenklich gingen Engen und Jürgen zurück ins Innere des Schiffes, um sich an der Bar bei eisgekühltem norwegischen Aquavit noch einmal an das Himmelsschauspiel zu erinnern. In weniger als zwei Stunden würden sie Tromsø erreichen.

»Bleibst du noch hier, oder hast du andere Pläne?«, wollte Engen wissen.

»Ich fliege morgen nach Oslo zurück, und dann geht es gleich weiter nach Deutschland. Kirsten Asgaard wird mich übrigens eine Weile begleiten«, ließ er Engen wissen.

»Freut mich, Jürgen, dann sehen wir uns ja vielleicht mal in Tromsø wieder?«

»Da kannst du absolut sicher sein, Claus!«

»Was würdest du davon halten, wenn wir beide uns über alle zukünftigen Entwicklungen als Brieffreunde auf dem Laufenden halten würden?«, fragte der Kommissar verschmitzt.

»Nein, um Himmels Willen, Claus, da habe ich wirklich kein Interesse dran! Man weiß ja nie, was dabei rauskommt!«, lachte Jürgen Kimmel laut auf.

»Schade, ich wollte dich eigentlich darüber informieren, was mein Gespräch mit dem Staatsanwalt ergeben wird und wie es im Fall Steinar Brendboe weitergeht! Du glaubst doch wohl nicht im Ernst, dass Soederstroem irgendeine Legitimation für sein Auftreten hat. Spätestens, als er glaubte, mir klarmachen zu müssen, dass es eigentlich von großem Vorteil wäre, wenn es uns beide in dieser ganzen Angelegenheit nicht mehr gäbe, habe ich beschlossen, dessen Vorgesetzten in Oslo aufzusuchen. Und genau damit werde ich nach meinem Gespräch in unserer Ermittlungsbehörde beginnen!«

Inhalt

Tree of Hope – Wie wir die Welt verändern können

Unter dem Motto »Global denken – lokal handeln« agiert die Berliner Jugendinitiative *jugend denkt um.welt* für mehr Umweltschutz und nachhaltiges Handeln. Schirmherrin ist Angela Merkel, die auch das Vorwort zu dem jüngst erschienenen Buch »Tree of Hope« schrieb. Darin berichten viele Jugendliche von Ihren Aktionen für eine bessere Welt, und 80 anerkannte Experten wie Prof. Dr. Schellnhuber, Dr. Auma Obama und Prof. Dr. Weizsäcker beleuchten den aktuellen Diskurs über die Klimapolitik.

Ratgeber. 672 Seiten. Format 20 x 26 cm. Hardcover.
Über 1.500 Fotos und Grafiken, mit DVD. ISBN 978-3-95651-063-2. € 29,90

Yves Bertho

Ich war Pierre, Peter, Pjotr

Yves Bertho (1922–2013) war ab 1943 Zwangsarbeiter in Bremen und verarbeitete seine Erlebnisse in einem 1976 erschienenen Roman, der in Frankreich Aufsehen erregte und mit zwei bedeutenden Literaturpreisen ausgezeichnet wurde. Er spiegelt exemplarisch das großstädtische Leben während der Luftangriffe im Zweiten Weltkrieg und beschreibt literarisch-eindringlich viele Facetten des Alltags im Bombenhagel, die mit Fakten und Zahlen allein nicht nachzuempfinden wären.

Historischer Roman. 520 Seiten. 14 x 21,5 cm. ISBN 978-3-95651-079-3. € 18,90

Inspector Barnaby Die Drehorte der beliebten ZDF-Serie

Passend zur Serie liefert dieser Band detailreiche Informationen zu den Drehorten rund um Oxford. Die Beschreibungen der herrschaftlichen Landsitze und uralten Kirchen, **ergänzt mit Farbfotos und Landkarten**, offenbaren das typisch englische Landleben. Dabei erfährt man gleichzeitig, welche Folgen wo gedreht wurden, und kann mithilfe eines nützlichen Indexes »mitreisen«.

Reiseführer. 128 Seiten. 13,5 x 21 cm. Über 70 Farbfotos.
ISBN 978-3-95651-007-6. € 14,90

Erhältlich im Buchhandel (auf Bestellung)
oder direkt beim: ***KellnerVerlag***
St.-Pauli-Deich 3, 28199 Bremen
Tel.: 04 21-77 8 66 Fax: 04 21-70 40 58
buchservice@kellnerverlag.de • www.kellnerverlag.de